SCIENCE FICTION

Weitere Auswahlbände aus THE MAGAZINE OF FANTASY AND SCIENCE FICTION erschienen als Heyne-Bücher:

Saturn im Morgenlicht (06/3011/214)
Das letzte Element (06/3013/224)
Heimkehr zu den Sternen (06/3015/236)
Signale von Pluto (06/3017/248)
Die Esper greifen ein (06/3019/260)
Die Überlebenden (06/3021/272)
Musik aus dem All (06/3023/286)
Irrtum der Maschinen (06/3025/299)
Die Kristallwelt (06/3027)
Wanderer durch Zeit und Raum (06/3031)
Roboter auf dem Kriegspfad (06/3053)
Die letzte Stadt der Erde (06/3048)
Expedition nach Chronos (06/3056)
Im Dschungel der Urzeit (06/3064)
Die Maulwürfe von Manhattan (06/3073)
Die Menschenfarm (06/3081)
Grenzgänger zwischen den Welten (06/3089)
Die Kolonie auf dem 3. Planeten (06/3097)
Welt der Illusionen (06/3110)
Mord in der Raumstation (06/3122)
Flucht in die Vergangenheit (06/3131)
Im Angesicht der Sonne (06/3145)
Am Tag vor der Ewigkeit (06/3151)
Der letzte Krieg (06/3165)
Planet der Selbstmörder (06/3186)
Am Ende aller Träume (06/3204)
Das Schiff der Schatten (06/3219)
Stürme auf Siros (06/3237)
Der verkaufte Planet (06/3255)
Planet der Frauen (06/3272)
Als der Wind starb (06/3288)
Welt der Zukunft (06/3305)
Sieg der Kälte (06/3320)
Flug nach Murdstone (06/3337)
Ein Tag in Suburbia (06//3353)
Ein Pegasus für Mrs. Bullit (06/3369)
Traumpatrouille (06/3385)
Der vierte Zeitsinn (06/3402)
Reisebüro Galaxis (06/3418)
Stadt der Riesen (06/3435)
Der Aufstand der Kryonauten (06/3454)
Insel der Krebse (06/3470)
Das Geschenk des Fakirs (06/3486)
Wegweiser ins Nirgendwo (06/3502)
Ein Affe namens Shakespeare (06/3519)
Tod eines Samurai (06/3537)
Frankensteins Wiegenlied (06/3553)
Cagliostros Spiegel (06/3569)
Jupiters Amboß (06/3587)
Die Cinderella-Maschine (06/3605)
Katapult zu den Sternen (06/3623)
Altar Ego (06/3642)
Die Trägheit des Auges (06/3659)
Lektrik Jack (06/3681)
Sterbliche Götter (06/3718)
Jeffty ist fünf (06/3739)
Eine irre Show (06/3811)
Das Zeitsyndikat (06/3845)
Fenster (06/3966)
Gefährliche Spiele (06/3899)
Terrarium (06/3931)
Das fröhliche Volk von Methan (06/3946)
Cyrion in Bronze (06/3965)
Im fünften Jahr der Reise (06/4005)
Dinosaurier auf dem Broadway (06/4027)
Mythen der nahen Zukunft (06/4062)
Nacht in den Ruinen (06/4099)
Willkommen in Coventry (06/4127)
Kryogenese (06/4169)
Der Drachenheld (06/4208)
Der Zeitseher (06/4265)
Der Schatten des Sternenlichts (06/4315)
Sphärenklänge (06/4389)
Die Wildnis einer großen Stadt (06/4438)
Reisegefährten (06/4485)
Volksrepublik Disneyland (06/4525)
Die Rückkehr von der Regenbogenbrücke (06/4574)
In Video Veritas (06/4621)
Die Lärmverschwörung (06/4673)
Mr. Corrigans Hommunculi (06/4734)
Der Wassermann (06/4786)
Der magische Helm (06/4836)
Hüter der Zeit (06/4888)
Cyberella (06/4936)
Ebenbilder (06/5004)
Johnnys Inferno (06/5049)
Invasoren (06/5113)
Der letzte Mars-Trip (06/5166)
Ein neuer Mensch (06/5289)
Ansleys Dämonen (06/5341)
Die Untiefen der Sirenen (06/5429)
Die Halle der neuen Gesichter (06/5511)
Der dreifache Absturz des Jeremy Baker (06/5649)
Der Lincoln-Zug (06/5892)
Der Dunkelstern (06/5934)
Der Tod im Land der Blumen (06/5980)
Werwolf im Schafspelz (06/6314)
Die Marsprinzessin (06/6330)
Die Roosevelt-Depeschen (06/6347)

sowie der große Sonderband:
30 Jahre Magazine of Fantasy and Science Fiction, hrsg. von Edward L. Ferman (06/3763)

Die Roosevelt-Depeschen

Eine Auswahl
der besten Erzählungen

aus

THE MAGAZINE
OF FANTASY AND SCIENCE FICTION

101. Folge

Zusammengestellt von
RONALD M. HAHN

Deutsche Erstveröffentlichung

WILHELM HEYNE VERLAG
MÜNCHEN

HEYNE SCIENCE FICTION & FANTASY
Band 06/6347

Deutsche Übersetzungen von
Michael K. Iwoleit, Horst Pukallus, Manfred Weinland

Das Umschlagbild
ist von Colin Hay

Redaktion: Werner Bauer

Originalausgabe 9/2000
Printed in Germany 7/2000
Umschlaggestaltung: Atelier Ingrid Schütz, München
Technische Betreuung: M. Spinola
Satz: Schaber Satz- und Datentechnik, Wels
Druck und Bindung: Elsnerdruck, Berlin

ISBN 3-453-16200-5

INHALT

DALE BAILEY

Moment der Stille

Auf dem Schild stand:

ERASMUS BRAND, KAUFMANN
HÄNDLER DES UNHEIMLICHEN, EXOTISCHEN & WUNDERBAREN
WAS IST IHR HERZENSWUNSCH?

Und Upton Spencer, der durchaus am Unheimlichen, Exotischen und Wunderbaren interessiert war, der sich gern den Wunsch seines Herzens erfüllt hätte, wäre ihm nur klar gewesen, worin er bestand – Upton Spencer hielt inne.

Er kratzte sich am Kinn, blickte die lange, in der blendenden Helle des Nachmittags menschenleere Straße auf und ab. Am wolkenlosen Himmel brannte die Sonne, über den Bürgersteigen und geparkten Wagen kräuselte sich in der Hitze die Luft. So weit sein Blick reichte, war kein einziger Mensch zu sehen, und es gab nichts zu hören als das entfernte Hupen eines Autos, das abgehackt durch die Stille plärrte.

Er sah wieder auf das Schild und staunte, etwas Derartiges ausgerechnet in einer Kleinstadt des mittleren Westens vorzufinden, die in ihrer Banalität auf Upton wie der absolute Inbegriff des Kleinstädtischen wirkte. In New York (er hatte dort einige Zeit verbracht) rechnete man mit solchen Kuriositäten; für die New Yorker bildeten sie die Würze des Lebens. Und in San Francisco (dem er einmal einen Besuch abgestattet hatte) traf man solche Seltsamkeiten zuweilen in den entlegenen Winkeln der Stadt an, den Hinterhöfen am Fuße der Hügel. Aber hier?

Erneut kratzte er sich am Kinn, stellte den Musterkoffer auf dem Gehsteig ab und trat näher. Das in verblasster Goldfarbe handgemalte Schild lehnte an der schmutzigen Scheibe. Auf beiden Seiten der Schrift waren seltsame Zeichen - Runen, vermutete er, konnte sie aber nicht entziffern. Welch ein seltsamer Ort, dachte er, hier in der langweiligsten Kleinstadt des mittleren Westens (er war eben erst eingetroffen und konnte sich nicht an den Namen erinnern).

Als er einen Blick auf seine Armbanduhr warf, stellte er fest, dass es Viertel vor drei war. Er hatte für sich die Theorie aufgestellt, dass gelegentlich, so gegen drei Uhr nachmittags, auf der ganzen Welt Stille herrschte, so als ob alles für einen Moment innehielt, um Atem zu holen, die Uhrzeiger für Sekunden stehen blieben und alle Dinge - Männer, Frauen und Maschinen (denn zweifellos waren dies die Hauptbestandteile der Welt) eine Pause einlegten, um für den Rest des Tages Kraft und Energie zu schöpfen. Außerdem glaubte Upton, dass in diesem Moment der Stille das Rationale und das Irrationale, das Vernünftige und das Verrückte für einen flüchtigen Augenblick zusammenfielen. In solchen Momenten konnte man das wahre Elixier des Lebens schmecken (wie Zimt, stellte er sich vor), konnte man den flüchtigen schwülen Schauer des Monsuns riechen, der durch das ferne Indien fegte, konnte man - Ozeane weit weg - das seltene Trompeten eines Elefanten über das afrikanische Buschland hallen hören.

Er hatte von solchen Dingen gelesen.

So kam es, dass er noch einen Schritt vortrat, wo andere, wäre ihr Blick auf das seltsame Schild gefallen, sich umgedreht, den Musterkoffer wieder in die Hand genommen hätten und zügig weitergegangen wären, denn er hatte gegen vier Uhr einen Termin in Moulders Teppichmarkt, wo er einige Teppichmuster vorzeigen sollte, und war darauf bedacht, diesen Termin auf keinen Fall zu verpassen, denn es war ein neuer und möglicherweise lukrativer Kunde.

Anders als die meisten anderen trat Upton aber doch vor,

beschirmte die Augen mit beiden Händen und lugte durch die Spiegelglasscheibe ins Innere.

Nichts. Er nahm Schatten über Schatten und eine flüchtige Bewegung wahr, die etwas Geheimnisvolles in diesen Schatten andeutete, sah aber sonst nichts außer seinem eigenen verbeulten und verzerrten Spiegelbild, in dem seine Nase übergroß und porös aussah und der Haaransatz um einige Zentimeter zurückgerutscht schien. Upton wich erschrocken zurück, und seine Gesichtszüge nahmen wieder ihre richtigen Proportionen an. Seine Nase war wirklich etwas groß, aber ganz bestimmt konnte man die Poren nicht sehen. Und sein Haaransatz hatte sich tatsächlich nur so weit zurückgezogen, dass es ihn – fand er jedenfalls – distinguiert erscheinen ließ.

Aber er konnte noch immer nichts in dem Laden erkennen außer dem seltsamen Schild und den Schatten und auf der Fensterbank eine Ansammlung toter Fliegen und ähnlichem Abfall.

Er trat ein (wie die Angeln quietschten!), und die Tür fiel hinter ihm mit einem Geräusch wie ein Donnerschlag zu.

Stille und Licht und eine Kühle, die nichts vom Frostig-Künstlichen einer Klimaanlage hatte, sondern an einen Morgen in den Bergen erinnerte.

Ja, dachte Upton, genauso.

»Kann ich Ihnen helfen?«, fragte eine Stimme.

Upton drehte sich um, und vor ihm stand Erasmus Brand, ganz anders, als Upton ihn sich vorgestellt hatte. Er hatte eine Art Zauberer erwartet, vermutete er, eine majestätische Erscheinung in einem roten Umhang mit archaischen Symbolen, vielleicht mit einem wallenden weißen Bart, zumindest aber mit einem Stab.

Doch nein. Hier stand Erasmus Brand, ein großer Mann mit einer beeindruckenden Haarfülle, die in einer dunklen Welle von seiner hohen Stirn herabfiel, leicht ergraut an den Schläfen, aber sauber gestutzt. Erasmus Brand, glamourös zwar, aber in einem Anzug von sicherem Geschmack, der ihn dezent kleidete. Erasmus Brand, gutaussehend und urban, der Upton seine manikürte Hand entgegenstreckte.

Upton schlug ein und war beeindruckt von dem kühlen, trockenen Griff, fest und doch nicht so fest, dass er den Eindruck haben musste, als nehme er an einer Kraftprobe von Halbwüchsigen teil (so schüttelten einem nämlich die meisten Geschäftsführer von Teppichhäusern die Hand, hatte er festgestellt).

»Ich habe Ihr Schild gesehen«, sagte Upton und zeigte mit einer vagen Geste hinter sich.

»Tatsächlich?«, fragte Brand. »Wollen Sie etwas kaufen oder verkaufen?«

»Nun, ich... ich weiß nicht recht.«

»Verstehe«, sagte Brand, und er sagte es so, als ob er tatsächlich verstünde. Als gäbe es auf der Welt nichts Selbstverständlicheres als einen Kunden, der nicht wusste, was er hier wollte. »Möchten Sie sich vielleicht ein wenig umsehen?«

Upton nickte und folgte Brand zur Theke.

»Wie wär's damit?«, fragte Brand und schob Upton eine Art mumifizierte Hand hin.

Sie war verschrumpelt und ausgetrocknet, und Upton fürchtete, sie würde in eine Million Staubflocken zerfallen, sollte er zu heftig ausatmen. Dennoch hatte sie eine einzigartige Ausstrahlung. Obwohl es ihn etwas erschreckte, wünschte er sich für einen Moment fast...

»Wünschen Sie nichts«, sagte Brand und wischte die Hand weg.

Dann führte er Upton in die labyrinthischen Tiefen des, wie Upton feststellte, riesigen Ladens. Brand zeigte ihm in aller Eile eine Unmenge von Dingen: ein großes Regal mit Büchern, die nach Leder und Öl rochen, wo Upton stehen blieb, um mit den Fingerspitzen einen aufgesprungenen alten Buchrücken entlangzufahren (»Kommen Sie weg«, schimpfte Brand, »manche Dinge bleiben besser unberührt«); eine Auslage mit wertvollen Steinen und Schmuck, in deren Mitte ein einzelner goldener Ring lag, den seine Schlichtheit so kostbar machte; eine Glasflasche, in der ein menschlicher Finger schwamm, knapp über dem Knöchel abgetrennt.

»Hier«, sagte Brand und blieb plötzlich stehen. »Das, glaube ich, könnte Sie interessieren.«

Er hielt ein Holzkästchen mit verschlungenen Verzierungen hoch, hob den an Scharnieren befestigten Deckel, und es ertönten Walgesänge, Möwengeschrei und das Tosen mitternächtlicher Brecher.

»Nein«, erwiderte Upton. »Zweifellos sehr hübsch, aber das ist es wirklich nicht.«

Brand schloss das Kästchen.

»Es ist Ihr Schild«, sagte Upton in die Stille hinein, die folgte.

Brand hob die Augenbrauen, sagte aber nichts.

»Ihr Schild«, wiederholte Upton. »Das da draußen. Das Ungewöhnliche, das Exotische - mein Herzenswunsch. Ich glaube, daran bin ich interessiert.«

»Ich verstehe«, sagte Brand. »Ihr Herzenswunsch.« Er musterte Upton einen Moment lang mit Augen in der Farbe des Oktoberhimmels zur Dämmerung. Es war der Blick eines Insekts, gemessen und unpersönlich und unsagbar geheimnisvoll. »Solche Dinge sind nicht billig, Mr. Spencer«, sagte er. »Ich bin sicher, Sie verstehen.«

Woher kennen Sie denn meinen Namen? dachte Upton.

Und dann, weil er sich mit solchen Läden auskannte, weil er solche Männer wie Erasmus Brand kannte (der vielleicht überhaupt kein Mann war) - kurz gesagt, weil er als Junge Geschichten gelesen hatte, die genauso begannen -, kam ihm ein anderer Gedanke, vielleicht der schrecklichste, den er je gedacht hatte. »Der Preis«, sagte er. »Ist es... meine Seele?«

Brand gab ein lautes, dröhnendes Lachen aus vollem Bauch von sich, das den ganzen Raum mit Heiterkeit zu erfüllen schien. »Ihre Seele!«, rief er aus. »Oh, Mr. Spencer, davon ist doch nicht mehr viel übrig. Nichts auf der Welt könnte nutzloser sein.«

Upton seufzte erleichtert und fragte: »Was dann?«

»Nun, Ihre Zufriedenheit. Nur das, mein Freund.« Brand trat auf Upton zu, legte ihm einen Arm um die Schultern (ziemlich kräftig vom Schleppen des Musterkoffers) und fragte: »Ist das zuviel verlangt?«

Upton stand einen Moment lang da und kratze sich am Kinn. Er überlegte, dass er eigentlich kein besonders zufriedener Mensch war und ein gutes Geschäft machen würde, wenn er dafür seinen Herzenswunsch erfüllt bekäme, worin der auch immer bestehen mochte. Schließlich sagte er laut und voller Überzeugung: »Nein! Nein, das ist nicht zuviel verlangt!«

»Oh, wundervoll!« Erasmus Brand trat zurück und klatschte begeistert in die Hände. Ein Licht blitzte, eine Rauchwolke quoll auf, und ein leicht schwefelartiger Geruch drang Upton in die Nase (Schwefel? dachte er).

Upton trat einen Schritt zurück und dann, ebenso schnell, zwei Schritte vor. Denn da, gleich in Erasmus Brands Hand, lag eine winzige Rubinphiole, verschlossen mit einem Korken an einer zarten silbernen Kette. Was immer sie enthalten mochte, Upton wusste eines mit Sicherheit: *das* war sein Herzenswunsch. Er fragte sich, ob es schon die ganze Zeit so gewesen war.

»Also dann«, sagte Brand. *»NEIN!«*

Upton hielt mitten im Schritt inne und stellte zu seinem Entsetzen fest, dass er eine Hand ausgestreckt und die Finger gekrümmt hatte, um die kleine Flasche zu packen und sich ans Herz zu drücken. Das sieht mir gar nicht ähnlich, dachte er.

»Erst einmal«, schimpfte Brand, »eine Bedingung.«

Und Upton nickte, denn natürlich hatte er gewusst, dass er ihm Bedingungen stellen würde. So wurden solche Dinge nun einmal geregelt.

Brand hob einen langen weißen Finger. »Wenn Sie die Phiole nehmen – und nicht vorher –, schulden Sie mir für geleistete Dienste Ihre Zufriedenheit. Einverstanden?«

»O ja. Aber wie soll das gehen?«

»Unsere Abmachung wird sich selbst regeln. Sie brauchen sich keine Gedanken darüber zu machen.«

Upton nickte. Er brauchte sich keine Gedanken zu machen. Und Brands langer weißer Finger krümmte sich in die Handfläche zurück.

»Sehr schön, das wär's dann.« Brand legte Upton die Rubinphiole in die Hand und huschte davon.

Aber gerade als Upton die Tür erreichte, sie schon so weit aufgezogen hatte, dass ein Keil vergilbten Sonnenlichts heiß sein Gesicht traf, sagte Brand:

»Noch etwas, Mr. Spencer.«

»Was denn?«, fragte Upton, ohne sich umzudrehen. Er dachte an Orpheus, der seinen Herzenswunsch erfüllt bekommen hatte – und ihn verlor, als er einen Blick zurückwarf.

»Nur eins«, sagte Brand. »Sie müssen die Phiole bis zum letzten Tropfen leeren.«

Daraufhin trat Upton ins grelle Licht, und hinter ihm fiel mit einem Quietschen die Tür zu. Leute eilten über den geschäftigen Gehsteig. Autos standen Stoßstange an Stoßstange, bliesen Abgase in die Luft und malträtierten sein Gehör mit lautem Hupen.

Upton warf einen Blick auf seine Uhr, stellte fest, dass es Viertel vor drei war, und ging die Straße hinauf. Noch reichlich Zeit bis zu seinem Termin in Moulders Teppichmarkt, dachte er, ließ die Rubinphiole in seine Tasche rutschen (komisches kleines Ding, dachte er; wo habe ich die bloß her?) und fing an, fröhlich vor sich hin zu pfeifen, bei bester Laune in dieser höchst anonymen Stadt des mittleren Westens. Bloß...

Und er blieb stehen.

Jemand stieß mit ihm zusammen, fluchte laut und ging weiter.

Bloß...

...sein Musterkoffer. Fassungslos starrte Upton auf seine rechte Hand, so zusammengeballt, als hielte sie den abgewetzten Griff seines Lederkoffers, aber trotzdem leer. Vielleicht spielten ihm seine Augen einen Streich, überlegte er – eine Halluzination vielleicht, die von der Hitze oder den giftigen Ausdünstungen des Verkehrs ausgelöst wurde. Und so rollte er versuchsweise die Schulter unter seinem Blazer, den er bei tausenden Verkaufsreisen durch Städte des mittleren Westens so wie diese (wie immer sie heißen mochte) abgetragen hatte. Er spürte kein Gewicht. Verschwunden war die irgendwie beruhigende Last des Musterkoffers, den er jahrelang mit sich herumgetragen hatte.

Indem er einen Anflug von Panik unterdrückte, zwang Upton sich zum Nachdenken. Vage erinnerte er sich, wie er vor irgendeinem Schaufenster stehen geblieben war, einer Buchhandlung vielleicht, denn er blieb oft vor Buchhandlungen stehen, um zu bedauern, dass er keine Zeit mehr zum Lesen hatte. Als Junge hatte er mit großem Vergnügen gelesen, vor allem Schauerromane und Fantasy, aber heutzutage blieb einfach keine Zeit mehr dafür, nicht während seines hastigen Marsches von Stadt zu Stadt.

Aber – die Buchhandlung (oder was auch immer). Er erinnerte sich, wie er davor stehen geblieben war, um sich die Auslage anzusehen, und wie er den Musterkoffer auf dem Gehsteig abgestellt hatte, als er näher an das Schaufenster trat, und dann... nun, er hatte sich offenbar wieder abgewandt und war ohne den Koffer weitergegangen. Er stand wahrscheinlich noch dort, sagte er sich. Kein Grund zur Sorge.

Er drehte sich um und ging in die Richtung zurück, aus der er gekommen war.

Aber natürlich war der Musterkoffer verschwunden.

Und was noch seltsamer war, dachte Upton: der Buchladen auch (wenn es denn tatsächlich ein Buchladen gewesen war). Er blieb stehen, um seine Umgebung in Augenschein zu nehmen, aber es gab keinen Zweifel: Er war an der richtigen Stelle. Offensichtlich war er stehen geblieben, um in ein leeres Ladenlokal zu schauen, in dem es außer Spinnweben und toten Fliegen nichts zu sehen gab, abgesehen von einem von der Sonne ausgebleichten Schild.

Upton sah die überfüllte Straße auf und ab. Eine nervöse Menschenmasse umströmte ihn, und er hegte die flüchtige Hoffnung, dass sein Musterkoffer nur gestohlen worden sein könnte, dass er den Dieb in dem Gedränge sehen würde. Aber er wusste kaum, was er in einem solchen Fall tun sollte, denn er war kein mutiger Mann, nicht ein bisschen energisch (sonst wäre er längst auf den Schreibtischposten befördert worden, den er so ersehnte).

Er starrte noch einen Moment lang in das leere Schaufenster, dann auf die benachbarten Etablissements: ein Haushaltswarengeschäft, das wegen Renovierung geschlossen war, und eine Bar.

Dort vielleicht, überlegte er. Vielleicht hatte irgendein guter Samariter den Musterkoffer dort für ihn abgegeben. Und in seiner Panik zwang er sich zu vergessen, dass gute Samariter so selten sind wie Wandertauben, wenn nicht noch seltener.

Er ging in die Bar, eine dumpfige Höhle, wo schattige Männer schweigend über ihren Drinks hockten. Ventilatoren unter der Decke wälzten mit Bier- und Schweißgeruch gesättigte Luft um; es war nichts als der Fernseher zu hören, der wie ein blauer Geist in der rauchigen Dunkelheit flackerte.

»Was soll's sein?«

Upton zuckte, fuhr in sich zusammen und trat an die Theke.

Der Barkeeper war blässlich und kahl, groß und von der massigen Schwabbeligkeit eines gealterten Preisboxers. »Ja?«, fragte er und verschränkte die Arme.

»Ich habe... das heißt, ich dachte... Nun, ich habe gehofft, es könnte hier jemand einen Musterkoffer für mich abgegeben haben«, sagte Upton. »Einen Lederkoffer... äh...« Er verlor den Faden und hob die Hände, um seine Größe anzudeuten, aber es hatte keinen Zweck.

Der Barkeeper schüttelte den Kopf. »Hat keiner was dagelassen.«

»Oh.« Upton legte die Hände auf die Theke und starrte sie freudlos an, warf dann einen Blick auf seine Armbanduhr.

Zwanzig vor vier. Er wollte beim besten Willen nicht seinen Vorgesetzten anrufen.

»Hören Sie«, sagte der Barkeeper, »wollen Sie nun was oder nicht?«

»Es war so. Ich habe nebenan gestanden. Ich habe nur ins Fenster geschaut. Ich dachte, es sei ein Buchladen gewesen... oder etwas in der Art. Jedenfalls habe ich den Musterkoffer abgestellt und...«

»Hören Sie, Junge, ich habe wirklich keine Zeit für so was, ja? Wollen Sie was trinken oder nicht?«

»Nein, danke«, dankte Upton (denn er trank nicht), und der Barkeeper stakste unter Gebrummel davon.

Upton sah verzweifelt in die Runde, aber niemand rührte sich, um ihm zu helfen. Er wandte sich ab. Draußen spie der Verkehr Gift in die Luft. Die benachbarte Ladenfront glänzte leer im hellen Licht.

Fast vier Uhr! Er hatte seinen Musterkoffer verloren, konnte seinen Termin in Moulders Teppichmarkt nicht einhalten und hatte keine andere Wahl, als in sein Motelzimmer zurückzukehren, irgendwo in den Außenbezirken dieser anonymsten aller Städte, um von dort seinen Vorgesetzten anzurufen.

Mit schweren Beinen schleppte Upton sich durch die lärmenden Straßen. Als er um halb drei das Motel verlassen hatte, war er der Meinung gewesen, es sei ein schöner Tag für einen Spaziergang (schließlich musste ein Verkäufer arbeiten, um sich fit zu halten), aber allmählich wurde der Nachmittag unerträglich schwül, die Stadt alptraumhaft und klaustrophobisch. Gebäude erhoben sich wie Grabhügel über die unerschütterliche Promenade; es schien, als spaziere er durch eine Stadt der ruhelosen Toten.

Fünfzehn Minuten später erreichte er sein Motelzimmer. Er setzte sich auf die Bettkante und trank schluckweise lauwarmes Wasser aus einem Plastikbecher. Das Zimmer, schmucklos und anonym wie die Stadt selbst, war zu kühl und stank nach Desinfektionsmitteln. Während er dort saß, dachte Upton an all die Zeit auf der Straße, die unzähligen

Motelzimmer, das endlose Band der Autobahn, das vor ihm zu einem Punkt am unerreichbaren Horizont zusammenlief. Und zuletzt dachte er an seinen Musterkoffer und seinen geplatzten Termin in Moulders Teppichmarkt. Er musste seinen Vorgesetzten anrufen, er musste Frank Enderby Bescheid sagen!

Seufzend griff er nach dem Telefonhörer und tippte hastig die Nummer. Die Sekretärin stellte ihn durch.

»Hallo, Upton«, sagte die Stimme. »Was kann ich für Sie tun?«

Upton schwieg. Er wusste nicht, was er sagen sollte.

»Hallo? Upton? Upton, sind Sie noch dran?«

»Ich bin dran, Frank«, sagte Upton.

»Also, hören Sie, Upton, ich bin beschäftigt, ja? Sie können nicht einfach dasitzen. Was kann ich für Sie tun?«

»Es geht darum, dass...« Upton verstummte wieder. Ein Bild kam ihm in den Sinn: Frank Enderby, der es sich in seinem luxuriösen Büro in der Unternehmenszentrale in New York bequem machte (wo Upton nur gelegentlich zu einem Besuch auftauchte), und die riesige Stadt hinter dem Fenster in seinem Rücken. Frank Enderby, der im selben Jahr wie Upton in der Firma angefangen, der Upton zehn Jahre lang an Gesamtumsätzen übertroffen hatte, der vor langer Zeit einmal Uptons Freund gewesen war und jetzt sein Vorgesetzter. Frank Enderby, der in Uptons Schweigen hinein leise fluchte.

Aus siebenhundertfünfzig Kilometern Entfernung summte das Wort durch die Leitungen, rauschte durch den Hörer in Uptons Ohr und begann zu wirken wie ein Gift. Upton stellte sich vor, wie dieses eine Wort, von einem Mann ausgesprochen, der einmal sein Freund gewesen war, durch seinen Leib fegte, seine Lungenbläschen austrocknete, seine Adern verstopfte wie ein betäubender Krankheitserreger.

»Gottverdammt, Upton«, schimpfte Frank Enderby. »Sollten Sie nicht just in diesem Augenblick mit dem Kunden Moulder verhandeln?«

Binnen dieses einen Augenblicks alterte Upton um tausend Jahre. Er hatte sich irgendwie verwandelt. Alles in ihm war auf einmal so trocken und spröde wie die Eingeweide einer Mumie, die man nach langen Jahrhunderten aus dem Sand der ägyptischen Wüste ausgegraben hatte. Aus der staubigen Grube seines Bauches fischte er ein einziges Wort, zerrte es den trockenen, schmerzenden Abgrund seiner Luftröhre hinauf in die Höhle seines Mundes. »Ja.«

»Und, Upton, warum zum Teufel sind Sie nicht da?«

»Es ist so... Ich, nun, ich habe meinen Musterkoffer verloren.«

»Sie haben was?«

»Ich habe meinen Musterkoffer verloren.« Er trank einen kräftigen Schluck lauwarmes Wasser; mit zitternden Fingern stellte er den leeren Becher auf den Nachttisch ab.

»Haben Sie den Kunden denn wenigstens angerufen?«

Upton legte sich aufs Bett zurück und ließ den Arm auf einer Seite hinuntersinken. Seine Finger streiften einen Gegenstand in seiner Tasche, etwas Schweres (die Rubinphiole), und er zog sie hervor, als er antwortete. »Nein.«

»Um Gottes Willen, Upton, was haben Sie sich bloß dabei gedacht?«

Und Upton, der inzwischen die höchst seltsam gearbeitete und schöne Rubinphiole in der Hand hielt, sagte ganz einfach und ehrlich: »Ich... ich weiß nicht.«

Enderby tobte.

Upton versuchte zuzuhören. Er saß aufrecht auf dem Bett, barg den Hörer an der Schulter und versuchte es nach Kräften. Aber da war diese kleine Rubinphiole (welch ein schönes Ding!), und während Enderby noch redete, machte sich Upton daran, vorsichtig den kleinen Korken zu lösen. Was konnte das nur sein? Und wo hatte er das Ding her?

Dann war der Korken los und schwang in schönen Bögen an seiner winzigen Silberkette.

»Es sieht so aus, Upton...«, sagte Enderby gerade, aber Upton bemerkte es kaum, denn aus der kleinen Rubinphiole stieg ein Gemisch wundervoller Düfte auf: die Düfte reifer

Pfirsiche und mitternächtlichen Regens, von frischgeschnittenem Gras an einem Sommertag, von einem morgendlichen Nebel, der unaufhörlich vom Meer hereintrieb.

»Haben Sie eine Vorstellung, wie wichtig das Geschäft mit Moulder ist?«, fragte Enderby.

Und Upton, der genau in diesem Moment die Rubinphiole leicht neigte, sodass sich am Hals ein einziger funkelnder und schillernder Tropfen der kostbaren Flüssigkeit bildete – Upton sagte: »Natürlich, Frank.« Und dabei fiel das Tröpfchen auf die Spitze seines ausgestreckten Fingers.

»›Natürlich, Frank‹?«, rief Enderby. »›Natürlich, Frank‹! Sie verlieren Ihren Musterkoffer, Sie vergraulen einen Kunden, der eines Tages unser wichtigster sein könnte, Sie machen sich nicht einmal die Mühe, ihn anzurufen und ihm eine Erklärung zu geben, und alles, was Sie sagen können, ist: ›Natürlich, Frank‹?«

»Es tut mir Leid«, erwiderte Upton. »Es tut mir wirklich aufrichtig Leid.« Und er steckte sich den Finger in den Mund. Es schmeckte wie Zimt.

»Gottverdammt, Upton, ich habe die Schnauze voll von dieser Scheiße! Wissen Sie, wie oft ich für Sie den Kopf hingehalten habe? Wissen Sie, wie oft ich um Ihren Arsch gekämpft habe, obwohl Ihre Umsätze fünf Jahre hintereinander nachgelassen haben? Ist Ihnen klar, dass ich Ihnen nicht ewig den Rücken decken kann? Jetzt hören Sie mir zu, und hören Sie gut zu! Sie rufen Moulder sofort an und werfen sich, wenn's sein muss, vor ihm in den Staub, um sich zu entschuldigen! Dann finden Sie besser diesen verfluchten Musterkoffer! Und zwar so schnell wie möglich, sonst schmeiße ich Sie...«

»Warum scheren Sie sich nicht zum Teufel, Frank?«, fragte Upton.

Am anderen Ende der Leitung trat Schweigen ein.

Upton hielt sich den Hörer vom Kopf weg und starrte ihn an, als habe er ihn plötzlich vors Kinn gestoßen.

»Was haben Sie gesagt, Upton?« Die Worte klangen beinahe tödlich sanft; das Schweigen, das folgte, war so tief und vollkommen, dass Upton ein kühles elektrisches Summen hörte, wie den Atem von siebenhundertfünfzig Kilometern leerer Schaltkreise, die in stiller Erwartung verstummten.

Und dann sagte Upton zu seiner eigenen Überraschung: »Ich sagte, warum scheren Sie sich nicht zum Teufel, Frank.« Er sprach die Worte so klar und präzise aus, als unterhielte er sich mit einem Kind.

»Wissen Sie, Upton«, sagte Frank mit der freundlichsten Stimme, die Upton seit langer Zeit aus seinem Mund gehört hatte. »Ich glaube, ich habe genug von Ihren lausigen Bilanzen. Ich glaube, es wird Zeit, dass wir jemand anderen für Ihren Bezirk finden, den Teppichgeschäfte mehr interessieren als Buchläden. Und vor allem glaube ich, dass Sie erledigt sind.«

Woraufhin Upton erwiderte: »Das sind die nettesten Worte, die ich seit Jahren von Ihnen gehört habe, Frank. Ich hoffe, ein Herzanfall bremst Sie in Ihrem Eifer.«

Er legte den Hörer auf.

Die Phiole in der Hand, legte er sich aufs Bett zurück. Allmählich fiel ihm alles wieder ein. Der seltsame Moment der Stille, der die Welt um drei (oder gegen drei) erfasste, das handgemalte Schild im Schaufenster des schmucklosen Ladens: Erasmus Brand, Kaufmann.

Was ist Ihr Herzenswunsch?

Er hielt die Rubinphiole ins Licht, und ein Anflug von Wagemut erfasste ihn. Scheiß drauf, Frank Enderby, dachte er. Scher dich zum Teufel. Und für einen flüchtigen Moment konnte er das Tröpfchen dieser kostbaren Flüssigkeit wie Zimt auf der Zungenspitze schmecken. Dann war es verschwunden.

Wer war dieser Erasmus Brand? fragte er sich plötzlich (denn er hatte von solchen Dingen gelesen – diese Geschichten nahmen nie ein gutes Ende). Und auch andere Erinnerungen kehrten zurück: der Schwefelgestank (oder war es Feuerstein?), als Brand die Phiole aus dünnster Luft hervorzauberte, und die etwas unheimliche Warnung (»Sie müssen die Phiole bis zum letzten Tropfen leeren«).

»O nein«, hatte Brand gesagt. »Ich will nicht Ihre Seele. Was könnte nutzloser sein?«

Aber was war, wenn er gelogen hatte?

Upton setzte sich auf, stöpselte die winzige Phiole zu und stellte sie auf den Nachttisch. Sein Wagemut war wieder geschwunden, er hatte Angst. Warum hatte er so viel vergessen? Warum hatte er so mit Frank Enderby gesprochen – ausgerechnet mit Frank Enderby, der sein ehemaliger Freund und bis eben noch sein Vorgesetzter war? Was sollte er nur in Zukunft machen, da er doch bestimmt keine neue Stellung mehr finden würde? Die Firma, ob er sie nun mochte oder nicht, war über Jahre hinweg sein Lebensinhalt gewesen, und er fühlte sich plötzlich halt- und führerlos.

Er warf einen Blick aufs Telefon und überlegte, ob er den Hörer abnehmen und Frank Enderbys Nummer im fernen New York anrufen sollte. Tut mir Leid, würde er sagen, tut mir Leid, tut mir Leid, tut mir Leid. Er versuchte die Lippen so zu formen, dass er diese einfachen drei Worte aussprechen, ihnen durchs Aussprechen Gewicht und Bedeutung verleihen konnte, aber er war plötzlich müde, furchtbar müde.

Von einem Moment zum anderen brach die gewaltige Last der heutigen Ereignisse über ihm zusammen – die Hitze, der Marsch, der Gestank des Verkehrs in der dumpfen Luft. Gerade als seine Lippen die Worte formten, als er sie in die Luft des kalten Zimmers zischte (»T-u-t-m-i-r-L-e-i-d«), schlief er ein und träumte im Schlaf.

Dunkle Träume. Eine Kühle, die nicht von der Klimaanlage herrührte, sondern ein frostiger Wind, der zwischen den Sternen hervorwehte (genau von dort). Ein feuchtwarmes Lager, wo bestialische Menschen knurrend über ihrer dampfenden Beute hockten. Erasmus Brand, stattlich und städtisch, der nach Schwefel stank, als er einen abgewetzten ledernen Musterkoffer öffnete (voller Phiolen, wie Upton sah; hundert Rubinphiolen).

»Komm zurück, komm zurück! Upton, wir brauchen

dich!«, rief eine Stimme in seinen Träumen, Frank Enderbys Stimme, und als er aufwachte, schien die Stimme noch für einen Moment in dem stillen Zimmer nachzuhallen.

Am frühen Nachmittag tauchte der gedämpfte Sonnenschein hinter den Vorhängen das Zimmer in smaragdgrünes Licht. Wieder hörte er den Klang einer aufdringlichen Stimme – nicht Frank Enderbys Stimme – und das monotone Hämmern einer Faust gegen die Tür.

»Hallo!«, rief die Stimme. »Hallo! Ist da jemand drin?«

Upton setzte sich abrupt auf. »Ja!«, rief er. »Eine Stunde noch, bitte.«

Voller Panik warf er einen Blick auf seine Armbanduhr. Halb zwei. Er seufzte erleichtert. Reichlich Zeit bis zu seinem Termin um vier Uhr in Moulders Teppichmarkt, um noch zu duschen, sich zu rasieren und schnell etwas zu essen. Vielleicht konnte er sogar zu Fuß hingehen.

Mit einem herzhaften Gähnen stand er auf, und dabei sah er die Rubinphiole auf dem Nachttisch. Der Hauch eines schwefelartigen Geruchs stieg ihm in die Nase, und Upton Spencer (der von solchen Dingen gelesen hatte) spürte, wie seine Kiefer unwillkürlich zuschnappten.

Kein Traum.

Er starrte die Phiole einen Moment lang an, ging durchs Zimmer und riss die schweren Vorhänge auf. Keile staubigen Sonnenlichts fielen ins Zimmer, und dort auf dem Nachttisch stand die Rubinphiole, real, stofflich und erstaunlich prosaisch – eine schlichte Glasphiole, die im schwächer werdenden Licht vage leuchtete.

Upton ging zum Bett zurück und zog den Korken aus der Flasche. In ihr schwappte Flüssigkeit, und ein leicht medizinischer Geruch drang hervor, der an Hustensaft und Alkohol erinnerte.

Und plötzlich wusste er, was er zu tun hatte.

Upton stöpselte die Rubinphiole zu und stellte sie auf den Nachttisch zurück. Er ging kurz unter die Dusche, zog sich an und steckte die Phiole in die ausgefranste Tasche seines besten Blazers, bevor er in die Hitze hinaustrat.

Upton schritt durch den unaufhörlichen Lärm der Stadt. Schweißperlen rannen die knotige Autobahn seines Rückgrats hinunter, und die Straßen schienen hinter den aufsteigenden Hitzewellen zu verschwimmen. Um Viertel vor drei, als Upton gerade am düsteren Fenster der Bar vorbeiging, fing es an. Es fing damit an, dass der Lärm unmerklich gedämpft wurde, mit einem fernen Beben von Stille, die sich immer mehr ausweitete, über das Herzland fegte und sich wie ein Leichentuch des Schweigens über die Stadt legte. In diesem zeitlosen Augenblick, eingeschlossen in diesen Moment der Stille, blieb Upton vor dem leeren Schaufenster stehen.

Auf dem Schild stand:

ERASMUS BRAND, KAUFMANN
HÄNDLER DES UNHEIMLICHEN, EXOTISCHEN & WUNDERBAREN
WAS IST IHR HERZENSWUNSCH?

Upton trat ein. Die eisige Kälte der Abgründe zwischen den Sternen umfing ihn. Eine Gänsehaut kroch seinen Rücken hinauf.

»Da sind Sie also wieder«, sagte Erasmus Brand.

In einen vage schwefelartigen Geruch gehüllt (wie die Funken von Feuersteinen), glitt Brand hinter der Theke hervor.

Upton erschauderte. »Wer sind Sie?«

Brand lachte. Upton, der mit solchen Läden und solchen Männern vertraut war (er hatte von ihnen gelesen), hatte damit gerechnet, dass Brand lachte, ein voluminöser, bedrohlicher Bariton von einem Lachen, wie das hämische Schnauben eines Drachen, aber es war nichts dergleichen. Tatsächlich war es ein Kichern, ein heiserer Laut, humorlos und trübselig.

»Entscheidungen«, sagte Brand. »Jeder steht vor Entscheidungen, Mr. Spencer. Mut, Zufriedenheit, was auch immer, jeder muss sich entscheiden. Dies war einfach Ihr Moment – der Dreh- und Angelpunkt Ihres Lebens –, und ich der Agent Ihres Dilemmas. Sie haben sich entschieden.«

Upton verlagerte das Gewicht unsicher von einem Fuß auf den anderen.

»Sie haben es nicht ausgetrunken«, sagte Brand. »Ich habe Sie gewarnt.« Er steckte eine lange Hand aus, und die Finger öffneten sich über der Handfläche wie die Blütenblätter einer Blume, die langsam erblüht.

Mit plötzlichem Widerwillen zog Upton die Phiole aus seiner Tasche und legte sie Brand in die Hand. Einen Augenblick lang, als er sie gerade losließ, witterte er einen Hauch Zimt, der manche Assoziationen in ihm hervorrief, und eine Folge halb erinnerter Bilder und Gefühle ging ihm flüchtig durch den Kopf: die wohlvertraute (und irgendwie beruhigende Last) des Musterkoffers, den er jahrelang mit sich herumgeschleppt hatte; das endlose Band der Autobahn, das vor ihm zu einem Punkt am unerreichbaren Horizont zusammenlief; und zuletzt Frank Enderbys verdutztes Schweigen, als Upton gesagt hatte: »Warum scheren Sie sich nicht zum Teufel, Frank?«

Für einen Moment, als er dastand und die winzige Rubinphiole in Brands Hand betrachtete, hätte Upton sie gern zurückgenommen. Eine aufkeimende Sehnsucht nach etwas, nach irgendetwas außer diesem hier, durchfuhr ihn, und er streckte den Arm aus, und seine Finger zitterten, als er...

Aber Erasmus Brand schloss die Finger, und die Phiole war verschwunden. »Zu spät, mein Freund«, sagte er mit einer Stimme wie Oktoberwind. »Zu spät.«

Und Upton wandte sich ab.

Draußen fiel gelbliches Sonnenlicht in sein zum Himmel gewandtes Gesicht. Autos spieen Abgase in die träge Luft. Er geriet mitten in ein wildes Gedränge.

Upton Spencer sah auf seine Armbanduhr - es war Viertel vor drei - und kratzte sich am Kinn. Er warf noch einen Blick auf das Schild im Fenster - ein höchst eigenartiges Schild, dachte er, völlig kurios in dieser banalsten aller Städte des mittleren Westens - und wurde unvermittelt von einem seltsamen Gefühl ergriffen: dass er irgendwie, auf eine Weise, die sein Verständnis überstieg, eine einzigartige

Gelegenheit versäumt hatte. Und dann, ungeachtet der Tatsache, dass er am Unheimlichen, Exotischen und Wunderbaren nicht ganz uninteressiert war, ungeachtet der Tatsache, dass er sich sehr gern seinen Herzenswunsch erfüllt hätte, wenn ihm nur klar geworden wäre, worin er bestand – hob Upton Spencer seinen Musterkoffer hoch und wandte sich ab.

Die Zeit lief, und er hatte um vier einen Termin.

Originaltitel: ›Interval of Stillness‹

Aus: ›The Magazine of Fantasy & Science Fiction‹,
September 1996
Aus dem Amerikanischen übersetzt
von Michael K. Iwoleit

MIKE RESNICK

Die Roosevelt-Depeschen

Auszug aus dem Tagebuch von Theodore Roosevelt (Band 23):

9. Juli 1898
Heute Nachmittag habe ich ein höchst ungewöhnliches Tier erlegt. Morgen werde ich Anfragen an diverse Museen schicken, ob sie das präparierte Exemplar haben wollen, sobald ich mit seiner Untersuchung fertig bin.

Der tropische Regen hält unvermindert an. Die meisten Männer liegen mit Grippe flach, und im Fall des armen Westmore sieht es so aus, als würden wir ihn bis zum Wochenende durch eine Lungenentzündung verlieren. Ich warte immer noch auf Befehle, seit San Juan Hill und das Umland gesichert sind. Es kann gut sein, dass wir hier ausharren sollen, bis wir wissen, dass die Insel vollkommen von den Geschöpfen gesäubert ist, wie ich heute Nachmittag eins geschossen habe.

Es ist ziemlich spät. Noch Zeit für einen Dreikilometerlauf und ein Kapitel Jane Austen, dann ab ins Bett.

Brief von Theodore Roosevelt an F. C. Selous, 12. Juli 1898:

Mein lieber Selous,
diese Woche hatte ich in Kuba ein höchst bemerkenswertes Erlebnis, von dem ich Ihnen unbedingt erzählen muss. Ich hatte gerade einen erfolgreichen Feldzug meiner Rough Ri-

ders* in Kuba angeführt; wir waren dort immer noch stationiert und erwarteten den Befehl zur Heimkehr. Weil ich nichts Besseres zu tun hatte, verbrachte ich meine freien Stunden damit, die Vogelwelt zu beobachten, und der fragliche Vorfall ereignete sich an einem Nachmittag, als ich mir auf der Suche nach dem langschnabeligen Brachvogel einen Weg durch einen Flusswald bahnte.

Der Nachmittag ging gerade in die Dämmerung über, und als ich mich durch die dichte Vegetation kämpfte, hatte ich das deutliche Gefühl, nicht mehr allein zu sein. Ein Wesen, das mindestens so groß war wie ich selbst, schien unweit zu lauern. Ich konnte mir nicht vorstellen, was es sein mochte, denn meines Wissens kommen auf den karibischen Inseln weder Tapir noch Jaguar vor.

Vorsichtig tastete ich mich weiter, und nach zwanzig Metern stand ich unversehens einem *Ding* gegenüber, das die Größe eines unserer amerikanischen Grizzlies erreichte. Das einzige vergleichbar große Tier, das uns bekannt ist, wäre wahrscheinlich ein Berggorilla gewesen, aber dieses Wesen hier war mindestens um ein Drittel größer als die größten Silberrücken.

Der Kopf hatte eine rundliche Form und nicht einmal ansatzweise so etwas wie eine Nase! Die Augen waren groß, dunkel und standen ziemlich weit auseinander. Der V-förmige, lippenlose Mund sabberte unentwegt.

Es war braun - nicht das Braun einer Impala oder eines Kudus, sondern eher das glitschig feuchte Braun einer Meeresschnecke. Sein Körper glänzte schmierig. Das Ding hatte keine Arme als solche, sondern eine Anzahl langer, sehniger Tentakel, die jeweils so dick und so kräftig wie ein Elefantenrüssel schienen.

Es sah mich nur kurz an, gab einen Laut von sich, der halb ein Knurren, halb ein Brüllen war, dann griff es an. Ich hatte keine Ahnung, wie gefährlich es sein mochte, aber mir ge-

* Ein 1898 von Theodore Roosevelt und Leonard Hood im amerikanisch-spanischen Krieg aufgestelltes Freiwilligenregiment. -- *Anm. d. Übers.*

fiel der Anblick dieser Tentakel nicht, deshalb hob ich rasch meine Winchester an die Schulter und feuerte fast aus Kernschussweite. Ich konnte das Klatschen hören, als die Kugel vom Rumpf des Biestes abprallte. Das Wesen stürzte weiter auf mich zu, ich sprang im letzten Moment zur Seite und entwich gerade so eben zweien seiner ausgestreckten Tentakel.

Ich rollte herum, als ich auf dem Boden aufschlug, und feuerte noch einmal aus liegender Position direkt in das V seines offenen Mundes. Diesmal zeigte es eine Reaktion, und zwar eine heftige. Das Ding heulte lautstark und begann Grasbüschel aus dem Boden zu reißen, während es die ganze Zeit wild den Kopf schüttelte. Buchstäblich binnen Sekunden entwurzelte es große Büsche und riss sie auseinander, als bestünden sie aus Seidenpapier.

Ich wartete, bis es sich erneut in meine Richtung wandte, und schoss eine Kugel in sein linkes Auge. Auch diesmal zeigte es eine erschreckende Reaktion: das Geschöpf begann umstehende Bäume auseinanderzureißen und schrie derart schrill, dass alle Vögel der Umgebung entsetzt davonflogen.

Zu diesem Zeitpunkt, muss ich gestehen, suchte ich nach einem Fluchtweg, denn mir war kein Tier bekannt, das nicht bloß eine Kugel in den Mund und eine ins Auge verkraften konnte, sondern danach immer noch aggressiv und bedrohlich blieb. Ich richtete mein Gewehr auf das Biest und machte mich an den Rückzug.

Meine Bewegung schien seine Aufmerksamkeit erregt zu haben, denn plötzlich hielt es in seinem Toben inne und wandte sich mir zu. Dann wich es langsam und zielstrebig zurück – und Sekunden später tat es etwas, das kein Tier auf der Welt je getan hatte: es zog eine Waffe hervor.

Das Ding sah wie ein Schwert aus, doch als das Wesen es auf mich richtete, schoss daraus ein Lichtstrahl hervor, der mich nur um Zentimeter verfehlte und den Busch neben mir sofort in Brand setzte. Ich sprang in die entgegengesetzte Richtung, als es erneut mit dem Hitzeschwert feuerte, und wieder entflammte der Wald in einer blendenden Feuersbrunst.

Ich warf mich herum und lief in die Richtung davon, aus

der ich gekommen war. Nach vielleicht sechzig Metern wagte ich einen Blick zurück und sah, dass das Geschöpf mir folgte. Zu seinen vielen physischen Vorzügen gehörte glücklicherweise nicht die Schnelligkeit. Ich nutzte das zu meinem Vorteil und legte genug Abstand zwischen uns, sodass es mich aus den Augen verlor. Dann sprang ich in den nahe gelegenen Fluss und achtete tunlichst darauf, dass kein Wasser in mein Gewehr eindrang. Hier fühlte ich mich zumindest vor den indirekten Auswirkungen der Hitzewaffe dieses Wesens sicher.

Vierzig Sekunden später tauchte es aus dem Wald auf. Statt sofort zu schießen, ließ ich es vorbeischlurfen und suchte es dabei nach verwundbaren Stellen ab. Das Ding verfügte über keinen Körperpanzer, nicht einmal die Art von Panzerung, wie sie unser gemeinsamer Freund Corbett beim indischen Nashorn beschrieben hat, doch die Kugeln schienen seine Haut nicht durchdringen zu können. Sein Körper, den ich jetzt endlich ganz sehen konnte, war bis auf den Kopf und die Tentakel fast vollkommen kugelförmig, und es gab keine erkennbaren schwachen oder dünnen Stellen, wo Kopf und Tentakel mit dem Rumpf verbunden waren.

Dennoch durfte ich es den Pfad nicht weitergehen lassen, denn früher oder später würde es auf meine Männer treffen, die nicht im mindesten auf dieses Wesen vorbereitet waren. Ich suchte nach einem Ohrloch, fand aber keins, und als ich nur noch auf den Hinterkopf zielen konnte, hatte ich nicht das Gefühl, dass ich ihm so einen nennenswerten Schaden zufügen würde. Also stand ich auf, hüfttief im Wasser, und schrie es an. Es wandte sich mir zu, und dabei schoss ich ihm zwei weitere Kugeln ins linke Auge.

Seine Reaktion war dieselbe wie vorher, nur dauerte sie viel kürzer an. Bald gewann es seine Beherrschung wieder, starrte mich düster aus beiden Augen an – dem heilen und dem anderen, in das ich drei Kugeln geschossen hatte – und begann, die Waffe im Tentakel, auf mich zuzustapfen... und dabei glaubte ich eine Möglichkeit zu erkennen, wie ich es schließlich doch erledigen konnte.

Ich ging rückwärts durchs Wasser, und offensichtlich

hatte das Geschöpf einige Zweifel an der Zielgenauigkeit der Waffe, denn es watete ins Wasser und verfolgte mich. Ich verharrte bewegungslos und konzentrierte mich ganz auf das Hitzeschwert. Als das Wesen nur mehr gut dreißig Meter von mir trennten, blieb es stehen und hob seine Waffe - und in diesem Moment feuerte ich.

Das Hitzeschwert wurde dem Wesen aus den Händen gerissen und verstreute seine tödlichen Lichtblitze in alle Richtungen. Dann fiel es ins Wasser, und dabei richtete sich seine Mündung - falls dies das passende Wort ist, was ich stark bezweifle - auf das Wesen. Das Wasser ringsum fing an zu kochen und zu zischen, Dampf stieg auf, und das Geschöpf kreischte einmal und versank unter die Wasseroberfläche.

Es dauerte etwa fünf Minuten, bis ich es wagte, mich ihm zu nähern - schließlich hatte ich keine Ahnung, wie lang es den Atem anhalten konnte -, aber wie ich gehofft hatte, war das Wesen tatsächlich tot.

Ich hatte nie zuvor etwas Vergleichbares gesehen, und ich werde dieses Exemplar fürs Amerikanische Museum oder fürs Smithsonian ausstopfen und präparieren lassen. Ich werde Ihnen eine Kopie meiner Notizen und hoffentlich eine Anzahl von Fotografien schicken, die während verschiedener Stadien der *post mortem*-Untersuchungen und der Präparierung aufgenommen wurden.

Mir ist klar, dass ich unglaubliches Glück hatte, den Zwischenfall überlebt zu haben. Ich weiß nicht, wie viele solcher Geschöpfe noch in den Dschungeln Kubas existieren, aber sie sind zu feindselig, als dass man sie am Leben lassen und die unschuldigen Einheimischen ihrer Zerstörungswut aussetzen dürfte. Sie müssen ausgerottet werden, und ich kenne keinen Jäger, mit dem ich lieber auf diese Expedition gehen würde als mit Ihnen. Ich werde meine Waffe und meine Männer in Ihren Dienst stellen und hoffe, dass wir die Insel von dieser höchst ungewöhnlichen und tödlichen Verirrung der Natur befreien können.

Ihr
Roosevelt

Brief an Carl Akeley, Jäger und Präparator,
c/o Amerikanisches Museum für Naturgeschichte,
13. Juli 1898:

Lieber Carl,
entschuldigen Sie, dass ich Sie beim letztjährigen Bankett nicht besucht habe, aber wie Sie wissen, haben mich hier in Kuba dringende Angelegenheiten aufgehalten.

Erlauben Sie mir eine rein hypothetische Frage: Könnte eine Lebensform existieren, die weder über einen Magen noch über einen Verdauungstrakt verfügt? Lassen Sie mich weiter hypothetisch annehmen, dass diese Lebensform das Blut seiner Opfer – anderer lebendiger Geschöpfe – direkt in seine Adern aufnimmt.

Zunächst einmal: Ist dies möglich?

Zweitens: Könnte eine solche Ernährungsweise genug Energie bereitstellen, um einen Körper von der Größe, sagen wir, eines Grizzlybären zu versorgen?

Ich weiß, dass Sie ein vielbeschäftigter Mann sind, aber obwohl ich nicht ins Detail gehen kann, bitte ich Sie dringend, diesen Fragen Ihre ganze Aufmerksamkeit zu widmen.

Mit besten Wünschen
Ihr
Theodore Roosevelt

Brief an Dr. Joel A. Allen, Kustos für Vögel und Säugetiere,
Amerikanisches Museum für Naturgeschichte,
13. Juli 1898:

Lieber Joel,
ich möchte Sie um eine Antwort auf eine seltsame, aber – bitte glauben Sie mir – sehr ernste Frage bitten.

Kann eine komplexe tierische Lebensform ohne ein Geschlecht existieren? Könnte sie sich möglicherweise – lachen Sie nicht – durch Knospung reproduzieren? Könnte sich eine komplexe Lebensform wie einige unserer einzelligen Tiere durch Teilung vermehren?

Bitte schicken Sie mir umgehend Ihre Antwort.

Mit besten Wünschen
Ihr
Theodore Roosevelt

Auszug aus einer Monographie, die von Theodore Roosevelt am 14. Juli 1898 zur Veröffentlichung durch das Amerikanische Museum für Naturgeschichte eingereicht wurde:

...die Epidermis ist einzigartig nicht nur in ihrer Dicke und Geschmeidigkeit, sondern auch durch das Fehlen einer Fettschicht unter der Haut. Außerdem konnte ich keine plausible Sekretionsquelle für die ölige Flüssigkeit erkennen, mit der die gesamte Körperoberfläche des Geschöpfes bedeckt ist.

Eine der ungewöhnlichsten Eigenschaften ist das völlige Fehlen von Magen, Gedärmen oder anderen inneren Organen, die der Verdauung dienen könnten. Ich bin zu dem Schluss gekommen – den ich freilich auf keine Beobachtung stützen kann –, dass die Nährstoffe aus dem Blut anderer Tiere direkt in den eigenen Blutkreislauf aufgenommen werden.

Der V-förmige Mund stellte ein besonderes Rätsel dar, denn welchen Zweck kann ein Mund für eine Lebensform haben, die nichts zu verzehren braucht? Als ich die Untersuchung der Kreatur fortsetzte, kam ich zu dem Schluss, von falschen Voraussetzungen ausgegangen zu sein, die mit der Platzierung dieses ›Mundes‹ zusammenhingen. Die V-förmige Öffnung ist überhaupt kein Mund, sondern eher eine Atemöffnung, die ich deshalb nicht als Nase bezeichnen möchte, weil sie außerdem die Quelle aller stimmlichen Äußerungen dieses Wesens ist, sofern ich sein Knurren und Kreischen als solche bezeichnen darf...

Die vielleicht interessanteste Eigenschaft des Auges ist nicht die vielfach facettierte Pupille, nicht einmal die purpurrote und braune Hornhaut, die zweifellos seine Fähigkeit beeinträchtigt, so wie wir Farben zu unterscheiden, sondern eher die vogelartige Nickhaut (wie dieses innere Augenlid auch bei Hunden genannt wird), die es vor Verletzungen schützt. Beachten Sie, dass dieses Wesen, obwohl es unmöglich den Zweck und die Wirkung meines Gewehrs gekannt haben kann, es trotzdem schaffte, die Nickhaut schnell genug zu schließen, um das Auge weitgehend vor der Wucht meiner Kugel zu schützen. Ja, wie schon eine oberflächliche Untersuchung der Nickhaut zeigt, geht der Heilungsprozess derart unglaublich schnell voran, dass die Wunden, obwohl ich dreimal ins linke Auge geschossen habe, kaum zu erkennen sind, obwohl die Kugeln die Nickhaut ganz durchschlagen haben und tief ins Auge eingedrungen sind.

Ich kann mir nicht vorstellen, dass sich die Farbe des Geschöpfes als Schutzfärbung betrachten lässt... aber ich halte ganz allgemein nicht allzu viel vom Konzept der Schutzfärbung. Betrachten Sie ein Zebra: Wäre es braun oder schwarz, könnte man es aus, sagen wir, einem halben Kilometer Entfernung nicht leichter erkennen als ein Weißschwanzgnu, eine Topi-Antilope oder eine Gabelantilope – da Gott es aber als angebracht empfand, es mit schwarzen und weißen Streifen zu versehen, fällt es aus mehr als einem halben Kilometer Entfernung ins Auge und gibt sich allen Raubtieren zu erkennen, weshalb von einer Schutzfärbung überhaupt nicht die Rede sein kann, denn wenn überhaupt, dann vereiteln die Streifen des Zebras eher seinen Schutz, und trotzdem ist es eines der erfolgreichsten Tiere in Afrika. Obwohl also das Geschöpf, das ich geschossen habe, in seiner, wie ich vermute, natürlichen Waldumgebung schwer zu erkennen sein dürfte, habe ich den Eindruck, dass es eher aus Zufall denn aus gutem Grund braun ist.

...Die Arbeitsbedingungen sind hier ziemlich primitiv, aber ich habe mehr als einhundert verschiedene Muskeln in dem größten Tentakel gezählt und muss davon ausgehen, dass mindestens zweihundert weitere vorhanden sind, die ich bislang nicht ausmachen konnte. Dies ist der einzige Bereich des Körpers, der mit Nerven durchwoben scheint, und da das Wesen durch einen Schock vorübergehend aufgehalten werden kann, ist es vorstellbar, dass eine Kugel, die in die Zusammenballung von Nerven und Blutgefäßen an der Stelle geschossen wird, wo der Tentakel mit dem Rumpf verbunden ist, entscheidende Wirkung zeigen würde...

Das Gehirn hat mich überrascht. Es ist, im Verhältnis zur Körpergröße, tatsächlich drei- bis viermal größer und schwerer als das Gehirn eines Menschen im Verhältnis zu seiner Körpergröße. Dies und die Tatsache, dass dieses Wesen eine Waffe benutzt hat (die leider in der Strömung des Flusses verlorengegangen ist), führen mich zu der bestürzenden, aber unausweichlichen Schlussfolgerung, dass wir es hier mit einer intelligenten Spezies zu tun haben, die dem Menschen mindestens ebenbürtig und wahrscheinlich sogar überlegen ist.

Mit vorzüglicher Hochachtung am 14. Juli 1898 eingereicht von

Theodore Roosevelt, Oberst
Streitkräfte der Vereinigten Staaten

Brief an Willis Maynard Crenshaw
von der Firma Winchester-Gewehre, 14. Juli 1898:

Lieber Mr. Crenshaw,
anbei finden Sie eine Hautprobe eines neu entdecktes Tieres. Sie ist wesentlich dicker als die Haut eines Elefanten oder Nashorns, aber so beschaffen, dass sie mit der Haut dieser beiden Dickhäuter in keiner Weise vergleichbar ist.

Ich bitte Sie allerdings nicht darum, die Haut zu analysieren, zumindest nicht wissenschaftlich. Was ich von Ihnen brauche, sind ein Gewehr und eine Kugel, die diese Haut durchdringen können.

Ebenso wichtig ist, dass dieses Gewehr auch ein größeres Tier aufhalten kann. Gehen Sie davon aus, dass dieses Tier kaum weniger als eine Tonne wiegt, aber bemerkenswert beweglich ist. Was die äußeren Umstände angeht, werde ich höchstwahrscheinlich aus nicht mehr als zwanzig Metern

Entfernung schießen, werde also vermutlich nicht viel Zeit für Nachschüsse haben. Der erste Schuss muss es unbedingt durch die schiere Wucht der Kugel umreißen, selbst wenn keine lebenswichtigen Organe getroffen werden.

Bitten geben Sie mir Bescheid, ob Sie einen Prototyp haben, den ich in der Praxis erproben kann, und bitte erwähnen Sie nichts von dieser Angelegenheit außer gegenüber den Handwerkern, die an dem Projekt arbeiten werden.

Vielen Dank.

Ihr
Theodore Roosevelt

Private, persönlich überbrachte Nachricht von Theodore Roosevelt an Präsident William McKinley, 17. Juli 1898:

Werter Mr. President,
mir sind Fakten bekannt geworden, die es geboten erscheinen lassen, dass Sie weder die Rough Rider von der Insel Kuba zurückziehen noch sie auflösen, indem Sie den Waffenstillstand mit Spanien unterzeichnen.

Es gibt hier auf dieser Insel etwas, das so böse, mächtig und allen Menschen feindlich gesonnen ist, dass ich glaube, nicht zu übertreiben, wenn ich von einer Bedrohung für die ganze Menschheit spreche. Ich werde nicht versuchen, es zu beschreiben, denn sollte eine solche Schilderung in die falschen Hände fallen, könnten wir eine landesweite Panik auslösen, falls sie ernst genommen wird, oder dem öffentlichen Spott anheimfallen, falls nicht.

Sie müssen mir einfach vertrauen, dass es sich um eine sehr reale Bedrohung handelt. Außerdem möchte ich Sie dringend anhalten, *keinerlei* Truppen zurückzuziehen, denn wenn meine Befürchtungen zutreffen, werden wir sie womöglich alle brauchen und noch mehr.

Oberst Theodore Roosevelt
›The Rough Riders‹

Brief an Kriegsminister Russell A. Alger, 20. Juli 1898:

Lieber Russell,
McKinley ist ein Idiot! Ich habe ihn vor der vielleicht größten Bedrohung gewarnt, der sich das amerikanische Volk und die ganze Welt je gegenübergesehen hat, und er hält das Ganze für einen Witz.

Hören Sie mir zu: Es ist außerordentlich wichtig, dass Sie den Rückrufbefehl sofort widerrufen und meine Rough Riders auf Kuba stationiert lassen. Außerdem wünsche ich, dass die gesamte Armee in Alarmbereitschaft versetzt wird, und wenn Sie klug sind, werden Sie mindestens die Hälfte unserer Streitkräfte nach Florida verlegen, denn dies scheint der wahrscheinlichste Ausgangspunkt für eine Invasion zu sein.

Ich werde nach Washington kommen und mit McKinley persönlich reden, um ihn von der drohenden Gefahr zu überzeugen. Ich würde alles zu schätzen wissen, was Sie tun können, um mir den Weg zu ebnen.

Mit besten Grüßen
Roosevelt

Rede, gehalten vom Balkon über dem Columbia-Restaurant, Tampa, Florida, 3. August 1898:

Meine amerikanischen Landsleute,
unsere Regierung ist kürzlich darauf aufmerksam gemacht worden, dass die nationale Sicherheit – ja, die Sicherheit der ganzen Welt – von einer Gefahr bedroht wird, die gegenwärtig in den Dschungeln Kubas lauert. Ich habe sie mit meinen eigenen Augen gesehen, und ich versichere Ihnen, dass die Gefahr, ganz gleich, was Ihnen in den nächsten Tagen und Wochen zu Ohren kommen mag, real ist und nicht unterschätzt werden darf.

Kurz nach der Einnahme San Juan Hills durch meine Rough Riders bin ich im nahe gelegenen Dschungel etwas so Unglaublichem begegnet, dass eine Schilderung nur Ihre Skepsis und Ihren Unglauben herausfordern würde. Es war ein wahrscheinlich vernunftbegabtes Geschöpf, wie man es nie zuvor auf Erden gesehen hat. Ich bin und war stets ein überzeugter Darwinist, aber trotz meiner Kenntnisse der biologischen Wissenschaften kann ich nicht einmal eine Spekulation wagen, wie sich dieses Wesen entwickelt haben mag.

Ich kann Ihnen aber sagen, dass es die Fähigkeit entwickelt hat, Waffen zu konstruieren, wie wir sie noch nie gesehen haben, und dass es keine Bedenken hat, sie gegen menschliche Wesen einzusetzen. Es ist eine böse und feindselige Lebensform, die ausgelöscht werden muss, ehe sie Ihre Aggressivität gegen unschuldige Amerikaner richten kann.

Ich hatte das Glück, das Exemplar töten zu können, das mir auf Kuba begegnet ist, aber wo es eines gibt, da gibt es sicherlich noch mehr. Die Regierung der Vereinigten Staaten hatte anfangs Zweifel an der Glaubwürdigkeit meiner Aussagen, aber ich nehme an, dass jüngste Informationen, die das Weiße Haus und das Außenministerium aus England erreicht haben, wo weitere dieser Geschöpfe aufgetaucht sind, sie schließlich davon überzeugt haben, dass ich die Wahrheit sage.

Bislang ist keines dieser Wesen in den Vereinigten Staaten entdeckt worden, aber ich sage Ihnen, dass es dumm wäre, erst darauf zu warten, bevor wir angemessen reagieren. Amerikaner sind immer bereit gewesen, Opfer zu bringen und zu den Waffen zu greifen, um ihr Land zu verteidigen, und das wird auch diesmal nicht anders sein. Diese Geschöpfe mögen ihre vorübergehenden Erfolge gegen kubanische Bauern und unvorbereitete Engländer errungen haben, aber ich versichere Ihnen, dass sie keine Chance gegen eine Armee motivierter Amerikaner haben, die vom unzähmbaren amerikanischen Geist beflügelt sind und den unerschütterlichen Mut aller wahren Amerikaner zeigen.

Es war uns als Volk vergönnt, die Grundlagen unseres nationalen Lebens auf einem neuen Kontinent zu legen. Wir sind die Erben der Epochen, und doch mussten wir nur wenige der Strafen erdulden, die in früheren Jahrhunderten von den untergegangenen Mächten einer toten Zivilisation verhängt wurden. Wir waren nicht gezwungen, gegen eine fremde Macht um unsere Existenz zu kämpfen – bis jetzt. Ich glaube, dass wir dieser Herausforderung gewachsen sind, und ich bin davon überzeugt, dass auch Sie das glauben.

Ich reise morgen nach Miami ab, und von dort werde ich zwei Tage später nach Kuba aufbrechen, um meine Männer in eine Schlacht gegen diese Geschöpfe zu führen, wie viele auch immer in den feuchten, fauligen Dschungeln dieser tropischen Insel existieren mögen. Ich fordere jeden aufrechten, unversehrten Amerikaner unter Ihnen auf, sich mir zu diesem größten aller Abenteuer anzuschließen.

Brief an Kermit, Theodore jr., Archie und Quentin Roosevelt, 5. August 1898:

Meine lieben Jungs,
morgen werde ich zu einer großen und aufregenden Safari aufbrechen. Ich bin mir sicher, dass den Zeitungen die Einzelheiten täglich telegrafiert werden, aber ich verspreche euch, dass wir nach meiner Rückkehr auf Sagamore Hill um ein Lagerfeuer sitzen werden und ich euch alle Geschichten erzähle, die die Presse nie berichtet hat. Aber nicht nur das, ich werde jedem von euch eine Trophäe mitbringen.

Die Schule geht wieder los, bevor ich zurückkehre. Ich erwarte, dass ihr alle immer eure Schularbeiten macht und eure Köpfe im Unterricht genauso anstrengt wie eure Körper beim Spielen zuhause. Hätte ich keinen geübten Geist *und* Körper gehabt, dann hätte ich meine erste Begegnung mit den Geschöpfen, die ich in den kommenden Tagen und Wochen jagen werde, nicht überlebt. Vergesst nie, dass es immer darauf ankommt, das *Gleichgewicht* zu wahren.

In Liebe
Euer Vater

Brief (Nr. 1317) an Edith Carow Roosevelt, 5. August 1898:

Meine liebste Edith,
mein Schiff legt morgen früh ab, deshalb kann es einige Wochen dauern, bis ich wieder Gelegenheit habe, dir zu schreiben.

In Kürze werde ich mich auf die größte Jagd meines Lebens begeben. Sag den Kindern, dass ich sie liebe. Ich wünschte, die Jungs wären schon etwas älter, sodass ich Sie mitnehmen könnte. Die Sache verspricht ein höchst aufregendes Unternehmen zu werden.

Ich versuche immer noch die Erkältung loszuwerden, die ich mir eingefangen habe, als ich in Kuba in diesen Fluss gesprungen bin, aber ansonsten fühle ich mich in Form wie ein junger Bulle. Es braucht schon mehr als ein merkwürdiges Vieh und eine laufende Nase, um einen echten Amerikaner in die Knie zu zwingen. Die kommenden Tage werden ein Fest!

Dein Theodore

Originaltitel: ›The Roosevelt Dispatches‹

Aus: ›The Magazine of Fantasy & Science Fiction‹, März 1996
Aus dem Amerikanischen übersetzt von Michael K. Iwoleit

ROBIN AURELIAN

Gummiknochen

Manchmal sind Knochen einfach nur hinderlich, deshalb habe ich meine eingeschmolzen. Das ist ein praktisches Talent, besonders dann, wenn man in einem engen Raum eingesperrt ist und der einzige Ausweg durch eine klitzekleine Öffnung führt...

In solche Verlegenheit gerate ich relativ häufig, dabei weiß ich selbst nicht, was die Leute immer so an mir in Rage bringt. Gegenüber anderen, mit denen sie denselben Umgang pflegen, verhalten sie sich jedenfalls nachsichtiger. In dem winzigen dunklen Raum, in dem ich momentan gefangen gehalten wurde, vermochte ich nicht einmal eine Tür zu ertasten, außerdem war er fast bis zur Decke geflutet. Ich hatte schon einiges von der Flüssigkeit schlucken müssen, als ich hineingeworfen worden war. Seitdem bestand für mich kein Zweifel daran, dass es sich um kein Wasser handelte. Es schmeckte überhaupt nicht wie etwas, das ich je zuvor probiert hatte.

Da die Dunkelheit mich ohnehin völlig blind machte, hielt ich die Augen geschlossen.

Ich holte tief Luft, wirklich tief, was kein Problem ist, wenn man mit Knochen aus Gummi gesegnet und auch der Rest von einem sehr nachgiebig ist, und tauchte dann bis auf den Grund des geschlossenen Pools hinab, wo ich etwas zu finden hoffte, was mir weiterhelfen würde. Einen Riss vielleicht oder einen Abfluss, von dem ich nur den Stöpsel zu ziehen, abzuschrauben oder auf andere Weise zu entfernen brauchte. Meine Finger waren in der Lage, ihre Form und Konsistenz zu ändern, ganz hart oder ganz weich zu werden, wie es mir gerade in den Kram passte. Auch der Rest meines Körpers besaß weitestgehend dieses Talent. Einen Schraubenzieher aus dem Zeigefinger zu formen, kostete keine Anstrengung, ob Kreuz oder Schlitz war nebensächlich, nur das Schrauben selbst beanspruchte etwas mehr Mühe, da ich mich mit drehen musste.

Die innere Wandung des Beckens war glatter als die meisten Oberflächen, mit denen ich es bisher zu tun bekommen hatte. Es gab keine Ecken, nur Kurven, was mich an die Glasur von Porzellan erinnerte. Das Material fühlte sich angenehm an, obwohl es auch unter längerer Berührung kühl blieb.

Eine ganze Weile strich ich an den Wänden entlang und genoss die Glätte, mit der meine Haut in Berührung kam. Irgendwann siegte jedoch die Vernunft, und ich machte mir bewusst, dass mir Wohlgefühl auf Dauer nichts einbringen würde - zumal allmählich die Luft knapp wurde.

Also stieg ich wieder zur Oberfläche, um in mich aufzutanken, was von der Luftblase noch übrig war. Das meiste befand sich ohnehin schon in mir drin. Während des Tauchgangs hatte ich Karbondioxid durch meine Haut strömen lassen.

Ich war nach wie vor sicher, dass es irgendwo in diesem Kerker eine Tür geben musste. Als Shilling mich hineinwarf, waren meine Knochen noch fest und unflexibel, mein Körper noch groß und kein bisschen aufgeweicht gewesen... Zumindest hoffte ich das, denn zugegebenermaßen hatte ich einen ziemlichen Rausch gehabt, sodass ich mir eigentlich nicht allzu sicher sein durfte. Aber selbst wenn sie mich zu einem handlichen Paket zusammengestaucht hätten, eines Spalts oder irgendeiner anderen Öffnung hätte es auf jeden Fall bedurft, um mich hierher zu verfrachten.

Diese Stelle suchte ich.

Ich übersah sie solange, bis ich mich soweit wie überhaupt möglich ausbreitete und mich nach und nach gegen jeden Quadratzentimeter Fläche presste, ohne aber meinen Zusammenhalt aufzugeben. Ich konzentrierte mich ausschließlich auf die Sensibilität meiner Nerven und schob mich auf diese Weise über Boden, Wände und Decke meines Gefängnisses.

Mir wurde viel Geduld abverlangt, aber irgendwann entdeckte ich einen unscheinbaren Riss im Porzellan, das sich über der Luftblase spannte, eine kreisförmige Fuge.

Soviel wie ich von mir erübrigen konnte, sandte ich zu dieser Stelle und zog mit aller Kraft daran. Ich vergaß Zeit und Raum um mich herum, war nur noch auf diese eine Anstrengung fixiert, darauf, mir einen Fluchtweg aus der Klemme zu öffnen.

Irgendwann schaffte ich es tatsächlich, die Luke aufzubrechen, und sofort quoll ich hinaus in die Freiheit. Als alles von mir draußen war, ließ ich die Kerkertür hinter mir wieder zufallen.

Sie splitterte unter der Wucht.

Ich fand mich auf einem Korridor wieder - einem *dunklen* Korridor, wie ich feststellte, kaum dass sich meine Augen rekonstruiert hatten.

Auch hier musste ich meinen Weg entlang der Wände erfühlen. Sie waren nicht annähernd so glatt wie die Wandung des Pools - ganz anders. Ich tastete auch über den Boden und kam zu der Erkenntnis, dass er aus Marmor bestehen musste, während die Wände mit nacktem, kaltem, Feuchtigkeit ausschwitzenden Gips verputzt waren.

Auf dem Boden stellte ich noch etwas anderes fest: Viele Leute mit unterschiedlichem Schuhwerk mussten ihn vor gar nicht langer Zeit beschritten haben. Ich griff sogar in die Spucke von jemandem, bevor mir klar wurde, dass ich besser nicht dorthin gelangt hätte.

Dann aber überkam mich die Gewissheit, dass mir der Schmutzfink nicht unbekannt war.

»Er dürfte inzwischen umgekommen sein«, sagte eine fremde Stimme unweit von mir.

»Darauf würde ich nicht wetten«, erwiderte jemand, der mir vertrauter war. »Morty findet Wege aus den perfektesten Fallen.«

Die Stimmen kamen näher.

Ich überdachte meine Chancen. Durch den Korridor, in dem ich mich befand, konnte ich mich rennend, gleitend oder dahinfließend bewegen – ich konnte mich aber auch einfach vor ihnen verstecken, bis sie mein Verschwinden entdeckten und ihnen dann dorthin folgen, wo Leute wie sie sich gerne aufhielten, oder ich...

Ich ließ meine Knochen wieder härten und setzte mich so zusammen, dass meine Gestalt menschlich wurde, auch wenn mich das Gefühl beschlich, ich könnte ein paar unbedeutende Details durcheinandergebracht haben. Meine Kleidung hatte ich schon verloren geben müssen, bevor ich dem Becken entronnen war. Wann und unter welchen Umständen, wusste ich nicht mehr. Noch während ich die überflüssig gewordene Luft ausatmete, die mich wie eine Melone hatte anschwellen lassen, verlieh ich auch meinem Skelett wieder Form. Meine Füße steckten noch in der Öffnung, aus der ich gekrochen war, und dort sitzend wartete ich darauf, dass den Stimmen auch die dazugehörigen Gestalten folgten.

Sie brachten Licht mit, das ich mir borgte, um einen schnellen optischen Check an mir vorzunehmen. Dabei bemerkte ich zu meinem Schrecken, dass ich an einer meiner Hände sechs statt fünf Finger hatte. Ich resorbierte den überzähligen, fuhr ein Auge aus und überprüfte das Gesicht. Der Mund hätte zweifellos *unter* der Nase sein sollen – ich brachte auch das in Ordnung und zog das Auge zurück in seine Höhle.

»Verdammt!«, fluchte der eine.

»Hallo, Morty«, begrüßte mich unaufgeregt der andere.

Ich blinzelte an der Taschenlampe vorbei, die auf mich gerichtet war, und erkannte Pete Peterson, einen von Shillings bekanntesten Schlägern. Aber er war immer freundlicher zu mir gewesen als andere, deshalb mochte ich ihn.

»Hallo, Pete«, gab ich zurück. »Täusche ich mich, oder ist da jemand ziemlich wütend auf mich? Leider kann ich mich beim besten Willen nicht erinnern, was der Grund dafür ist...«

»Wie kannst du so eine Geschichte verdrängen?«
»Was für eine Geschichte?«
»Spaß beiseite, du erinnerst dich wirklich nicht?«
»An *was?*«
»Shilling gab eine dieser Partys, bei denen sich die wichtigen Kunden scharenweise um den Pool versammeln, sich am Gratisausschank von Alkohol und anderen Drogen erfreuen und nebenbei versuchen, sich gegenseitig die Kleider vom Leib zu reißen, du weißt schon. Jedenfalls bist du da hineingeschneit, grölend und mit drei Messern in jeder Hand herumfuchtelnd. Du hast mit den Dingern um dich geschmissen, ein paar Typen getroffen, aber keinen ernsthaft verletzt – war das eigentlich Absicht oder Unvermögen? Ich würde mal raten, es war gewollt. Jedenfalls hast du immer drei Leute auf einmal in den Pool gestoßen und dabei wie ein übergeschnappter Papagei wiederholt, was sie geschrien haben... An nichts von alledem erinnerst du dich?«
»Wenn ich's doch sage.« Das sah mir gar nicht ähnlich. Oder vielleicht doch. Ich wusste immer noch sehr wenig über mich selbst.
»Du hast getönt, Kali oder Shiva oder ein anderer dieser vielarmigen Hindu-Götter zu sein. Und hast geschworen, dass du das Blut der Leute trinken und ihre Köpfe als Halsschmuck umhängen wolltest. Seit wann bist du so religiös? Eine knappe Minute lang dachte ich, dass du es tatsächlich ernst meinen könntest, aber mehr als heiße Luft kam nicht. Du hast es nicht geschafft, auch nur einen einzigen umzunieten. Wie konnte *das* deinem Verstand entfallen?«
»Vielleicht habe ich diesen Inhalt meines Verstands in dem septischen Tank – oder was immer es war – gelassen, aus dem ich gerade gekrochen bin...« Ich zeigte auf das Loch, in dem meine Beine baumelten.
»Du meinst das Säurebad?«
»Säure?«, wiederholte ich. Ich hatte davor noch nie mit Säure herumexperimentiert... Nun war ich in purer Säure herumgeschwommen, ohne es zu bemerken? Okay, der Geschmack war mir gleich ein bisschen komisch vorgekom-

men, aber es gab viele Flüssigkeiten, die ich noch nicht probiert hatte, sodass ich sie auch nicht einordnen konnte.

»Das meiste Fleisch, das wir hineintun, löst sich restlos auf«, sagte Peterson.

»Das legt nahe, dass Shilling wirklich aufgebracht war, stimmt's?«

»So wütend habe ich den noch nie erlebt«, bestätigte Peterson. »Du darfst ihm keine Besuche mehr abstatten, Morty. Wann geht das endlich in deinen Gummischädel, dass wir dich hier nicht mehr haben wollen?«

»Manchmal glaube ich, es kapiert zu haben, aber Vernunft ist nicht alles, was zählt«, gab ich zu bedenken. Vielleicht hätte ich es nicht sagen sollen. Meist war es nicht sehr klug, die geheimsten Gedanken vor anderen offen zu legen. Außerdem: Je mehr ich über mich preisgab, desto mehr regten sich die Leute darüber auf. Und ob Peterson überhaupt verstand, was ich meinte...

»Du bist eine gespaltene Persönlichkeit?«, zerstörte er jede noch so vage Hoffnung. »Und die einzelnen Splitter können einander nicht ausstehen, hab ich Recht?«

»Könnte hinhauen.«

»Na, dann verklickere mal den einzelnen Splittern deines Egos, sodass sie's schnallen: *Du kannst dich hier nicht mehr blicken lassen! Nie wieder!* Durch dich macht der Boss Minusgeschäfte. Du hast unser Wohlwollen restlos aufgebraucht. Such dir andere Opfer, die du mit deiner Anhänglichkeit kaputtmachen kannst!«

Ich starrte lange stumm in das Licht seiner Lampe und versuchte mir die Botschaft einzuprägen, die er mir vermittelt hatte.

Sie tat weh.

Soweit ich mich erinnerte, war Shilling die erste Person überhaupt gewesen, der ich begegnet war. Ich hatte meine Augen in absoluter Dunkelheit und hitzegeschwängerter Stille geöffnet, und dann war der Kofferraumdeckel aufgesprungen, und Shilling hatte auf mich herabgeblickt. Ich hatte zusammengerollt dagelegen, die Hände hinter dem

Rücken zusammengebunden und mit den Fußfesseln verknotet.

Shilling war eine düstere Erscheinung, alt und faltenübersät, mit sprödem, schlohweißem Haar, das die Sonne in Silber verwandelte. Zuerst dachte ich, noch nie etwas Schöneres gesehen zu haben – bis mir bewusst wurde, dass ich mich nicht entsinnen konnte, überhaupt jemanden oder etwas davor gesehen zu haben...

Ein Auto hatte mich geboren, wie ich später sarkastisch für mich feststellte, und Shilling war in diesem Sinnbild nichts anderes als meine Hebamme gewesen.

»Wer bist du, verdammt?«, hatte er mich angeblafft und hinuntergelangt zu mir, um das Klebeband von meinen Lippen zu reißen. »Was hat das zu bedeuten?«, hatte er sich an jemanden gewandt, den ich nicht sehen konnte. »Ich wollte einen mintgrünen Caddy Coupé de Ville, okay. Aber habe ich einen mit einer Beigabe im Kofferraum bestellt?«

»Nein, und es tut mir leid, Boss«, erwiderte die Stimme, von der ich damals noch nicht gewusst hatte, dass sie Peterson gehörte.

Je mehr ich im Laufe der Zeit über zwischenmenschliche Beziehungen lernte, desto merkwürdiger fand ich es im Nachhinein, dass Shilling mich in dieser Situation mit zu sich nach Hause genommen hatte, meine Hände und Füße befreite, mich fütterte, mit mir redete und mir sogar einen Namen schenkte. Viel ähnlicher hätte es ihm gesehen, wenn er mich einfach hätte erschießen und irgendwo in der Wüste verscharren lassen.

Aber das hatte er nicht getan, und dafür war ihm meine Zuneigung sicher. Ich liebte ihn für jedes Wort, das er je zu mir gesprochen, für jedes Mal, das er mich berührt, für jede kleine Aufmerksamkeit, die er mir geschenkt hatte. Sein Gesicht war das erste, das ich bewusst gesehen hatte, und ich hatte es mir unauslöschlich eingeprägt. Ich wollte, dass er stolz auf mich war, wollte ihm dienen und ihn beschützen.

Anfangs dachte nicht nur ich, dass es tatsächlich Dinge geben könnte, die ich für ihn tun könnte. Er versuchte, meine Stärken zu trainieren, konzentrierte sich dabei ausschließlich auf meinen Körper, weil er sich nicht vorstellen konnte, dass das Training meines Verstandes sich lohnen könnte.

Peterson hatte die Sache selbst in die Hand genommen und meistens in einer Weise auf mich eingeredet wie: »Kannst du nicht härter zuschlagen? Okay, hier ist ein Gummiknüppel, nutze das Schwungmoment, wenn du so wenig eigene Kraft hast!« Oder: »Das hab ich ja kaum gespürt! Du musst dich bemühen, Schaden anzurichten, Morty, *Schaden!*« Ich weiß auch nicht, woran es lag, aber ich konnte den ganzen Tag lang problemlos Melonen zermatschen, sodass ihr Inhalt mit hässlichem Geräusch in alle Richtungen spritzte, das gleiche gelang mir mit detailgetreu nachgebildeten Modellen von Tieren oder Dingen, aber bei allem, was wie ein *Mensch* aussah, versagte ich.

Glaubte ich Peterson, war ich jedoch immerhin fähig, Leute mit Messern zu bedrohen und sie, wie letzte Nacht, in einen Pool zu werfen. Vielleicht musste ich mir nur ein gewisses Level an Trunkenheit bewahren, um künftig auch andere Herausforderungen erfolgreich zu bewältigen, an denen ich bisher, im nüchternen Zustand, gescheitert war.

»Bist du sicher, dass es wirklich nichts mehr gibt, was ich für Shilling tun könnte? Gar nichts?«, wandte ich mich an Peterson. Selbst für mich selbst hörte es sich unerträglich kriecherisch an.

»Gib es endlich auf, Morty. Das Einzige, was er sich jetzt noch von dir erhofft, ist, dass du krepierst. Mir persönlich wäre es lieber, wenn du verschwinden würdest. Ich hab keinen Schimmer, wie man dich wirklich zuverlässig killen könnte.«

Ich stand auf. Der andere Kerl, der mit Peterson gekommen war, wich einen Schritt zurück, und mir fiel auf, dass ich größer als früher war - ich überragte sogar Peterson.

Was war passiert? Ich erinnerte mich nicht daran, Masse gewonnen zu haben, und woher hätte ich sie auch nehmen sollen? Nachdem Peterson mir eröffnet hatte, dass ich in

Säure gelegen hatte, schwante mir allmählich, was aus meiner vermissten Kleidung geworden war. Etwas Unerklärliches hatte einen Stoffwechsel daran vollzogen...

Peterson seufzte. »Folge uns, Morty. Wir werden dir etwas Neues zum Anziehen besorgen«, sagte er.

»Danke«, sagte ich und heftete mich an ihre Fersen. Dabei sah ich mich etwas genauer um. Zweifellos befand ich mich in einem Kellerlabyrinth, das ich noch nie betreten hatte – es musste tiefer liegen als die Verliese und Folterkammern, die ich kannte, vielleicht sogar noch tiefer als die Gräber. »Was gibt es sonst noch Interessantes hier unten?«

»Einiges, was bei dir wohl auch nicht funktionieren würde«, knurrte Peterson.

»Aber das hier war nicht eure todsicherste Methode, habe ich recht?«

»Durchaus, es gibt auch noch die eher klassischen Wege, jemanden um die Ecke zu bringen, zum Beispiel ihn mit Blei vollzupumpen oder hundert Mal durch ein Sägewerk laufen zu lassen und hinterher abzuwarten, ob sich seine Einzelteile wieder zu einem Ganzen zusammenfügen...«

»Aber so was Entsetzliches habt ihr nicht an mir ausprobiert.«

Er verneinte.

»Dann scheint Shilling ja doch noch was für mich übrig zu haben...« Das glaubte ich in diesem Moment wirklich, denn wenn er davor zurückschreckte, mir die von Peterson geschilderten furchtbaren Dinge anzutun, musste er mich doch in irgendeiner Weise noch mögen, sonst hätte er ohne Skrupel *zuerst* die extremsten Methoden getestet, oder etwa nicht? Aber die ganz ekligen Sachen hatte er mir bislang erspart. Wie anders sollte ich diese Zurückhaltung also interpretieren?

»Natürlich mag er dich, aber er kann dich nicht mehr in seiner Nähe ertragen, Morty. Du vermasselst ihm zu viele wichtige Geschäfte. Du musst abhauen und ihm fernbleiben, kapierst du? Das nächste Mal, schätze ich, werden dir die Kugeln nicht erspart bleiben...«

»Verstehe«, erwiderte ich. Jedenfalls verstand ein kleiner Teil von mir, aber wie lange dieses Verstehen anhalten würde, hätte ich nicht zu sagen vermocht.

»Du bist furchtbar groß geworden«, meinte Peterson, als wir in seinem Quartier in einem der Häuschen entlang des Pools ankamen. Der schmächtige Mann, der mit ihm das Säurebecken aufgesucht hatte, hatte sich von uns verabschiedet, kaum dass wir aus dem Kellergeschoss getreten waren. Er verschwand so hastig, dass ich Mühe hatte, mir sein Gesicht im hellen Licht einzuprägen und es der Gedächtnisakte beizufügen, in der ich alles aufbewahrte, was mit Shilling zu tun hatte. »Kann sein, dass ich gar nichts habe, was dir noch passen könnte.«

»Ich weiß auch nicht, was dieses Wachstum verursacht hat, Pete.«

»Wie geschieht eigentlich überhaupt alles mit dir? Du bist mir ein verdammtes Rätsel!« Er ging die Kleidungsstücke in seinem Schrank und an der Garderobe durch und bot mir schließlich ein großes buntes T-Shirt und weitgeschnittene marineblaue Badeshorts an. Ich probierte beides, und es passte – gerade mal eben so jedenfalls. Aber wenn ich meine Finger bei Bedarf in Schraubenzieher verwandeln konnte, redete ich mir zu, durfte mein Talent nicht daran scheitern, wenn es drum ging, mich selbst ein wenig zu schrumpfen.

Doch ich konnte machen, was ich wollte, es gelang mir *nicht*, mich kleiner machen. Allein der Versuch, ein bisschen von der Masse, die von der Kleidung eingeengt wurde, in Arme und Beine zu verlagern, fruchtete schließlich. Meine Hände und Füße schwollen an, aber dort, wo ich es drauf anlegte, schaffte ich mir etwas Luft.

Peterson verfolgte meine Bemühungen eine Zeitlang, konnte es aber irgendwann nicht mehr mitansehen. Achselzuckend setzte ich meine Korrekturen solange fort, bis ich mich einigermaßen bequem in der geliehenen Kleidung bewegen konnte.

Ich war versucht, ein Auge auszufahren und zu schauen, was für eine Figur ich abgab, aber dann ließ ich es doch sein, weil ich Peterson damit wahrscheinlich doch geschockt hätte, auch wenn er von allen, die ich getroffen hatte, seit ich das Licht der Welt im Kofferraum eines Cadillac erblickt hatte, noch der Toleranteste war. Ob er allerdings etwas für Stilaugen übrig hatte, wollte ich dann doch lieber nicht herausfinden.

Ich schlenderte durch seine Wohnung und fand Ersatz: einen Spiegel. Aber auch nachdem ich mich betrachtet hatte, war ich mir noch nicht sicher, ob meine Kosmetik gelungen war. Ich tröstete mich aber damit, dass es wahrscheinlich genügend noch merkwürdiger aussehende Leute in den Straßen von L.A. gab.

Oder auch nicht.

Peterson sagte: »Hier sind zwanzig Mäuse. Verwende wenigstens einen Teil davon als Fahrgeld, um so weit wie möglich von hier fortzukommen.«

»Danke.«

»Ich werde dem Boss sagen, dass wir dich nun endgültig los sind. Entlarv mich bloß nicht als Lügner, Morty.«

Ich wollte ihm versprechen, dass er sich auf mich verlassen konnte, bis mir einfiel, dass ich keine Versprechen mehr geben wollte - niemandem. Denn bisher hatte etwas in mir es immer wieder fertig gebracht, selbst Schwüre zu brechen.

Er klopfte mir auf die Schulter und musste sich dafür ganz schön strecken. Dann begleitete er mich hinunter zum Geheimtor im entferntesten Winkel des Grundstücks und machte den Sicherheitsleuten klar, dass sie mich gehen zu lassen hatten.

Kurz darauf marschierte ich die sich windenden Straßen von Beverly Hills hinunter Richtung Sunset und zerbrach mir den Kopf, wie es weitergehen sollte. Vielleicht hätte ich mich mit der einzigen Mutter besprechen sollen, die ich hatte: dem Caddy. Er hätte mir vielleicht einen Hinweis liefern können, wer ich vor meinem Erwachen im Kofferraum gewesen war. Auf diese Weise hätte sich vielleicht eine Spur ergeben, die mich weg von Shilling gezogen hätte... Dumm, dass mir diese Idee nicht schon gekommen war, als ich mich noch auf dem Anwesen aufgehalten hatte. Aber vielleicht tat es auch ein anderes mintgrünes Coupé de Ville…

Ich hatte noch nie versucht, ein Auto anzusprechen, fand aber eine verkehrsreiche Kreuzung mit etlichen Ampeln, stellte mich mit dem Gesicht zum Verkehr an einen Fußgängerüberweg und winkte jedem Honda, Hyundai, Mercedes, BMW, Ford, Chrysler oder Mercury Bobcat, der an mir vorbeifuhr. Die meisten ignorierten mich schlicht und einfach, wenn man von ihrem Gehupe absah, dessen sprachlichen Sinn ich nicht verstand, trotzdem versuchte ich es unverdrossen weiter.

Verschiedene Polizeistreifen hielten sporadisch neben mir, um mich aufzufordern, doch weitergehen und den Verkehr mit meinem Winken nicht zu gefährden, und schließlich entschied ich mich doch, einen der Busse zu besteigen, wie Peterson es mir ans Herz gelegt hatte.

Aber der Busfahrer wollte meinen Zwanziger nicht akzeptieren. Ich musste in einen Laden gehen und kaufte mir eine Postkarte, um an Kleingeld heranzukommen. Danach wählte ich einen anderen Bus, und diesmal klappte es reibungslos.

Aber schon unten in Chinatown war für mich Endstation, denn ich war mir immer noch nicht schlüssig, was ich überhaupt mit mir anfangen sollte. Mein Fluchttalent, das mir aus prekären Situationen herausgeholfen hatte, sprach in meiner momentanen Lage nicht an. Ich schaffte es nicht einmal, wie üblich, ein paar zwielichtige Gestalten so auf die Palme zu bringen, dass sie mich irgendwo hineinsperrten, wo ich erst wieder hätte ausbüchsen müssen.

Ich stand kurz davor, mir etwas wirklich Folgenschweres einfallen zu lassen, das ich anzetteln konnte, um endlich eine Reaktion zu erfahren. Auf die Bullen würde Verlass sein. Sie würden es auf jeden Fall fertigbringen, mich einzubuchten, davon war ich überzeugt…

Hunger hatte ich nicht. Ich brauchte allgemein wenig, um bei Kräften zu bleiben. Aber unentwegt ging mir die Frage durch den Kopf, wer mich damals mit welchen Absichten gefesselt im Kofferraum eines Autos deponiert hatte.

Aus heutiger Sicht erschien es mir absurd, dass ich mich dort überhaupt hatte einsperren lassen. Binnen Sekunden hätte ich durch irgendeine Fuge heraussickern können. Warum hatte ich es mir gefallen lassen, dazuliegen, schwitzend im eigenen Saft zu schmoren und meine Angst in der Dunkelheit zu riechen, bis zu jenem Moment, da Shilling den Deckel gehoben und mich herausgelassen hatte? Was hatte mein früheres Selbst dazu bewogen, auszuharren? Oder, anders gesagt, was hatten die Leute, die mein früheres Selbst in den Kofferraum gesteckt hatten, mit mir *vorgehabt?*

Wenn ich nur mit dem Auto hätte reden können!

Vielleicht war mein Draht zu Peterson oder Shilling doch noch nicht ganz unterbrochen...

In einem Geschenkladen erhielt ich genügend Wechselgeld, um das nächste Münztelefon aufzusuchen. Dort wählte ich Shillings Privatnummer. »Hier ist Morty«, sagte ich, als abgehoben wurde.

Er legte sofort auf.

Ich tippte die Nummer erneut ein und bat eindringlich: »Leg *nicht* gleich wieder auf!«

Er legte auf.

Ich wählte wieder. »Ich habe nur eine Frage...«

»Dieser Bastard Peterson hat mir geschworen, dass du tot bist!«

»Bist du sicher, dass er nicht nur sagte, ich sei weg?«

»Was?« Für ein, zwei Minuten schwieg er verdutzt, legte aber nicht auf.

»Ich hab mich auf und davon gemacht, Boss, und hab nur eine einzige Frage an dich. Danach lass ich dich für immer in Ruhe: Wer hat dir das Auto besorgt, in dem ich damals gefunden wurde?«

»Mit solchen Kinkerlitzchen habe ich mich nie befasst. Da musst du dich schon an Peterson wenden, diesen Hurensohn!«

»Ich habe seine Nummer nicht.«

Er fluchte noch lauter. »Versuch's mal beim Arbeitsamt – dort wird er sich nämlich bald umsehen müssen!« Nach einer Serie weiterer Flüche nannte er mir schließlich doch die Nummer.

»Es tut mir aufrichtig leid, dass ich dir die Geschäftsparty verdorben habe, Boss«, sagte ich zum Abschied. »Ich weiß nicht, was in mich gefahren war.«

»In deinem eigenen Interesse sollte es das letzte Mal gewesen sein, Morty! Oder das nächste Mal wird unwiderruflich das letzte Mal bleiben!«

»Ich versuche, dir nicht mehr in die Quere zu kommen«, sagte ich.

»Dass ich nicht lache!« Er legte auf.

Ich wählte die Nummer, die er mir gegeben hatte. Peterson meldete sich. Als er meine Stimme erkannte, stöhnte er auf.

»Nur eine Frage«, sagte ich rasch.

»Woher hast du meine Nummer?«

»Ich habe Shilling darum gebeten.«

»Morty! Er dachte doch, dass du verdammter Idiot tot bist! Jetzt wird er *mich* umlegen!«

»Nein, ich hab ihm versprochen, wegzubleiben.«

»Verschwinde aus der Leitung. Ich muss hier weg!«

»Pete, wer hat dir den Caddy verhökert, in dem ich gefunden wurde?«

»Ein kleiner Gauner in Vegas, Vinny Furness hieß er, glaub ich. Und jetzt: Goodbye!« Er legte auf.

Ich fragte mich, ob ich ihn wirklich in den Schlamassel manövriert hatte. Ich dachte ein Weilchen über Shilling nach und kam zu dem Schluss, dass ein Kerl, der nicht davor zurückschreckte, mich Arsen saufen zu lassen, mir den Schädel mit einer .45er wegzupusten, mich an Piranhas zu verfüttern, bis diese am Ende selbst an Magenverstimmung krepierten, mich auf einen Stuhl zu schnallen und ein paar Millionen Volt durch mich hindurch zu jagen oder in ein Fass mit Säure zu stecken, durchaus imstande war, auch Peterson ernsthaften Schaden zuzufügen.

Aber ich mochte Peterson, er war immer freundlich zu mir gewesen. Deshalb nahm ich einen Bus, der zurück nach Beverly Hills fuhr. Ich befragte die Wachen an der versteckten Torausfahrt, ob sie Pete gesehen hätten, ob er das Gelände verlassen hätte. Nach einigen Überredungskünsten verrieten sie schließlich, dass er es so weit gar nicht mehr geschafft hatte und jetzt im Keller des Hauses schmachtete. Nach dieser Information ballerten sie aus allen Rohren auf mich, weil ich sie stehen ließ und hoch zum Haus rannte. Viel erreichten sie nicht, denn ich verwandelte meine Rückansicht in eine wirklich harte Sorte Gummi, an der ihre Kugeln als Querschläger abprallten.

Durch eine der Notluken, die ich eines Tages zufällig bei einem Spaziergang entdeckt hatte, gelangte ich in die Kellergeschosse, wo ich mich sogleich der Ebene zuwandte, die für Folterungen reserviert war. Ich hoffte inständig, Shilling würde sich Peterson dort vorknöpfen, anstatt ihn nach noch weiter unten geschafft zu haben.

Ich wurde fündig. Peterson war auf den großen Stuhl im ersten Raum geschnallt, dem Raum voller furchteinflößender Utensilien wie Kneifzange oder Brandeisen, die gern für Leute benutzt wurden, die leicht zu erschrecken waren. Das hatte Pete selbst einmal gesagt, als er noch ungebrochenen Mutes gewesen war, mich selbst zu einem Experten in Sachen Töten und Quälen ausbilden zu können.

Shilling saß im bequemen Besuchersessel und sah durch seine dunkle Brille zu, wie der schmächtige Mann, der mit Peterson zum Säurebecken gekommen war, mit einer glühenden Eisenstange vor Petersons Gesicht herumfuchtelte.

Peterson schüttelte den Kopf. Der Schweiß rann in Bächen an ihm herunter »Es gibt keinen Weg, Morty loszuwerden, Boss«, keuchte er. »Du weißt das, und ich weiß das. Ihn zu überzeugen, dass er aus eigenem Antrieb verschwinden muss, schien mir noch das Erfolgversprechendste...«

»Du enttäuschst mich«, sagte Shilling. Und klang enttäuscht.

»Tut mir leid, Boss.«

»Baldwin, küss ihn mit der Glut. Vielleicht begreift er dann, *wie* enttäuscht ich bin«, sagte Shilling.

»Nein, Baldwin, nicht!« Ich betrat den Raum.

»Verdammt, Morty! Habe ich dir nicht gesagt, dass du abhauen und fortbleiben sollst?«, brüllte Peterson mich an.

»Klar hast du das, aber ich hab dich in gottverdammte Schwierigkeiten gebracht. Was blieb mir also übrig, als zu versuchen, die Sache wieder ins Reine zu bringen?«

Ich ging hin, umfasste das Eisen an seinem rotglühenden Ende, wand es aus dem Griff des Schmächtigen und schleuderte es hinter mich in eine entlegene Ecke. Anschließend löste ich sämtliche Gurte, die Peterson auf dem Stuhl festhielten und half ihm aufzustehen. Er war in Schweiß gebadet und zitterte saft- und kraftlos. Und so einer hatte mir mal erzählt, die Brandeisen seien bloß Kinderkram. Ganz schön komisch.

»Morty!«, richtete Shilling erbost das Wort an mich. »Was, zum Teufel, ist mit dir passiert?«

»Was meinst du?«

»Wann hast du dich in diesen Riesen verwandelt?«

»Letzte Nacht oder heut früh, Boss, bin mir nicht ganz sicher.« Meine Kleider waren schon wieder zu eng, vielleicht weil ich etliche Klöße gegessen hatte.

»Weißt du, wie dämlich du aussiehst?«

»Ungefähr«, nickte ich.

»Aber du weißt nicht, wie phantastisch du in der passenden Garderobe aussehen könntest.«

»Nein.«

»Weißt du, wie man ein Auto steuert?«

»Nein, weiß ich nicht. Aber ich gehe jede Wette ein, dass ich es lernen könnte.« Noch während ich antwortete, fragte ich mich, ob dieses Geschwätz mich näher an das Coupé de Ville heranbringen würde.

»Du magst keine Leute angreifen können, aber du könntest Leute *beschützen,* oder nicht? Was mich darauf bringt, ist, dass du hier doch gerade diesen kleinen Scheißer Peterson zu beschützen versuchst.«

»Kann sein.«

»Bist du mir gegenüber immer noch loyal, Morty?«

»Klar, Boss.«

»Also immer noch loyal, immer noch genauso dämlich wie früher, aber dafür jetzt sogar im Kingsize-Format«, murmelte Shilling. »Ich will dir was sagen, Morty: Du kannst Peterson als persönliches Spielzeug behalten. Er bringt dich zu meinem Schneider, und wir verschaffen dir ein paar wirklich nette Klamotten. Dann bringt er dir bei, was ein Chauffeur wissen muss. Du wirst nie wieder betrunken oder high sein, und du wirst meine Kundschaft in Ruhe lassen! Du fährst mich, wohin auch immer ich dir sage, und du mimst meinen Leibwächter, wenn ich dich dazu auffordere. Was hältst du davon?« Er machte eine Pause und murmelte dann: »Wenn es irgendeine Möglichkeit gibt, die Sache doch zu vermasseln, wird er sie todsicher finden... Aber *kann* man dieses Angebot verpfuschen?«

»Leibwächter?«, echote ich.

»Du sollst meinen Körper beschützen, richtig. Wenn du Leute in den Pool schmeißen kannst, wirst du sie mir doch auch vom Leib halten können, oder? Du musst sie nicht verletzen, und lediglich aufpassen, dass sie mich nicht verletzen.«

»Klingt nicht schlecht, einverstanden«, willigte ich ein, in der Hoffnung, zwei Fliegen mit einer Klappe schlagen zu können: Künftig konnte ich also immer in seiner Nähe sein, ohne dass er sich - hoffentlich - ständig neue Folter- und Hinrichtungsmethoden für mich ausdenken musste. Und ich würde mich mit dem Caddy ins Einvernehmen setzen können - auch wenn ich mir, realistisch betrachtet, nicht allzu viel davon erwartete.

»Geh und sieh zu, dass du salonfähig wirst«, scheuchte er mich und Peterson fort.

Peterson zitterte immer noch wie Espenlaub, sodass ich ihn kurzerhand auf meinen Armen hinaustrug. Ich setzte ihn erst ab, als wir die Garage erreichten. In der einen Hälfte waren zwölf Autos geparkt, in der anderen noch mehr. Peterson lehnte sich an einen dunkelgrünen Jaguar, während ich von dem grünen Coupé de Ville angezogen wurde.

Ich setzte mich auf den Boden davor. »Mom?«

Das Auto stand einfach nur stur da.

»Erinnerst du dich an mich?«

Es sagte kein Wort.

»Erinnerst du dich, woher ich stamme?«

»Du kamst aus dem Hinterausgang des Kalahari-Motels in Las Vegas«, sagte jemand. »Zumindest vermute ich das stark.«

Die Stimme klang wie die von Peterson. Ich schaute zu ihm hinüber. Er sah immer noch ganz krank und fertig aus.

»Was hast du gesagt?«

»Ich sprach von dem Typen, von dem ich den Wagen zugeschanzt bekam. Der arbeitete mit Kerlen zusammen, die ihr Hauptquartier im Kalahari aufgeschlagen hatten, und wenn die irgendwelche Leute loswerden wollten, schleppten sie sie zur Hintertür hinaus.«

»Weißt du dann etwa auch, wer ich bin?«

»Niemand weiß, wer du bist, Morty. Und ich meine, was ich sage: Niemand.«

»Nicht einmal ich«, sagte ich.

»Nicht einmal du.«

»Komm schon, Pete, lass uns nach Las Vegas fahren«, sagte ich und erhob mich.

Er atmete fast wieder normal, doch als er mich jetzt anstierte, traten seine Augen weit vor. »Der Schneider ... das Auto ... deine Fahrstunden ...«, ächzte er.

»Du kannst mir unterwegs das Autofahren beibringen.«

Er schüttelte seinen Kopf und schüttelte ihn immer noch, als ich ihn in das kirschrote Cabriolet drängte, das Garagentor öffnete, den Wagen kurzschloss und damit die Auffahrt hinunter zum Haupttor fuhr.

Erstaunlicherweise schien ich genau zu wissen, wie man mit einem Fahrzeug umging.

Der Sicherheitsdienst hielt Rücksprache mit dem Haus,

und Shilling musste bestätigt haben, dass man uns hinauslassen durfte, denn das Tor schwang auf.

Peterson brauchte viele Meilen, bis er sich beruhigt hatte. Bis es soweit war, versuchte er einiges, um mich zur Vernunft zu bringen: Er fasste mir ins Steuer, startete einen eindringlichen Appell, schrie und flehte und wollte zwischenzeitlich sogar während der Fahrt aus dem Auto springen. Fast hätte er es geschafft, aber ich bekam ihn mit meinem dehnbaren Gummiarm zu fassen, zerrte ihn wieder herein und legte ihm den Gurt an. Danach bibberte er noch eine ganze Weile auf dem Beifahrersitz und starrte nur auf meinen Arm.

Kaum hatte er sich wieder gefangen, änderte er seine Taktik und versuchte, mir Schuldgefühle zu suggerieren, indem er meinte, ich würde mit meinem Verhalten sein endgültiges Todesurteil unterschreiben. Daran hatte ich zu knabbern.

Welcher Teufel ritt mich eigentlich wirklich? Und warum tat ich ausgerechnet Peterson so etwas an, wo er doch immer nett zu mir gewesen war?

Wer war ich, dass mir solche Verrücktheiten einfielen? Und wenn ich eine Antwort darauf bekommen hätte – hätte ich sie überhaupt hören wollen?

Als es dunkel wurde, hielt ich bei einem Truck Stop in den Bergen. Peterson erweckte den Eindruck, als wollte er jeden Moment zusammenklappen, wenn er nicht bald etwas zwischen die Kiemen bekam. Ein warmes Essen und Kaffee, dachte ich, würden ihn wieder auf die Beine bringen.

Ich bestellte ein paar Hamburger für ihn und für mich sogar noch einige mehr, obwohl ich gar keinen sonderlichen Hunger verspürte.

»Das kannst du wirklich nicht bringen, Morty«, versuchte Peterson irgendwann wieder auf mich einzuwirken, diesmal in beherrschtem, sachlichem Ton. Sein Gesicht war aschfahl, mit schattenhaften Flecken unter den Augen.

Die Kellnerin brachte unsere Bestellung, und wir langten zu.

»Du kannst nicht eigenmächtig Dinge tun, die er uns gar

nicht aufgetragen hat. Er wird uns mühelos ausfindig machen, und dann...« Er schnippte mit den Fingern. »Er weiß, in welchem Auto wir unterwegs sind und wird uns einfach die Highway-Polizei auf den Hals hetzen. Wir sollten umkehren, vielleicht ist es noch nicht zu spät.«

»Wir können meine neue Kleidung in Las Vegas kaufen. Shilling hat dort doch bestimmt auch einen Schneider, oder nicht? Ich fahre ziemlich gut, was meinst du?«

»Ich wünschte, du wärst in tausend Fetzen über den Boden von ebenso vielen Canyons verteilt«, sagte er so ruhig, dass ich gar nicht erst anzweifelte, er könnte es auch so meinen.

Ich aß meine Hamburger auf und kaute anschließend noch an einem von seinen herum, den er nicht angerührt hatte.

»Ich werde mit dem Boss telefonieren«, sagte er.

Als er mir den Rücken zukehrte, hatte ich das absonderlich Gefühl, Sand aus mir herausrinnen zu spüren. Ich hatte den Namen eines Mannes und den Namens eines Hotels – aber keine Garantie dafür, dass ich, auch wenn ich in den Besitz weiterer Informationen über mich gelangte, mich danach eher mit mir selbst abfinden würde.

Ich war anders als jeder, den ich getroffen hatte, seit ich einem Kofferraum entstiegen war. Vielleicht gab es nirgendwo auf der Welt einen zweiten, der mir gleichkam...

Und nun war auch noch Peterson, von dem ich gedacht hatte, er sei mein Freund, wütend auf mich und wünschte mir den Tod an den Hals! Ich glaubte nicht, dass er das schon einmal mit dieser Inbrunst und Überzeugung gewollt hatte, nicht einmal, als er versucht hatte, mich umzubringen.

Shilling hatte mir einen Job angeboten. Ich hätte in L.A. bleiben können, hätte einen Platz zum Wohnen und Arbeit gehabt, ganz nah bei jemandem, den ich liebte. Aber sogar diese Chance hatte ich wahrscheinlich vermasselt, indem ich vor ihr davongelaufen war.

Ich biss in den Tellerrand. Er knirschte. Laut.

»Hör mit dem Blödsinn auf, Morty!«, rief Peterson aus der Telefonzelle. »Die Leute gaffen schon alle...«

Ich sah mich um und merkte nun auch, dass Trucker und Touristen mich anstarrten. Ich biss noch einmal zu. Hatte ich nicht Sand verloren? Das hier schmeckte wie ein passabler Ersatz dafür.

»Shilling sagt, es ist in Ordnung, dass wir nach Vegas fahren«, raunte Peterson mir zu, als er zurückkam und sich wieder hinsetzte. Es kam mir vor, als versuchte er den Anschein zu erwecken, mich nicht zu kennen – zumindest tat er, als hätte er nicht gemerkt, was ich mir gerade geleistet hatte.

»Deinem Tonfall nach zu urteilen, vermute ich mal, er hat seine Mittelsmänner alarmiert und ihnen befohlen, uns hinaus in die Wüste zu entführen, um uns dort abzuknallen... Er hasst es, wenn die Leute nicht genau das tun, was er ihnen aufgetragen hat. Da kann er fuchsteufelswild werden.«

Ich schob den Rest meines Tellers in den Mund und aß danach noch mein Trinkglas. Seine Beschaffenheit war anders, aber ich war trotzdem zufrieden.

»Lassen wir den Wagen im nächsten Straßengraben stehen und flüchten wir zu Fuß nach Mexico rüber«, schlug Peterson vor.

»Ich habe das Geschirr mit berücksichtigt«, sagte die Kellnerin und ließ uns die Rechnung da.

»Äußerst delikat«, sagte ich. Meine Kleider strangulierten wieder die Proportionen im Brustbereich. Ich lagerte etwas Lungengewebe in die Oberarme aus, worauf ich befreiter durchatmen konnte.

Die Kellnerin entfernte sich.

»Sonst werde ich den Rest meines Lebens damit verplempern, mich unentwegt zu fragen, wann ich wohl in eine Kugel laufen werde«, sagte Peterson.

»Hast du dich jemals gefragt«, wechselte ich das Thema, während ich versuchte, den Bauch einzuziehen. Es gelang leidlich, brachte mir aber stattdessen einen Höcker auf dem Rücken ein, »woher ich damals kam?«

»Du kamst aus der Hölle«, sagte er.

»Scheint dir das möglich?«

»Wenn man es nicht wörtlich nimmt... Andererseits: *Nichts* scheint möglich, wenn es um dich geht.«

»Ich frage mich oft, wo ich herkam.«

»Vergiss es, Morty. Keiner weiß das, auch Vinny nicht. Ich rief ihn, unmittelbar nachdem wir dich in dem Coupé de Ville gefunden hatten, an, und er war genauso perplex wie wir - zumindest gab er glaubwürdig vor, es zu sein. Er versicherte, dass *er* keinen wie auch immer gearteten Körper im Kofferraum verstaut hatte. Mehr als das wirst du auch nicht aus ihm herauskriegen. Dummerweise habe ich gehört, dass ihn jemand vor ein paar Monaten umgelegt hat...«

»Du sagtest, dass ich aus der Hintertür des Kalahari gekommen sei.«

»Eine Vermutung, na ja, vielleicht ein bisschen mehr als das.« Er legte die Stirn in Falten. »Nicht wenige, die sich auf dem Weg zur Hölle befinden, machten den ersten Schritt dorthin, als sie durch die Hintertür des Kalahari geschafft wurden. Dort wird regelmäßig ausgemistet. Aber dazu wirst du von keinem aus diesem Hotel auch nur ein Sterbenswörtchen erfahren, Morty. Sie werden sich alle taub stellen, egal, mit wem du dich unterhältst.«

Offenbar würde mir niemand je verraten, wer ich war oder woher ich kam.

Nicht ein einziger Mensch auf diesem Planeten.

Außer vielleicht ich selbst, indem ich irgendwann verschüttete Erinnerungen freisetzte, die in brachliegenden Teilen meines Gehirns verankert waren.

»Wird Shilling wirklich Leute anweisen, uns abzuknallen, sobald wir uns in Las Vegas blicken lassen?«

»Das wird er«, sagte er. »Vielleicht werden sie uns auch schon vor Vegas abfangen.«

»Du glaubst, wir könnten in Mexico untertauchen?«

»Eher irgendwo in den Südstaaten: Louisiana, Alabama... Irgendwo, wo Shilling uns nicht vermuten wird. Er hat gute Verbindungen entlang der Westküste und drüben in Nevada –

ebenso in New York, aber wenn es uns gelingt, von seiner Landkarte zu verschwinden und dorthin zu gehen, wo wir ihn nicht stören, wird er uns vielleicht in Ruhe lassen.«

Es ist kalt und nass, wo wir jetzt leben, oben im Norden, und der Winter hat mich träge gemacht. Aber ich habe ein unbändiges Verlangen nach so exotischen Delikatessen wie Holzspänen oder rostigem Metall oder welkem Laub oder Altöl aus Motoren... Pete weiß nicht, was ich mir an obskuren Genüssen gönne, wenn ich draußen herumspaziere. Er tut auch immer noch, als würde er nicht merken, dass ich mehr und mehr Platz in unserer Wohnung beanspruche, doch ich bin sicher, dass es ihm nicht wirklich verborgen bleibt. Warum sonst sollte er darauf dringen, dass ich nur sehr tief in der Nacht das Haus verlasse, um mir die Beine in den dichten, dunklen Wäldern zu vertreten, fernab jeder Straße...?

Kurz nachdem wir in diesem Städtchen angekommen waren, ergatterte ich einen Job bei einer Spedition. Pete fand auch rasch eine Stelle, stieg sogar auf bis ins Management eines Ladens, der sich auf den Handel mit Kleinteilen spezialisiert hatte. Er hat seine Arbeit immer noch, aber ich verlor die meine.

Ich bin ihr einfach entwachsen.

Bevor ich meinen Job sausen ließ, meinten die Jungs dort, ich sei ein Monster, das in einen Zirkus gehöre. Ich fragte Pete, ob dies vielleicht sogar stimmte. Ich merkte, dass er mich nicht kränken wollte, aber dann stimmte er insoweit zu, dass ein solcher Zirkus keine schlecht Wahl wäre, um sich Shillings Nachstellungen weiter zu entziehen. Er selbst jedoch, betonte er, liebe seine neue Arbeit und wollte bleiben, wo er war.

»Wäre es nicht möglich, dass ich sogar aus einem Zirkus *stamme*?«, fragte ich ihn daraufhin.

Er schüttelte den Kopf, musterte mich – musterte mich eindringlich – etwa so lange, wie drei Werbeeinblendungen in seiner Lieblingsshow dauerten. Er nippte an seinem Bier.

Die Sendung ging weiter, und er sah sie sich eine Viertelstunde lang schweigend an, ehe er den Ton abstellte, weil erneut Werbung eingeschoben wurde.

»Früher warst du nichts anderes als ein komischer Kerl«, sagte er. »Ein komischer Kerl, den ich zum erstenmal im Kofferraum dieses Wagens sah, und der Bluejeans und ein kotzhässliches Hawaii-Hemd trug. Ich weiß nicht, wie du schließlich zu dem werden konntest, was du heute bist. Vielleicht hast du was Falsches gegessen. Oder dich traf ein außerirdischer Strahl. Vielleicht hast du auch eine dieser Krankheiten gekriegt, die einen erst im fortgeschrittenen Alter erwischen... Dass du ein Zirkuskind sein sollst, kann ich jedenfalls beim besten Willen nicht glauben.«

Wenn er mit mir spricht, taxieren mich seine Augen. Oft bringt er mir Sachen aus dem Supermarkt mit – Knochen, Kaldaunen, Innereien –, und es scheint ihm nichts auszumachen, dass ich sie roh verspeise. Er scheint überhaupt nicht viel über mich nachzudenken, obwohl er sich viel mit mir unterhält. Meist erzählt er von dem, was er tagsüber im Job erlebt hat. Er spielt auch gern Karten mit mir und plaudert dann von seiner Zeit bei Shilling. Er sitzt in seinem Sessel, trinkt Bier, und ich sitze hinter oder neben ihm und wir sehen gemeinsam fern. Dabei beobachte ich ihn.

Er lächelt.

Manchmal frage ich mich, ob er es mir verziehen hat, dass ich ihn aus seinem gewohnten Leben herausriss und zu einem Neuanfang zwang. Ihn selbst frage ich nicht. Ich kann gar nicht sagen, wie froh es mich macht, dass er jeden Abend zu mir nach Hause kommt.

Ich bin nicht sicher, wo mein Wachstum enden wird. Seit ich so viel Zeit allein in der Wohnung eingesperrt verbringe, habe ich angefangen, ein bisschen mit meinem Verstand herumzuexperimentieren. Mein lädiertes Gedächtnis ist wie ein Puzzle. Immer wieder tauche ich in seinen Tiefen nach Fragmenten, und gelegentlich passen ein paar Bruchstücke so zusammen, dass sie ein Bild ergeben, das überraschende

Erkenntnisse für mich bereithält. Ich lese auch viel in einem Buch, das mir Pete aus der Bücherei mitgebracht hat. Es handelt von den Tieren dieser Welt. Mit seiner Hilfe probiere ich verschiedene Formen aus, habe aber noch keine gefunden, die sich *richtig* anfühlt. Solange ich darauf achte, dass ich wiedererkennbar bin, wenn Pete von der Arbeit nach Hause kommt, wird er sich mit mir abfinden.

Gestern habe ich etwas Neues versucht. Ich platzierte eine beachtliche Menge meiner Substanz vor mir, genügend für einen Menschen, und formte daraus einen ›Jungen‹. Ich stattete ihn mit allem aus, was er braucht, um unabhängig zu funktionieren: Knochen, Blut, Organe, Nerven, Haut, Muskeln, Hirn und auch was ich an Unstofflichem weitergeben konnte - Gedanken, die auch mich beschäftigen, Gefühle, die auch ich habe...

Danach reduzierte ich die Verbindung mit ihm auf eine dünne Schnur in der Bauchgegend.

Er atmete selbständig. Er öffnete und schloss seine Augen. Er streckte seine kleinen Hände nach vorne und nahm das Buch mit den Tieren, blätterte darin und betrachtete die Bilder.

Irgendwann sah er mich an. Und lächelte.

Er berührte mich. Er strich mit seinen Händen über meinen Körper, tätschelte meinen Bauch, lehnte sich an mich und schloss die Augen.

Fast hätte ich ihn ganz losgelassen. Aber ich hatte Angst, er könnte sterben. Als er sich an mich schmiegte, ließ ich ihn einfach in mich zurücksinken, statt ihn freizugeben.

Kaum ist Pete an diesem Morgen zur Arbeit gegangen, lasse ich den Jungen wieder heraus. Wir unterhalten uns. Er geht ins Nebenzimmer und zieht die Schnur hinter sich her, die uns aneinander kettet. Er schaut in den Kühlschrank und bringt mir ein Stück Hüttenkäse mit, von dem ich nicht gewusst habe, dass ich ihn wollte - bis er ihn mir gibt. Mir wird klar, dass ich die ganze Zeit schon einen Heißhunger auf genau diesen Käse habe.

Nachmittags reden wir noch mehr miteinander. Er greift nach vorn und zerreißt die Schnur, die uns verbindet.

Trotzdem lebt er weiter.

Später treibt es ihn wieder in mich hinein, aber obwohl er weint, lasse ich nicht zu, dass er sich wieder mit mir vernabelt.

Er kommt darüber hinweg.

Ich hoffe, Pete mag ihn. Und überlege mir einen Namen. Vielleicht weiß Pete einen.

Und ich denke: Ich weiß nicht, wer ich bin, noch woher ich komme. Aber was auch immer ich bin, ich kann mich vermehren, kann meine Kinder loslassen, damit sie eine Chance haben, ihre eigene Bestimmung zu finden. Vielleicht hat es überhaupt keine Bedeutung, ob ich herausfinde, wer oder was ich bin. Vielleicht ist es nur wichtig, dass ich weiter meinen Weg gehe...

Originaltitel: ›Jelly Bones‹

Aus: ›The Magazine of Fantasy & Science Fiction‹, Juni 1997
Aus dem Amerikanischen übersetzt von Manfred Weinland

Tirkiluk

Funkmeldung von der *Queen of Erin* über Lerwick an Metereologischen Nachrichtendienst, Godalming
Bestätige, dass Wissenschaftsoffizier Seymour am 28. Juli an Land gegangen ist und die Logos II Wetterstation Tuiak Bay besetzt hat. Wissenschaftsoffizier Cayman ist in gutem Gesundheitszustand an Bord gekommen. Keine Feindaktivität beobachtet. Sichtverhältnisse gut. Windstärke 4 von Osten, dreht nach Norden. Klare See. Kehren zurück.

Mittag, 29. Juli 1942
Ich stehe auf dem Schotter und sehe zu, wie die *Queen of Erin* den Anker lichtet und nach Süden dampft. Eigentlich fühle ich mich nicht allein. Die Möwen schrien und drehen ihre Kreise, die Seevögel sammeln sich auf den Felsen, und in dem Moment, als die *Queen* endgültig hinter der Landspitze verschwindet, durchstößt der riesige graue, glänzende Rücken eines Wales kaum zweihundert Meter vom Ufer die Wasseroberfläche und bläst Wolken von Gischt und Dampf in die Luft. Ich fasse das als einen Willkommensgruß auf.

Abend, 2. August
Habe die Haupt- und Reservegeneratoren gründlich überholt. Es ist warm genug, um außerhalb der Hütte in Hemdsärmeln zu arbeiten – aber man braucht sich nur umzusehen, um zu erahnen, was der Winter bringen wird. Die Berge nördlich dieses Tals sehen so aus, als hätten sie hier schon immer emporgeragt, und der Gletscher, der sich zwischen

ihnen von den Eisfeldern runterschiebt, ist einfach unglaublich groß. Dreißig Kilometer bis dahin, und meine ausgestreckten Arme reichen kaum aus, um seine Breite anzudeuten. Komme mir sehr klein vor.

Mittag, 3. August
Habe eine schreckliche Nacht in der Koje verbracht, weil die Kriemelmücken- und Moskitostiche angeschwollen sind und zu jucken angefangen haben. Sie jucken nicht mehr, dafür bin ich jetzt mit Schorf und nässenden Wunden bedeckt. Hoffe mal, dass sich nichts entzündet.

...

Abend, 6. August
Wünschte, ich hätte mich noch etwas mit Frank Cayman unterhalten können, bevor ich ihn abgelöst habe, aber es gab noch so viele technische Details zu besprechen, und außerdem mussten die Vorräte ausgeladen werden. Er sagte mir, er habe 1935 an der Cambridge-Expedition nach Patagonien teilgenommen, die - wie meine eigene kurze Vorkriegsepisode mit der Sonnenfinsternis über den südlichen Orkney-Inseln - als Beweis dafür angesehen wurde, dass es sinnvoll sei, eine arktische Wetterstation zu unterhalten. Er ist Geologe - aber in der Vorkriegszeit haben die Qualifikationen der Wissenschaftsoffiziere, die ich in Godalming traf, auch keinen Sinn ergeben. Eine seltsame Vorstellung, dass viele von uns jetzt über einsame Hütten in der Arktis verstreut sind oder frierend auf irgendwelchen kleinen umgebauten Trawlern durch die Stürme schaukeln. Wenn ich beides miteinander vergleiche - vor allem nach meinen Erfahrungen auf der *Queen of Erin* und dem alles durchdringenden Gestank von ranzigen Heringen -, glaube ich, dass ich letztlich doch froh bin, auf trockenen Boden versetzt worden zu sein.

Frank Cayman machte jedenfalls einen recht gesunden Eindruck, abgesehen von der Frostbeule auf der Nase. Aber er war ungemein still. Nicht einfach nur wortkarg und ruhig, sondern völlig in sich zurückgezogen. Anfangs war ich beeindruckt, wie sauber er mir alles hinterlassen hat, aber jetzt begreife ich, dass man keine andere Wahl hat. Man muss ordentlich sein.

Abend, 9. August
Meine Kontaktperson in Godalming heißt Capella, so wie dieser helle G-Typ-Schwesterstern unserer Sonne. Das bedeutet, wie erwartet, dass Kay Alexander mein Bezugsoffizier ist. Eine lustige Vorstellung, wie sie mit Kopfhörer in dieser zugigen Hütte bei den verkommenen Tennisplätzen sitzt und die Piepser notiert, die ich ihr mit dem Morsegerät sende. Eine seltsame Art von Intimität: ohne Sprachübertragung und gewöhnlich nur mit einer kurzen codierten Antwort, dass die Nachricht empfangen worden sei (hat keinen Sinn, die Frequenzen zu überlasten). Habe mich dabei ertappt, wie ich die beiden Anfragen um detailliertere Wolkendaten wiedergelesen habe, als hätte Kay mehr getan, als sie zu codieren und zu übertragen, indem sie auf ihrem Stift kaute und Strähnen ihres roten Haars zurückstrich.

Zu spät, etwas zu bedauern. Und wenn ich ehrlich bin, vermisse ich im Moment die Sterne mehr als die Menschen. Selbst um Mitternacht ist der Himmel so perlweiß, dass ich kaum die wichtigsten Sternbilder erkennen kann. Aber das wird sich ändern.

Abend, 12. August
Heute Morgen kam ein großer See-Elefantenbulle an den Strand gekrochen, als ich auf dem Felsen meine Wäsche zum Trocknen ausbreitete. Mit Schnauzbart und riesigen, bei Kämpfen zerkratzten Stoßzähnen sah er wirklich wie ein Geschöpf aus einer Geschichte von Lewis Carroll aus. Glaube, wir haben uns beide im selben Augenblick bemerkt. Er sah mich an, und ich sah ihn an. Ich bin in die Hütte zurückgestolpert, und er hat sich beeilt, in die Wellen zurückzukommen. Bin mir nicht sicher, wer von uns sich mehr erschrocken hat.

Abend, 30. August
Muss wirklich aufschreiben, was ich jeden Tag so mache.

Ich bin gewöhnlich um 7:30 wach, bring den Ofen in Gang und frühstücke um acht. Hinterher gehe ich Wasser lassen und lese bis neun von meinem bereits geschrumpften Vorrat ungelesener Bücher. Danach muss ich raus und die Instrumente ablesen. Alle zwölf Stunden Windgeschwindigkeit und -richtung, minimale und maximale Temperatur, Luftdruck, Luftfeuchtigkeit, Wolkenhöhe und -formation, Sichtverhältnisse, Bedingungen auf dem Meer, Anzahl und Größe aller gesichteten Eisberge – das muss ich hier in der Hütte machen und dann auf halber Höhe im Tal an der so poetisch Punkt B getauften Stelle.

Jeden zweiten Tag muss ich außerdem, wenn die Bedingungen es zulassen, den Ballon raufschicken. An diesen Tagen – an denen ich Kanister schleppe, die Leinen straffziehe und dann alles wieder einhole – bleibt bis zum Abend, wenn ich hier alle Werte ablesen und dann wieder zu Punkt B marschieren muss, wenig Zeit für etwas anderes. In den Tagen dazwischen stehen alle häuslichen Banalitäten des Lebens im Mittelpunkt. Kochen, saubermachen, waschen, Wasser vom Fluss holen und den grauen Schimmel abkratzen, der an den Wänden dieser Hütte ständig nachwächst. Dann muss ich die Informationen verschlüsseln und den Generator hochfahren, damit die Ventile warm sind und ich um neunzehnhundert Stunden Lokalzeit übertragen kann. Dann Abendessen, sofern ich es schaffe, etwas von dem Dosenfraß oder dem aufgekochten Trockenfutter runterzuwürgen, das sowieso immer gleich schmeckt.

Dann BBC hören, falls die Atmosphäre die Signale in meine Richtung reflektiert. Hätte gedacht, das Radio sei ein größerer Trost, als es tatsächlich ist. Wenn ich diese schwachen Stimmen über Cafés und Züge und Flugzeugentführungen reden höre, fühle ich mich einsamer, als wenn ich Ewigkeiten aus dem Fenster gestarrt hätte.

10. September

Heute habe ich ein anderes menschliches Wesen gesehen. Ich wusste bereits, dass in dieser Gegend ein paar Eskimos leben, aber wenn man herkommt, sieht alles so gewaltig und - leer ist nicht das richtige Wort, denn auf dem Meer und im Tal wimmelt es von Vögeln, und ich habe Karibus, Füchse, Moschusochsen, wenn ich mich nicht irre, und Hasen gesehen - *unmenschlich*, würde ich sagen. Aber es steht fest. Ich bin nicht allein.

War an Punkt B und habe die Morgenmessungen vorgenommen. Punkt B ist eine Art Felsvorsprung, der an einer Seite steil zum Talboden und dem Fluss hin abfällt, über dessen Felsufer ich mein Wasser schöpfe, und auf der anderen über eine Reihe ausgezackter, mit Grasbüscheln gekrönter Felsvorsprünge ansteigt. Ich hörte eine Art Grunzen und blickte auf, denn ich rechnete mit einem Tier und fürchtete insgeheim sogar meine erste Begegnung mit einem Eisbären. Aber stattdessen sah ich oben auf dem Felshang eine menschliche Gestalt hocken, die auf mich herabsah, ein Gewehr über der Schulter und geflochtene Haare, die im Wind wehten. Nach Sekunden trat er zurück und verschwand.

Frank Cayman sagte mir, dass er keine Eskimos gesehen habe, aber er zeigte mir auf der Karte, wo er Spuren von Lagerplätzen gefunden hatte. Die Stämme hier leben nomadisch, und ich habe den Eindruck, dass sie nach gewisser Zeit in diese Gegend zurückkehren, wahrscheinlich um sich auf den Hochebenen unter dem Gletscher mit Fleisch einzudecken, bevor sie nach Süden weiterziehen, wenn die winterliche Dunkelheit einbricht.

Der Anblick weißer Männer ist für sie wahrscheinlich nichts Neues - der Arktische Ozean war vor dem Krieg ein Tummelplatz von Fischern und Walfängern -, aber man hat mich in Godalming gewarnt, vor ihnen auf der Hut zu sein. Man sagte mir, die Eskimos seien diebisch, krank, unmoralisch, nicht abgeneigt, Informationen an den Kapitän eines abgeirrten deutschen U-Boots zu verkaufen usw. usw.

Ich denke, ich sollte den Kopf einziehen, meine Hütte mit

einem Vorhängeschloss versehen und immer auf Deckung achten, wenn ich rausgehe. Aber jetzt, wo ich weiß, dass ich nicht allein bin, glaube ich, ich könnte auch versuchen, mit ihnen Kontakt aufzunehmen.

14. September

Ein sehr langer Tag, und die unnatürliche Dunkelheit, die jetzt die Luft erfüllt, da die Wolken aufziehen und die Sonne so lang vom Horizont halbiert wird, verleiht der ganzen Szenerie die seltsame Atmosphäre eines Traums.

Ich habe das Eskimolager gefunden, es liegt etwas westlich der Stelle, die Frank Cayman mir auf der Karte gezeigt hat, und als ich nach Norden über Punkt B hinaus aus dem Tal geklettert war, konnte ich es leicht am aufsteigenden Rauch am Rande des morastigen Geländes vor den Bergen ausmachen. Es ist nur fünfzehn Kilometer entfernt, aber es hat mich fast sechs Stunden gekostet, um dorthin zu gelangen, und meine Stiefel und Gamaschen waren durchnässt.

Keine Iglus natürlich, aber es war trotzdem seltsam, Eskimos an einem Rastplatz zu sehen, der einem Indianerlager aus einem amerikanischen Western bemerkenswert ähnlich sah, und das umso mehr, als Torfrauch und das düstere Licht dem ganzen Ort eine Art filmische, körnige Schwarzweiß-Qualität verliehen.

Auf den Geruch war ich nicht vorbereitet, vor allem in dem Zelt aus Karibuhaut und ausgetretener Erde, in das ich eingeladen wurde. Sie scheinen Urin als wertvollen Rohstoff zu betrachten, denn sie benutzen ihn zum Gerben - was verständlich ist -, aber auch, um sich damit das Haar zu waschen. Abgesehen davon wurde ich jedoch freundlich begrüßt, als ich auf das Lager zustapfte und dabei »Teyma!« rief (Frieden - eines der wenigen Eskimoworte, an die ich mich erinnern kann), auch wenn die Kinder mich anstupsten und die Hunde knurrten und bellten. Ein Mann namens Unluku, einer der Älteren, konnte gut Englisch sprechen - auf diese farbige Art, wie er es von den Walfängern gelernt hatte. Er sagte mir, er wisse von meiner Hütte, aber sie hätten nichts dagegen, dass ich mich hier aufhielt, weil ich nicht ihre Karibus oder ihre Robben jagte. Ich fragte ihn auch, was sie über den Krieg wüssten. Er sreichelte den Kopf eines Säuglings, der neben ihn auf dem Schoß seiner Mutter gestillt wurde, und sagte, sie wüssten, dass Kaboola - weiße Männer - sich gegenseitig umbrachten. Sie machen auf mich den Eindruck eines anständigen Volks, fremdartig, übelriechend und unbeständig, aber zufrieden mit ihrem Leben.

15. September

Habe nochmal meinen Eintrag über die Eskimos gelesen und glaube nicht, dass ich ihre Andersartigkeit und Fremdheit richtig wiedergegeben habe.

Am Rande des Lagers waren die sich verflüssigenden, madenzerfressenen Kadaver einiger Karibus zurückgelassen worden, die offensichtlich verrotteten, obwohl ich Hinweise bekam, dass sie hier ihre Nahrung lagerten. Und obwohl diese Menschen im Allgemeinen einen behäbigen, fröhlichen Eindruck machten, gab es eine Gestalt, die in der Mitte des lockeren Rings aus Zelten an einem Walknochenpfahl gefesselt hockte. Die Kinder klaubten gelegentlich einen Klumpen Hundekot auf und warfen ihn nach ihm, und Unluku machte sich die Mühe, manchmal hinüberzugehen und ihm einen lockeren Tritt zu verpassen. Er sagte, die Gestalt sei Inua, was ich für eine Art Kriminellen oder Sündenbock hielt, und als ich das Wort nachzuschlagen versuchte, kam ich noch am ehesten auf eine Art Schamanen. Vielleicht war es auch bloß sein Name. Ich weiß es nicht, und von diesen Eskimos habe ich den Eindruck gewonnen, dass ich es nicht erfahren werde.

20. September

Heute Morgen kam das Versorgungsschiff - die *Tynwald*. Habe irgendwann heute oder morgen mit ihm gerechnet. Bekam ein paar abgegriffene, alte Exemplare des *Daily Mirror*, offenbar in der Erwartung, dass ich wissen wollte, wie's um die Welt und den Krieg und Jane steht. Außerdem Proviant, Ersatzlaternen und einen Wintervorrat Öl. Und neue Rundschreiben aus Godalming, darunter eins über den Diebstahl von Löschpapier.

Hab zugesehen, wie das Schiff hinter der Landspitze verschwand. Die Männer meinten, sie würden's wahrscheinlich schaffen, noch einmal vorbeizukommen, ehe die Route zwischen den Inseln unpassierbar wird. Ich vergesse schon die Namen und Gesichter.

1. Oktober

Schaue gerade durchs Fenster hinaus. Im Halo der Sonne scheint die Venus durch die Zacken weißer Berge, wo der Wind kreischt und knurrt, und die Milchstraße windet sich wie ein großer Fluss über den tiefblauen Himmel, durchwoben von Bändern aus interstellarem Staub; klarer, als ich sie je zuvor gesehen habe.

Ich scheine einen langen Weg zurückgelegt zu haben, nur um etwas Sinn in mein Leben zu bringen.

12. Oktober

Das Eskimolager ist verschwunden. Bin heute morgen, als der volle Mond schien, von Punkt B bis zum Rande des Tals geklettert und konnte mit meinem alten Vorkriegs-Fernglas von Zeiss durch die klare, scharfe Luft alles erkennen.

Kein Mond mehr. Der Himmel ist von einer milchfarbenen Tönung gerändert, die die Sonne verbirgt, und der Wind zu Stärke 6 aufgefrischt. Gestern gab's Schneeschauer, aber irgendwie lässt ihr Ausbleiben heute alles noch viel düsterer erscheinen.

16. Oktober

Drei Tage schreckliches Wetter - hab's nur einmal nach Punkt B geschafft. An den Ballon war nicht zu denken.

Dann das. War stundenlang draußen, bin halb erfroren, völlig verzaubert von der Aurora Borealis, den Nordlichtern. Wie Vorhänge aus Seide, die über den Himmel gezogen werden. Ein leise rauschender Wasserfall aus Licht. Endlose

Aufeinanderfolge von Farben. Und gewaltig. Es gibt keine Worte dafür.

Ich denke an geladene Teilchen, die von der Sonne ausgestoßen werden und durch das irdische Magnetfeld wirbeln. Selbst die Wissenschaft klingt nicht halb so magisch. Ich muss...

Eine Unterbrechung. Ein Scheppern draußen beim Lagerschuppen, das zu absichtsvoll geklungen hat, um vom Wind verursacht zu sein. Außerdem stand die Tür offen - gewaltsam geöffnet - und schlug auf und zu. Ehrlich gesagt hatte ich Angst, als ich da draußen stand und ringsum der Wind im Flackern des Nordlichts pfiff. Ich habe die Tür repariert (und mir dabei den Daumen aufgeschnitten, aber nicht schlimm), und ich habe das kleine 22er Gewehr in Reichweite, als ich am Schreibtisch sitze, als wenn das etwas nützen würde. Aber ich muss gestehen, dass ich Angst habe, während diese großen pfeifenden Vorhänge aus Licht über den Himmel vor meinem Fenster streichen.

Es kann eigentlich nur so sein, dass einige der Eskimos nicht nach Süden weitergezogen sind, und dass sie Langfinger sind (obwohl mir nichts abhanden gekommen ist), wovor mich schon die Ausbilder in Godalming gewarnt haben. Schätze, ich habe jetzt meine erste echte Prüfung zu bestehen.

20. Oktober

Als ich heute bei besserem Wetter draußen war und im schwachen Licht die Werte abgelesen habe, bevor mir die Finger abfrieren konnten, sah ich etwa einen halben Kilometer weiter unten am gefrorenen Strand eine zerlumpte menschliche Gestalt. Das müsste mein Eskimodieb sein. Nachdem ich ihn endlich gesehen hatte, empfand ich irgendwie keine Angst mehr.

Bin hinterher den Strand entlang gegangen. Ich konnte in der Dunkelheit einen grauen Klumpen erkennen, den die Wellen das Ufer hochschoben: der Kadaver einer längst toten Robbe – nicht im entferntesten etwas, das ich je essen würde, aber nach den frischen Schnitten und den stinkenden Flecken auf den Felsen zu urteilen, hatte die zerlumpte Gestalt offensichtlich genau das getan.

War er wirklich *derart* verzweifelt, oder hing ich vielleicht, in Anbetracht der verrotteten Karibus, die ich beim Lagerplatz gesehen hatte, immer noch zu sehr den unbedeutenden Wertmaßstäben einer fernen Zivilisation nach? Mich hat immer die Geschichte dieser viktorianischen Polarforscher wie Franklin interessiert, die sich am Ende gegenseitig auffraßen und in einer Landschaft starben, in der die Eskimos lebten und die sie als ihre Heimat betrachteten.

Aber mein Eskimodieb tut mir trotzdem leid, und ich bin sogar versucht, etwas vor die Hütte zu stellen, um zu sehen, was passiert, obwohl ich damit wahrscheinlich nur die weißen Wölfe oder Füchse anlocke – oder vielleicht sogar die Bären. Es mag albern wirken, aber wahrscheinlich rührt es von meiner Dankbarkeit für meinen Eskimodieb her, denn ich fühle mich jetzt nicht mehr so einsam oder ängstlich.

22. Oktober

Mein Eskimodieb hockt jetzt mit mir in der Hütte. Und frisst wie ein Schwein, muss ich sagen. Draußen tobt ein Sturmwind, und das Schneetreiben ist beängstigend. Mit Sicherheit das schlimmste Wetter bisher. Er ist, mit Eis überkrustet, auf allen vieren über den Strand gekrochen und hat versucht, eine Seeschwalbe mit einem gebrochenen Flügel zu fangen. Bisher hat er noch nichts gesagt. Seine Kleidung ist verfilzt, überall in der Hütte hinterlässt er Karibuhaare, und er sieht fast wie ein Kind aus.

Ich glaube, wahrscheinlich war er die Gestalt, die ich an den Walknochen gefesselt gesehen habe, was wohl bedeutet, dass er eine Art Krimineller oder ein Sündenbock sein muss. Der Stamm ist offenbar nach Süden weitergezogen und hat ihn zurückgelassen. Ich erinnerte mich an Geschichten, dass die Eskimos angeblich ihre Kranken, Alten und Unerwünschten im Winter der Kälte und den Wölfen überlassen, um sie loszuwerden.

Er will mehr. Wenn er derart gierig kaltes Pemmikan runterschlingt, muss er sehr hungrig sein.

Aber er kann nicht allzu krank sein.

Abend

Mir ist ein dummer Irrtum unterlaufen. Mein Eskimodieb ist eine Frau.

24. Oktober

Der Sturm ist abgeklungen. Die Dämmerung wird dunkler, aber ich habe gegen Mittag immer noch ein paar Stunden Sonne, und die Bucht ist bisher noch nicht zugefroren.

Meine Eskimodiebin heißt Tirkiluk. Ich entdeckte ihr Geschlecht, als sie, nachdem sie endlich mit dem Essen fertig war, mit einiger Anstrengung den Kochtopf vom Herd zog, ihre Felle aufband und sich über den Topf hockte, um zu urinieren. Sie ist furchtbar unterernährt. Bis auf die Rippen abgemagert und ein angeschwollener Bauch.

27. Oktober

Bei den vielen Fellen, die sie übereinander trägt, ist es schwer zu erkennen, aber Tirkiluk scheint sich zu fangen. Sie geht immer noch die meiste Zeit das aschfarbene Ufer auf und ab und brummt vor sich hin oder sitzt auf den Fersen unter einer Art Markise, die sie vor der Hütte aus einem Stück Leinwand aus dem Lagerschuppen und Treibholz vom Ufer aufgebaut hat. Habe ich ihr wirklich das Leben gerettet? Hat der Stamm sie verlassen? Habe ich mich da in etwas eingemischt?

29. Oktober

Heute kam das Versorgungsschiff. Die *Silverdale Glen*. Tirkiluk fing plötzlich an, *Kaboola!* zu schreien, und ich rannte aus der Hütte und sah in der Bucht die roten und grünen Lichter auf- und abwippen. Für einen seltsamen Augenblick dachte ich, die Sterne hätten sich bewegt.

Die Seeleute haben mich vielsagend angesehen, als sie Tirkiluk unten am Strand auf einem Felsen hocken sahen. Viele haben vor dem Krieg in diesen Gewässern gefischt, und natürlich erzählt man sich Geschichten von Eskimofrauen, die einem Fremden als Zeichen der Gastfreundschaft angeboten werden. Deshalb nimmt die Mannschaft der *Silverdale Glen* wohl trotz ihres Aussehens an, dass ich Tirkiluk aufgenommen habe, um mich in den Monaten der arktischen Nacht zu trösten, und ich weiß, dass jeder Versuch, es abzustreiten, zu nichts geführt hätte.

Sie sind jetzt wieder weg, und für den Rest des Winters bleibe ich allein. Nicht unwahrscheinlich, nehme ich an, dass Gerüchte über Tirkiluk bis nach Godalming durchdringen werden.

1. November

Bin heute Morgen Wasser holen gegangen. Der Sturm der letzten Tage ist ganz abgeklungen, und die Wellen treiben träge an den Strand, schwarz wie chinesische Lackwaren. Unten am Ufer konnte ich feststellen, dass das Wasser um den felsigen Zufluss, wo der Fluss einmündet, eine Eiskruste gebildet hat. Man kann fast spüren, wie die Temperatur fällt, die urzeitliche Last der dunklen, paläokrystischen Eisdecke zwischen den Bergen herabrutscht, das Wasser langsam, Tropfen um Tropfen, gefriert. Bald, glaube ich, wird die ganze Bucht zufrieren.

Tirkiluk sitzt immer noch draußen.

6. November

Tirkiluk und ich machen Fortschritte in unserem Bemühen, uns zu verständigen. Ihre Sprache hat wenig Ähnlichkeit mit dem Inuit, das ich gelernt habe, aber sie ist überraschend begabt darin, sich englische Wörter anzueignen. Oft, etwa wenn ich zu erklären versuche, wie es dort aussieht, wo ich herkomme, oder wenn ich vom Krieg oder meiner Aufgabe in der Wetterstation erzähle, oder wenn sie die Mythen, das Vagabundieren und die Streitigkeiten ihres Stammes schildert, treffen wir uns auf halbem Wege. Ich glaube nicht, dass jemand, der es hörte, ein Wort davon verstehen würde, und zweifellos geht eine ganze Menge zwischen uns verloren. Sie scheint mit Zuneigung von ihrem Stamm zu erzählen und ignoriert meine Versuche, endlich aufzuklären, warum sie hier zurückgelassen wurde, als die anderen weiterzogen.

12. November

Die Bucht ist inzwischen völlig vereist, und das Wetter hat sich aufgeklärt. Vorhin stand ich draußen mit Tirkiluk und zeigte auf die hellsten Sterne, die wichtigsten Sternbilder und die Doppelsterne, die man mit bloßem Auge erkennen kann. Sie erkannte selbst viele Gebilde am Himmel und gab ihnen Namen - und verband sie mit Mythen und Geschichten, die zu kompliziert waren, als dass unsere Pidgin-Konversation sie hätte verständlich machen können. Die Inuit sind mit dem Sternenhimmel tief vertraut.

Alles ist unglaublich klar, obwohl der Gedanke, etwas messen oder beobachten zu wollen, irgendwie unangebracht erscheint. Der arktische Himmel macht einen Eindruck außerordentlicher Tiefe; man kann die Entfernung zwischen den Sternen regelrecht spüren.

Eines der seltsamsten Dinge ist für mich die fast kreisförmige Bewegung des Himmels und das Verschwinden von Sternen wie Alkiad über dem Horizont, obwohl in dieser verwirrenden Dunkelheit viele andere neu aufgetaucht sind. In den Plejaden habe ich vierzehn Sterne gezählt, wo ich sonst nur auf elf komme, und Mu Cephei glüht nun wie ein winziges Stück Kohle. Der stellare Horizont ist immer noch geringfügig geneigt. Aquila (den Tirkiluk Aagyuuk nennt und der für sie einige Bedeutung zu haben scheint, was sie mir erfolglos zu erklären versucht) ist jetzt ganz untergegangen.

20. November

Ich muss gestehen, dass ich, ungeachtet einiger Vorbehalte gegen ihre persönlichen Gewohnheiten, ihre Gesellschaft begrüße, obwohl mir klar ist, dass ich in der Erwartung – und mit dem Wunsch – hergekommen bin, auf mich allein gestellt zu sein. Aber sie stört nicht, was meines Erachtens damit zusammenhängt, dass sie immer mit so vielen Menschen in diesen stinkenden kleinen Zelten gelebt hat. Wir können Stunden ohne ein Wort verbringen, bemerken dann kaum noch, dass der andere da ist, daher habe ich eigentlich nicht das Gefühl, meine Einsamkeit eingebüßt zu haben. Zu anderen Zeiten wiederum vertiefen wir uns derart in den langsamen Vorgang der Kommunikation, dass ich gestern sogar vergessen habe, hinauszugehen und das Eis von den Sendedrähten zu kratzen, und so beinahe die Abendübertragung verpasste.

Sie erzählte mir eine Inuit-Geschichte über die Sonne und den Mond, der auf die Erde kam und ›Das Licht auslöschen‹ spielte – ein sich von selbst erklärendes Sexspiel der Inuit von der Art, wie sie die frühen Missionare so schockierten. Aber die Sonne und der Mond sind Bruder und Schwester, und in der dampfenden Dunkelheit einer Eskimohütte brachen sie unwissentlich das Inzest-Tabu. Und als die Lampen wieder entzündet wurden, beschmierte sich der Mond in seiner Scham das Gesicht mit Lampenruß, die Sonne setzte sich mit Lampenöl in Brand und beide liefen auf den Himmel hinaus, wo sie einander bis zum heutigen Tag jagen, doch nie zu treffen wagen. Es schien alles so poetisch – und es kostete Tirkiluk solche Anstrengungen, die Geschichte zu formulieren –, dass ich nicht zu fragen wagte, was bei einer Sonnenfinsternis geschieht.

28. November

Heute Morgen habe ich mir draußen eine Schaufel gegriffen, um einen Weg durch die Schneeverwehung zu bahnen, die den Lagerschuppen halb bedeckt. Dabei ist das eiskalte Metall an meinen bloßen Händen festgefroren. In dummer Panik riss ich mir ein großes Stück Haut aus der Handfläche. Ich stolperte aus der steifen Brise in die Hütte zurück, verspritzte Blut, griff nach dem Verbandskasten und versuchte ihn mit einer Hand zu öffnen. Aber Tirkiluk brachte mich dazu, dass ich mich hinsetzte, und leckte die Wunde - was ich seltsam beruhigend fand -, hauchte sie an, murmelte eine Art Zauberformel, wie ich annehme, und ließ mich die Finger ausstrecken. Das Merkwürdigste daran ist, dass die Wunde kaum noch schmerzt und bereits zu verheilen scheint. Trotzdem habe ich sie mit Jod beträufelt, nur um sicher zu sein.

1. Dezember

Die Hand ist fast vollständig verheilt.

Besseres Wetter inzwischen - der niedrige Zirruswolkenhimmel glüht in einem seltsamen Licht, das vom verborgenen Mond, vom gebrochenen Sonnenschein oder sogar von den Nordlichtern stammen könnte. Von Tirkiluk ermutigt, holte ich die 22er Flinte hervor und hatte Glück mit einer Robbe, die auf dem Eis lag. Die Kugel war zu klein, um sie zu töten, aber Tirkiluk lief zu dem Tier hinüber, das sich hin- und herwälzte, offenbar zu betäubt oder verwirrt, um sein Luftloch zu finden, und schlitzte es mit dem Messer mit Knochengriff, das sie immer bei sich hat, weit auf. Überall quollen, dunkel wie Tinte, Blut und warme Innereien hervor, die Flanken zitterten und diese großen dunklen Augen starrten uns immer noch an, als Tirkiluk sich daran machte, die dampfende Leber zu essen, von der sie mir ein Stück anbot.

Aus irgendeinem Grund wäre ich ohne Tirkiluk nie auf die Idee gekommen, eines der lokalen Wildtiere zu töten. Aber mit ihr kam es mir trotz der heftigen Aufwallungen in meinem Bauch auf seltsame Weise in Ordnung vor. Gegen Tirkiluks Proteste habe ich den Kadaver zur Hütte geschleift und draußen einfrieren lassen. Eigentlich habe ich vorgehabt, ihn zu kochen, aber inzwischen frage ich mich, wie ich ihn im Frühling wieder loswerden soll.

2. Dezember

Hätte mir keine Sorgen zu machen brauchen. Gestern Nacht wurde ich von einem Schlurfen und Grunzen draußen vor der Hütte aufgeweckt und von Tirkiluks muffiger Hand, die sie mir auf den Mund drückte, damit ich keinen Laut von mir gab. Wir krochen gemeinsam zum Fenster und rieben ein kleines Stück der schmutzigen Eiskruste weg. Draußen zerrte gerade ein Eisbär den Robbenkadaver weg. Ein unglaubliches Vieh. Jetzt weiß ich, warum Tirkiluk mich das Tier nicht zur Hütte ziehen lassen wollte. Und ich verstehe das Inuit-Wort *iliria*, das für die Ehrfurcht steht, die die Angst begleitet.

7. Dezember
Als ich dieses Tagebuch noch einmal durchgelesen habe, ist mir aufgefallen, dass ich mir vorstellte, Tirkiluks Name sei Inua, als ich sie auf dem Lagerplatz sah. Sie erzählt mir jetzt, dass Inua tatsächlich ein fingerloses altes Weib ist, das auf dem Grund des Meeres lebt, auch wenn sie mir nicht erklären kann oder will, warum eine Verbindung zu ihr bestehen sollte.

13. Dezember
Hinter dem Rand der Bucht, versteckt in einer durchnässten Senke, an der ich oft vorbeigegangen sein muss, ohne sie überhaupt zu bemerken, hat Tirkiluk mir eine Stelle gezeigt, wo Unmengen von Knochen liegen. Irgendwie halten sich der Schnee und das Eis dort nicht. Anfangs dachte ich, es sei einfach eine Stelle, wo im Laufe der Jahre viele unvorsichtige Karibus und Moschusochsen gestürzt und gestorben sind, aber zu meinem Entsetzen erkannte ich im unheimlichen Licht eines klaren Mondes, dass zwischen den Felsen auch viele menschliche Schädel lagen.

Sie sagte, ihr Stamm habe mehrere Orte wie diesen, wo sie ihre Toten zurückklassen. Ich nehme an, es gibt selten eine Möglichkeit, jemanden zu begraben, wenn der Boden fast die Hälfte des Jahres gefroren ist, und jede Leiche, die man draußen liegen ließe, würde wie meine Robbe fortgeschleppt. Aber Tirkiluk sieht das ganz nüchtern. Sie zeigt immer wieder auf sich und sagt etwas über sich und wiederholt Teile der Geschichte über das ›Auslöschen der Lichter‹

und die Sonne und den Mond. Sie will mir offenbar irgendetwas mitteilen, das ich nicht verstehe.

18. Dezember
Jetzt endlich verstehe ich, warum Tirkiluk zurückgelassen wurde. Die Entdeckung beruht auf mehr als auf rein akademischer Neugier. Ich weiß kaum, wo ich anfangen soll.

Einige Male habe ich sie halbnackt gesehen. Sie wäscht sich nicht direkt, verwendet aber viel Mühe darauf, ihre Haut mit dem Messer sauberzukratzen. Obwohl ich redlich versucht habe, diese Prozedur und andere Aspekte ihrer Toilette nicht zu beobachten, ist es schwierig, dergleichen in der Hütte geschehen zu lassen – gewöhnlich begleitet von ihren unzusammenhängenden, halb gesprochenen Liedern –, ohne davon Notiz zu nehmen. Sie hat etwas an Gewicht zugelegt, aber bisher habe ich angenommen, das ständige Anschwellen ihres Bauchs sei eine Folge ihrer früheren Unterernährung. Jetzt begreife ich die Bedeutung dieser Inzestgeschichte um Sonne und Mond, die sie immer wieder erzählt, und den Grund, warum sie von ihrem Stamm verstoßen wurde.

Tirkiluk ist hochschwanger von einem Halbbruder namens Iquluut. Ich glaube, er war der Jäger, der vor vielen Wochen von Punkt B auf mich herabgesehen hat. Er gehört zu den Älteren des Stammes, ist doppelt so alt wie sie und wird als Mann offensichtlich als schuldlos an der Affäre angesehen, sogar von Tirkiluk selbst. Ich sollte mir ein Urteil verkneifen, aber ich weiß, dass die Inuit ihre Frauen in vieler Hinsicht schlecht behandeln. Eine ›gute‹ Frau wird geringer eingeschätzt als ein Rudel gehorsamer Hunde, und eine ›schlechte‹ wird ohne Umschweife fallen gelassen. Und Liebe spielt im Leben der Inuit überhaupt keine Rolle, die Lust dagegen – männliche und weibliche – durchaus.

Aber an all dem kann ich nichts ändern. Der Winter ist angebrochen, und Tirkiluk und ich stecken wie siamesische Zwillinge zusammen in dieser Hütte fest. Ich hoffe nur, sie kann sich im Frühling einem anderen Stamm anschließen - auch wenn sie sagt, dass sie eine für sie unvorstellbare Entfernung zurücklegen müsste, um Angehörige ihres Volkes zu finden, die sie aufnehmen würden. Ich werde sehen, ob ich für sie eine Überfahrt zu einem der südlichen Häfen arrangieren kann, wenn im Frühling das Versorgungsschiff endlich kommt, obwohl ich genug ›europäisiertes‹ Eskimoleben an den Docks von Neimaagen gesehen habe, um es keinem zu wünschen. Am allerwenigsten Tirkiluk.

19. Dezember

Habe in allen Nachschlagewerken gesucht, die mir zur Verfügung stehen, und war nicht überrascht, dass ich keine Anleitung zur Geburtshilfe gefunden habe. Kann mich nicht überwinden, Godalming per Funk um Rat zu bitten. Bin mir nicht sicher, ob aus Stolz oder in der Gewissheit, dass sie ohnehin nicht antworten würden.

Weihnachten...

...und ich habe die Flasche Rum aufgemacht, die ich bisher aufgehoben habe. Tirkiluk spotzte und spuckte anfangs, dann aber machte sich ein Grinsen auf ihrem Gesicht breit, und sie hielt mir ihre Tasse hin und verlangte nach mehr. Eskimos sind offensichtlich ans Trinken gewöhnt. Ich glaube sogar, dass sie's besser verträgt als ich.

Habe heute Morgen mein Bestes getan, um ihr die Geschichte von der Geburt Christi zu erzählen - sehr passend unter den gegebenen Umständen. Tirkiluk weiß alles über christlichen Himmel und Hölle. Sie glaubt, die Hölle sei ein warmer Ort, wo nur Weiße geduldet werden. Sie kann sich schlimmere Orte als die Hölle vorstellen. Selbst jetzt, in der heiteren Wärme, die der Drink und das Licht vom Ofen und den Laternen spendet, dringt die Kälte ungehindert durch die dreifach isolierten Wände dieser Hütte, und ein Gefühl klammer Feuchtigkeit schließt sich um unseren Rücken und dringt in unsere Knochen. Man kann ihm nicht entkommen.

Soweit ich meinen Gesprächen mit Tirkiluk und der abermaligen Lektüre der Bücher entnehmen konnte, glauben die Inuit nicht an ein Leben nach dem Tod. Die Geister treiben einfach dahin und kehren zurück, treiben dahin und kehren zurück.

Aber auch heute muss der Krieg weitergehen. Wir haben uns zu Punkt B vorgekämpft, um mit den wenigen Instrumenten, die noch nicht eingefroren sind, Messungen vorzunehmen. Der Wind war beißend kalt und trieb kieselsteingroße Eisklumpen vor sich her, aber ich brachte meiner Gefährtin *Maria durch ein' Dornwald ging* bei, als wir uns durch die wilde graue Düsternis tasteten. Irgendwie brachten wir's sogar fertig, zu singen, obwohl wir die Köpfe vom Wind abwenden mussten, um auch nur Luft holen zu können.

Ich konnte meinen gefrorenen Biberpelzmantel wie eine eiserne Rüstung abstellen, als wir in die Hütte zurückkehrten, und irgendwie gewann er eine seltsame, düstere Ausstrahlung. Mir fällt dabei die Zeile über ›den anderen, der neben dir geht‹ aus *Das Wüste Land* ein und Shackletons Bericht über diesen schrecklichen letzten Anstieg über die Berge von South Georgia. Tirkiluks zusammengeknüpfte und abgewetzte Pelze wärmen viel besser, was aber wahrscheinlich einfach daran liegt, dass sie sie trägt.

Heute ist das Blut fast völlig aus meinem rechten Fuß gewichen, und nachdem ich das tote weiße Fleisch auf dem Ofen fast gebraten hatte, gab ich Tirkiluk nach und ließ sie den Fuß in die Hand nehmen und an ihrem harten runden Bauch entlangreiben, wobei sie die seltsam geformten Steine und Eisbärenzähne aneinanderklickte, die sie an einer Schnur um den Hals trägt. Zum ersten Mal in meinem Leben - und unter den sonderbarsten Umständen, die ich mir vorstellen kann - spürte ich den Tritt eines ungeborenen Säuglings. Aber wie üblich murmelte Tirkiluk eine Beschwörung, und wie üblich schien sie auch zu wirken.

Ich habe eben Godalming angefunkt und inständig gehofft, als Antwort mehr als den üblichen Code zu erhalten, der den Empfang meiner Nachricht bestätigt.

Keine Verbindung mit Godalming mehr Seit Monaten kein Schiff Muss leben mit dieser
Hinterlasse meine Habseligkeiten meiner geliebten Mutter in

Wieder stark genug, um Aufzeichnungen zu verfassen. Ist wichtig, falls das Schlimmste eintritt. Gibt keine Entschuldigung dafür. Meine Ungeschicklichkeit war schuld daran. Nicht Tirkiluk. Dummer Unfall. Ich war betrunken. Die Laterne ist übergelaufen. Hätte rausgehen sollen. Aber der Deckel war lose. Meine Schuld. Idiot. Brennendes Öl. Überall.

Tirkiluk und ich suchen Schutz hinter einer Wand aus Fels und Treibeis, wobei uns die Überreste einer Wand des Lagerschuppens als Dach dienen. Das Feuer war schrecklich. Umso schlimmer an einem so kalten Ort. Der Wind war so stark. Er und die Flammen haben sich gegenseitig angefacht. Der Lagerschuppen ist auch hochgegangen. Gaskanister. Die Öltonnen. Die Laternen. Explosionen. Sind fast draufgegangen. Alles weg.

Leicht aufzulisten, was wir zur Verfügung haben. Hab noch dran gedacht, unsere Kleidung rauszuzerren, bevor's zu spät war. Etwas von dem Bettzeug auch. Und etwas Zelttuch. Hab mich nochmal reingetraut und etwas Nahrung gerettet, aber nicht genug, um den Winter zu überstehen. Tirkiluk stemmt die Dosen mit ihrem Messer auf. Was drinsteckt, ist eingefroren. Haben keine Möglichkeit, es aufzuwärmen. Eskimos führen den ganzen Winter hindurch Feuer mit sich. Der größte Schatz eines Stammes.

Ein Dachbalken ist runtergefallen. Hat meine Beine getroffen. Tirkiluk ist in Ordnung, kann aber kaum laufen, und dann gibt's noch das Baby. Hab mich wer weiß wie lang nicht mehr bewegt. Es ist unglaublich kalt, und ich spüre keine Kälte und keine Schmerzen mehr. Erst Fieber, dann das. Kann meine Beine nicht mehr fühlen. Die Bleistifte brechen ab, und das Papier wird brüchig, aber wenn ich langsam schreibe, geht's.

Kann beobachten, wie sich die Sterne drehen. Alles gefriert. Eis wird durch Risse im Zelttuch und im Dach wie Rauch hereingeblasen. Der Verschlag stinkt nach uns und nach den Flammen. Tirkiluk fällt mir wieder ein. Wie sie mich geheilt hat. Der Singsang, salziges Eis auf meinen Lippen, klappernde Zähne. Die harsche Kälte umklammert mich mit weißen, knöchernen Armen. Lichter am Himmel. Andere Lichter. Konnte die Geister spüren, ihr Flüstern hören, als sie sich ringsum versammelten. Rauch und Eis. Kalter Atem. Ihre Namen werden vom Wind verweht. So viele, so alt. Verschrumpelte Gesichter. Den Geistern macht die Kälte nichts aus. Dies ist ihre Heimat. Ich gehöre nicht hierhin. Ich lasse meine Knochen an einem ruhigen Ort zurück, wo die Wölfe sie nicht finden können.

Lichtfunken. Januarmeteore. Die Quadrantiden. Izar, ein dunkler Doppelstern. Ich gefriere. Ich spüre keine Kälte. Träumte, dass Tirkiluk ihre Finger verloren hat. Sind abgebrochen wie Eiszapfen. Sie war Inua, das fingerlose alte Weib, das unter dunklem Eis in den Tiefen des Ozeans vor sich hinmurmelt.

Tirkiluk ist der Niederkunft nahe. Sie sagt mir alles in ihrer eigenen Sprache, und jetzt verstehe ich sie. Unsere Lippen sind gefroren, als wir sprechen, aber vielleicht ist die Wahrheit unserer Worte in unseren Köpfen. Sie sagt mir, dass sie sich nicht mehr bewegen kann, dass die Blutungen kommen und dass sie und das Kind sterben werden.

Die Dosen sind nutzlos. Brauchen was Anständiges zu essen. Und Wasser. Muss mir was einfallen lassen. Ein dummer Weißer wie ich, ein *Kaboola* mit bloßen Händen. Muss es versuchen.

Ein kleiner Triumph heute, aber ich glaube, wir haben noch eine Chance.

Sind aufs Eis gegangen mit einem Speer, den wir aus einer gebogenen und angespitzten Senderstrebe gefertigt haben, daran oberirdisches Kabel als Leine. Habe nicht mehr geblutet. Die Beine sind einmal weggesackt, ansonsten aber keine Probleme. Bin in die Knie gegangen und habe das frische Eis geleckt und mit bloßen Zähnen aufgeschabt, das Salz geschmeckt, das immer noch in ihm steckt. Die Dicke lässt sich unmöglich nur mit den Augen abschätzen, aber der Geschmack ist ein Hinweis. An der dünnsten Stelle hat sich ein klares Wasserloch gebildet, umgeben von einem schmalen Eisrand, den der Atem der Robben hinterlassen hat. Der Rand verrät uns, wann und wie viele Tiere das Loch benutzt haben.

Hab mich hingehockt und gewartet. Die Zeit ist eingefroren. Nur ich und das Loch im Eis und meine steifgefrorene Kleidung und die Berge wie die Schultern der Götter hinter mir und Sterne, die sich in der endlos glühenden Dunkelheit drehen. Die Stille war unglaublich. Die Stille macht mir am meisten zu schaffen, seit die Hütte abgebrannt ist. Ich habe Angst immer mit Geräuschen assoziiert. Aber die Stille ist es, die Angst birgt, und wenn man sich dieser Stille stellt und in sie hineinlauscht und sie durchsteht, erreicht man schließlich einen dunklen Ort tieferen Friedens, so als tauche man in ein schwarzes Wasserloch wie jenes, an dem ich der Robben harrte, als werde man ein Teil von allem. Habe festgestellt, dass ich den Atem und das langsame, unstete Schlagen meines Herzens anhalten konnte. Ich spürte, dass es mich nicht mehr wirklich gab, ich aber ins Dasein zurückfallen würde, sobald eine Robbe zum Atmen die Wasseroberfläche durchstieß.

War in einem Moment vorbei. Dachte dabei an Tirkiluk. Zögerte nicht und empfand kein Mitleid. Ein Grunzen und ein Schwall salziger Luft, ein Gesicht wie das eines Hundes. Hab den Speer hart niederfahren lassen und spürte den Ruck durch meinen ganzen Körper gehen. Die Robbe hat gezerrt und um sich geschlagen, aber die Leine hielt und das Meer färbte sich schaumig rot. Spürte das Eis krachen und den Ozean blubbern, als ich sie rauszerrte. Gefrorene Wasserspritzer. Fand irgendwie die Kraft, um die Robbe zu Tirkiluk zurückzuzerren, obwohl sie mir in ihrer Wärme dauernd aus den Händen rutschte. Tirkiluk schnitt, riss und rupfte an dem Tier herum. So wie sie's damals gemacht hat, als es mich noch anekelte. Sie bot mir ein Stück an. Ich probierte ein bisschen, und es hat gut geschmeckt. Aber mir scheint aller Hunger abhanden gekommen zu sein, und selbst das frische Wasser, das sie aus dem grauen Sack im Bauch der Robbe schöpfte, stillte einen Durst, den ich nicht mehr verspürte.

Sie hat mich die Blase zu dem blutigen Loch zurückbringen lassen. Irgendwie hab ich sie dahin gezogen, teils auf Händen und Knien. Sie schwamm, ein aufgerissener Beutel, der schließlich von einer krausen Strömung mitgeschwemmt wurde, plötzlich zum Leben erwachte und in die Dunkelheit hinausschwamm. Tirkiluk sagt mir, der Geist sei zurückgekehrt. Es wird nun eine neue Robbe zum Jagen geben.

Fühle mich so schrecklich schuldig wegen diesem dämlichen Unfall. Habe nicht nur mein eigenes sondern auch Tirkiluks Leben gefährdet. Das Wetter hat sich noch mehr gegen uns verschworen, als wüsste es Bescheid, und wir haben den Schnee ringsum zu Wänden aufgehäuft - eine rudimentäre Art Iglu, obwohl Tirkiluk nicht einmal das Wort kennt. Der Wind dringt durch und droht, uns freizulegen oder zu verschütten. Kann den großen Antizyklon über dem Gletscher wie eine Präsenz, einen geisterhaften Zauberer spüren, der Sturmwinde aus den arktischen Gewässern hervorlockt. Und ich denke an einsame Männer in Hütten wie jene, die ich zerstört habe, oder die Geleitzüge auf dem Atlantik, und die Umschiffung des schrecklichen Nordkaps auf dem Weg nach Murmansk.

Die Kälte hier ist ganz unglaublich, doch Tirkiluk spürt sie mehr als ich. Fast ein Segen. Hab mir heute meine Beine angesehen, dafür musste ich die Hosenbeine wie steife Pappe aufschneiden. Schwarze Haut und ein paar schmutzig weiße Stellen, wo der Knochen durchscheint. Hätte nie gedacht, einmal meine eigenen Knochen zu sehen. Die Wunden hätten schon längst brandig werden müssen. Ich glaube, nur die Kälte hält mich am Leben, eine Art von Sterilität.

Tirkiluk hat mir heute gezeigt, wie man den Wind bändigt. So einfach, dass ich's den Fachleuten der Regierung in Godalming mitteilen sollte. Ich hätte gelacht, wenn's mir mit der eingerissenen Haut meines Gesichts möglich gewesen wäre. Sie hat mit diesen Zähnen, die sie um den Hals trägt, gerasselt und Inua angerufen, dann drei Knoten geknüpft, und der Sturm ist abgeklungen. Über der Bucht strahlte ein viertelvoller Mond. Tirkiluk sagt, sie brauche jetzt etwas Ruhe, weil das Baby bald kommt. Sie brauche das Blut, die Leber und das frische Wasser der Robbe.

Ich habe den Speer neu angespitzt und bin rausgegangen. Ich, der blasse Jäger.

Wenn ich jage, verschwindet die Kälte. Stille umschließt mich. Ich mag die lichte Dunkelheit, die gläserne Leere. Kann hören, wie sich der Gletscher bewegt, und begreife, dass er eines Tages die Berge verschlingen wird. Eis ist stärker als Hitze oder Fels oder der Ozean. Mit ihm hat die Welt angefangen, und mit ihm wird sie enden, wenn die Sterne verlöschen. Ich warte. Dann eine blitzartige Bewegung, und das warme Blut, das wie eine Flamme aus dem aufgerissenen Leib der Robbe hervorschießt. Ich überlasse Tirkiluk das Zerschneiden des Fleisches. Sie isst und trinkt sowieso das meiste davon und vergräbt sich tief in die Wärme. Ich muss mich zurückhalten. Nicht aus Zimperlichkeit, sondern weil ich die Hitze fürchte.

Habe die Blase zum Ozean zurückgebracht und davontreiben lassen, damit die Robbe zurückkehren und ich sie wieder jagen kann.

Das Baby ist zur Welt gekommen. Ein Junge. Ein lebendiger Junge. Er ähnelt dem Nordlicht – es gibt keine Worte dafür. Hab mich auf Tirkiluks Bauch gestützt, als sie presste. Die unglaubliche Wärme ihre Fleisches, meine Finger wie kaltes Leder, und durch den Schmerz die Furcht in ihren Augen vor dem, was aus mir geworden ist. Wir haben eine saubere Ecke für das Kind geschaffen und dafür frisch gefallenen Schnee hereingebracht. Sie säuberte den Jungen und legte ihn auf die Haut der Robbe. Dann gab sie ihm seinen Namen. Naigo. Ich konnte spüren, wie sich die Geister hereindrängten, sich mit dem Säugling vereinten, der am ältesten ist, wenn er geboren wird. Erfüllt von den Erinnerungen an frühere Leben. Das ist der Grund, warum ein Baby weint, bevor es lachen kann. Tirkiluk sagt, sie wolle ihn auch Seymour nennen, sobald mein Name frei wird.

Tirkiluk fürchtet, bald könnten Wölfe oder Eisbären auftauchen, angelockt vom Blutgeruch des Lebens und des Todes, den dieser schreckliche Ort verströmt. Ich glaube nicht, dass sie und das Baby überleben werden, doch ich weiß, dass ich um ihr Leben kämpfe.

Sie drückt Naigo ständig an sich. Lässt mich ihn kaum sehen. Sagt, die Geister könnten es anstößig finden. Ich weiß, meine Berührung ist inzwischen so kalt wie der Gletscher, und ich sehe ohne Zweifel schrecklich aus, aber ich wünschte, sie würde nachgeben. Mir ist, als sei dieses Kind zum Teil auch meines. Doch ich erkenne an der wilden Furcht in Tirkiluks Augen, dass etwas nicht stimmt. Sie spürte es ganz deutlich, jetzt da Naigo auf der Welt ist und die flüsternden Geister der Ahnen sich um sie und das Baby versammelt haben. Es liegt an mir. Mehr noch als am Feuer, an der Kälte und diesem schrecklichen Ort. Ich weiß es, doch ich schaffe es nicht, mich ihm zu stellen.

Inua war einst ein junges Mädchen wie Tirkiluk, doch sie beging ein Verbrechen, und ihre Eltern ruderten in ihrem Umiak mit ihr aufs Meer hinaus und warfen sie über Bord. Als sie sich ans Boot klammerte, schnitten sie ihr die Finger ab und warfen ihr eine Lampe hinterher, als sie ins dunkle Wasser versank, damit sie ihren Weg finden konnte.

Ich glaube, dass Inua immer noch da draußen ist, irgendwo am Rande dieser Bucht, wo das Eis in splittrigen, halb gefrorenen Wellen auf das schwarze Wasser trifft. Ihr langes Haar treibt in den Strömungen wie dunkles Unkraut, ungekämmt und verlaust, weil sie keine Finger hat, und ihre Laterne leuchtet zu mir empor, als ich durchs Eis hinabluge und darauf warte, dass eine Robbe auftaucht. Vielleicht ist es auch Aquila, den ich tief unten im Wasser glitzern sehe und von dem Tirkiluk mir erzählt, dass er bald wieder über den Horizont aufsteigen wird. Oder irgendein anderer versunkener Stern.

Ich sitze draußen und überlasse Tirkiluk und Naigo das bisschen Wärme und Schutz, das noch übrig ist. Der Atem, die Feuchtigkeit, die schwache Strahlung, die ihr halb gefrorener Körper immer noch verströmt, sind mir unerträglich geworden. Ich glaube aber, sie ist auch zufriedener, dass sie mich nicht mehr ansehen muss, wenn das Eis in ihren gefrorenen Augenlidern splittert und sie aufblickt und wenn das Baby wimmert und sie es irgendwo unter ihren Kleidern hervorholt.

Im Licht der Sterne stehe ich auf und ziehe die gefrorenen, nutzlosen Felle zurück. Ich sehe meine Hände, meine Arme, meine Brust. Wenn ich die Felle jetzt fallen lasse, rutschen sie über die Felsen und das Eis und zerschellen wie schmutziges Eis. Unter der verschrumpelten Haut spannen sich dunkle Stränge kalter Muskeln. Meine Fingernägel haben sich wie verbrannte und geschwärzte Farbe abgepellt.

Nach dem zu urteilen, was ich mit diesen Händen noch von meinem Gesicht ertasten kann, habe ich keine Nase mehr, und meine Lippen sind straff zurückgezogen, sodass meine Zähne dauerhaft bloßliegen.

Der Schnee ist zurückgekehrt. Er sammelt sich auf diesen Seiten, und die Flocken schmelzen nicht, wenn ich sie wegwische. Er bildet Verwehungen, die meinen Körper abbilden. Ich lasse mich in das flaumige Polster zurücksinken. Ich strecke mich aus, während die weiße Pracht niedersinkt. Meine Kiefer knirschen, und die weiche Masse füllt meinen Mund aus, legt sich über diese Augen, die nicht blinzeln. Bald schon bin ich bedeckt und begraben.

Ich denke an Godalming. An diese Baracke bei den Tennisplätzen und die herabgesackten Netze, bei denen sich niemand die Mühe gemacht hat, sie nachzuspannen, seit vor dem Krieg der letze Satz gespielt und das Gelände requiriert wurde. Ich denke an Kay Alexander, ihr mit Sommersprossen gesprenkeltes Gesicht, und stelle mir vor, wie sie der Stille aus dem Weltraum wie dem Rauschen in einem Schneckenhaus lauscht.

Die Sorge über das Ausbleiben von Funkmeldungen von der Wetterbasis Logos II scheint sie zermürbt zu haben, während sie jeden Abend vor dem Empfänger sitzt, auch wenn sie weiß, dass ein Krieg im Gange ist und jeden Tag solche und schlimmere Dinge geschehen werden, bis er gewonnen ist. Sie erinnert sich an den schüchternen Mann, der dorthin geschickt wurde, der im Sommer manchmal aus dem Hauptgebäude über die Wiese kam, sich nicht weit von ihr auf eine Tischkante setzte, an den Manschetten seiner Uniform herumfummelte und ihr kaum in die Augen sah, während er redete, ohne wirklich etwas zu sagen. Kays Haar ist jetzt zerzaust. Selbst in Surrey ist Winter, die Nacht bricht früh herein, und hinter den Fensterläden glühen die Laternen. Die Sterne stehen tief, und Blätter haben sich wie Fische in den verrotteten Tennisnetzen verfangen. Kays rote Zöpfe hängen in verlausten Strähnen herunter, und als sie zum Morsegerät greift und ihren Kopfhörer vom Haken nimmt, wo sie ihn aufbewahrt, erfasst sie der Frost, und ihre Finger brechen einer nach dem anderen ab.

Inzwischen bedeckt mich ganz der Schnee, der Vergessen bringt. Kann nichts mehr sehen. Aber Tirkiluk ist hungrig. Sie und Naigo brauchen warmes Blut. Ich darf nicht nachlassen. Muss raus und die Robbe wieder jagen. Ich kenne jetzt ihr Gesicht, ihr schmerzerfülltes Wimmern, den heißen Geruch, wenn ihr Tod sich übers Eis ergießt, die Art, wie die Wärme ihres Blutes mich frösteln lässt, wie geschwärztes Fleisch sich verflüssigt und auflöst.

Die Sonne fängt an, dem Horizont eine perlgraue Farbe zu verleihen, und Aquila wird bald zurückkehren. Tirkiluks Aagyuuk. Er bringt das Tauwetter in Gang.

Der Eisbär kam am Mittag über den gefrorenen Strand, als der Wind drehte und die Sonne gerade aufging. Ich wusste, dass er nicht mehr lange auf sich warten lassen konnte, so wie auch die Robbe immer zurückkehrt und Tirkiluk und Naigo das Geschenk ihres Lebens bringt.

Eine schrecklich schöne Szene, die Berge glitzerten lachsrosa. Dann der weiße Pelz, das plumpe Fleisch. Er hob die Schnauze, roch Feuer und Leben und Tod. Er grunzte und heulte.

Im Verschlag hinter mir fing Naigo an zu weinen, und Tirkiluk sang, um ihn zu beruhigen. Ihre klare Stimme erhob sich über den scharfen Wind, und sie wusste wohl, dass es kein Versteck gab, dass das Tier das warme Fleisch witterte, das auf ihren Knochen wartete. Ich dachte für einen Moment an die Robbe, und dass der Tod hier etwas Gnädigeres war als der Winter, und dass ich, sollte ich wirklich mit dem Sterben aufhören und ins Leben zurückkehren können, an einem warmen Ort mit lächelnden Gesichtern sein wollte, um den Kummer von Generationen herauszuweinen, umhüllt von silbernen Plazentafetzen. Aber der Bär hatte mich gesehen und roch den Tod, den meine eigenen Lungen und mein Mund nicht mehr schmecken müssen, und er roch auch, dass ich ein Feind war.

Ich packte die Harpune, als der Bär auf mich zutrottete, und schleuderte sie mit Wucht. Sie traf ihn unweit des mächtigen Brustkastens, und wo der Wind das Fell bauschte, färbte es sich rot. Das Tier wurde langsamer, kam aber weiter auf mich zu. Ich spürte eine seltsame Kraft in mir - die Kraft, die ich brauchte, um eine Harpune härter und fester als der Wind zu schleudern -, fühlte mich aber auch leicht, kaum gefesselt von kältestarren Muskeln und schwammigen Blutsträngen. Der Bär erreichte mich, tappte über mich, riss das Maul auf und bohrte mir seine Zähne in Arm und Schulter. Die Zähne bereiteten mir keine Schmerzen. Es war der aasige Atem, der mich erschreckte.

Irgendwie kroch ich unter ihm hervor, fortgezerrt von Knien und Ellenbogen. Ich glaube, er spürte, dass er bereits gewonnen hatte. Graue Ligamentfäden hingen ihm aus dem Maul, daran baumelte mein rechtes Schlüsselbein. Er schüttelte es ab. Es hatte etwas Spielerisches, Katzenartiges, wie er mit seiner mächtigen Tatze nach mir schlug. Sie wurde wie vom Wind zurückgestoßen, als die Klauen meine Brust streiften. Ich prallte gegen einen Felsvorsprung, spürte meine linke Hand abbrechen und wegrollen und mein Bein brechen, wo die Wunde den Knochen freigelegt hatte, und ein spitzes Stück Oberschenkel ragte heraus. Der Bär sprang auf mich zu, drückte mich nieder, verfinsterte den Himmel.

Mein gebrochener Oberschenkel bohrte sich wie ein Pfahl in seinen Bauch. Er bellte, und das Blut schoss in einer salzigen Welle hervor. Ich wusste, dass ich fortkommen musste, bevor mich die Hitze ganz aufgelöst hätte.

Ich habe den Bären nicht getötet. Er lief über den Strand davon und zog eine Spur von Blut hinter sich her. Die Wunde, die so schrecklich ausgesehen hatte, als sie mich mit Blut tränkte, wird wahrscheinlich schnell verheilen. Der Frühling nähert sich rasch, und das Leben wird sich wieder erholen und der Bär überleben. Ich wünsche ihm Glück und das Fleisch der Robbe, wenn wir endlich mit ihr fertig sind. Ich benutze die Harpune jetzt als eine Art Krücke, weil ich nicht mehr richtig laufen kann. Ich habe die Überreste meines rechten Arms daran geschnürt und schleppe mich über das Ufer wie ein Vogel mit gebrochenem Flügel.

Ich muss die Harpune selbst dann festgebunden lassen, wenn ich jage, denn auf die Robbe brauche ich nicht mehr lange zu warten. Sie ist so oft für uns gestorben, dass sie den Tod nicht mehr fürchtet.

Wie ich sie beneide. Das heiße Blut und die Zähne und Klauen des Bärs haben das Fleisch meiner Brust und meines Bauchs aufgerissen und geschmolzen. Ich kann jetzt den Blick senken, als ich mich im Schutz eines Felsens von den langen, eisig glitzernden Schatten erhole, die das immer stärkere Sonnenlicht wirft. Ich sehe dunkle, gefrorene Organe in ihrem Käfig, mit Eis bereift.

Ich blicke zum Rand des Himmels auf. Aagyuuk geht auf. Über sechzehn Lichtjahre hinweg blinzelt Altair mir zu. Solange ich Zeit habe, muss ich noch einmal die Robbe fangen.

Das Tauwetter setzt ein, wie Tirkiluk es für den Zeitpunkt prophezeit hat, wenn Aagyuuk aufgegangen ist. Den Großteil des Tages strahlt ein schwaches Licht, und manchmal blitzt der gleißende Rand der Sonne durch die Wolken und Gletscher, die sich am Horizont auftürmen. Der Wind dreht nach Süden. Die Meeresvögel kehren zurück.

Das Eis in der Bucht dröhnt jetzt und kracht wie Donner. Für Tirkiluk und Naigo – auch wenn ich weiß, dass noch einige bittere Stürme bevorstehen – hat der Tod sich zurückgezogen. Sie ist heute herausgekommen, um nach mir zu sehen, als die Sonne klar über dem Horizont stand und ich in den Eisschatten am östlichen Ende des Ufers kauerte, wo der kalte Wind am kräftigsten bläst. Sie brachte Naigo mit, den sie tief unter ihren Fellen versteckte. Sie schluchzte, als sie mich sah, hielt mir aber das Kind so hin, dass ich es betrachten konnte. Der Junge schlief trotz der Kälte. Sanft streichelte ich mit der zerfetzten Klaue meiner verbliebenen Hand über seine Stirn, wo die Spuren der Geburt ganz von seiner Haut verschwunden sind. Dann zog sie ihn weg, drückte ihn sich an die Brust und schluchzte umso mehr. Ich hätte mit ihr geweint, hatte aber keine Tränen mehr.

Ich bin heute zur Knochengrube gegangen. Ich weiß schon seit einiger Zeit, dass ich dort versuchen sollte, der zunehmenden Hitze zu entgehen. Ich stand am Rand der schattigen Senke, und Fetzen meines verrotteten Fleisches flatterten im Wind, während ich auf diese sauberen, friedlichen Schädel hinabblickte. Aber ich weiß, dass die Seelen anderswo leben. Sie leben auf dem Wind, im Eis und unter den weichen Lidern von Naigos schlafenden Augen.

Ein breiter Riss hat die Eisdecke gespalten, welche die Bucht bedeckt. Er führt wie eine Straße vom Horizont bis zum Ufer. Irgendwie, glaube ich, kann ich das Meerwasser darin riechen, den salzigen Atem des Ozeans.

Muss schreiben, bevor ich die Finger meiner verbliebenen Hand verliere.

Bin zum Strand hinausgegangen. Als ich in den immer breiteren Spalt im Eis blickte, durchstieß die Robbe das vom Wind aufgewühlte Wasser. Sie schleppte sich über die Felsen auf mich zu und sah mich ohne Furcht an, während der Dampf des Lebens von ihrem glatten dunklen Fell aufstieg. Ich konnte nur staunen und mich wundern und empfand eine Art Liebe. Sie vergibt mir die vielen Male, die ich ihr das Leben genommen habe. Schließlich wandte sie sich ab, glitt ins Wasser zurück und tauchte in eine glatte, tiefe Welle.

Danach glaubte ich, ich stünde allein im Wind, doch als ich mich umdrehte, bemerkte ich Tirkiluk. Eine dunkle Gestalt, die am Rande des Ufers stand, wo ich selbst so oft gestanden hatte, und zu den kristallenen Bergen, dem Gletscher, der Bucht hinaussah. Sie erlaubte es, dass ich sie in die Arme nahm und das Baby noch einmal berührte. Ich wusste, dass wir uns voneinander verabschiedeten, auch wenn wir kein Wort sagten.

Ich kann die Robbe im mitternächtlichen Wind heulen hören. Sie ist draußen am Ufer. Sie ruft und wartet. Ich muss jetzt nur noch standhalten, diese Glieder heben und zu diesem glitzernden Wasserweg hinuntergehen, der sich über die Bucht erstreckt. Und die Robbe wird mich zu der Stelle im Ozean führen, wo eine Laterne glüht, dunkles Haar weht und zwei sehnsüchtig ausgebreitete Arme mich mit fingerlosen Händen umfangen werden.

Von dort sollte der Rest meiner Reise einfach sein.

Aus dem Logbuch von John Farragar, Schiffskapitän der *Queen of Erin,* 12. Mai 1943

Sind 12.00 Uhr südöstlich durch die Tuiak-Bucht Richtung Neimaagen gesegelt. Ein Feuer hat die Wetterbasis Logos II zerstört, und trotz gründlicher Suche wurde keine Spur von Wissenschaftsoffizier Seymour gefunden. Habe per Funk den Metereologischen Nachrichtendienst in Godalming verständigt und empfohlen, ihn als vermisst zu notieren, vermutlich tot.

Haben Godalming außerdem mitgeteilt, dass unter den ausgebrannten Trümmern eine Eskimofrau und ein Säugling überlebt haben. Sie sind jetzt bei uns an Bord, und ich habe keinen Grund zu bezweifeln, dass die Frau mir diese traurige Geschichte wahrheitsgetreu erzählt hat:

Seymour freundete sich mit ihr an, nachdem ihr Stamm sie zurückgelassen hatte, und das Feuer wurde durch einen Unfall mit einer Laterne zu der Zeit ausgelöst, als die Funksprüche abbrachen. Er starb bald darauf an Verletzungen, die er sich zuzog, als er Vorräte aus der brennenden Baracke zu retten versuchte, und seine Leiche wurde von den Wölfen fortgeschleppt. Die späten Tagebuchaufzeichnungen, die ich entdeckt habe, sind nicht datiert und offenbar das Produkt eines tragisch verwirrten Geistes. Es wäre mir nicht recht, wenn sie in die Hände seiner Verwandten gelangten, daher habe ich persönlich die Verantwortung auf mich genommen und sie im Schiffsofen verbrannt.

Tirkiluk, die Eskimofrau, hat mich gebeten, in Keekement an Land gesetzt zu werden, wo ein ganz anderer Stamm lebt und das Waldland etwas wärmer und freundlicher ist. Weil dafür nur eine geringe Abweichung von unserem Kurs nötig ist, habe ich ihrer Bitte entsprochen. Ihre Reise an Bord der *Queen* dürfte weniger als zwei Tage dauern, aber ich bin mir sicher, dass wir sie bereits vermissen werden, noch während sie das Schiff verlässt.

Originaltitel: ›Tirkiluk‹

Aus: ›The Magazine of Fantasy & Science Fiction‹, Februar 1995
Aus dem Amerikanischen übersetzt von Michael K. Iwoleit

RON GOULART

Warum ich nie fest mit Heather Moon ging

In dem Moment, als auch noch ein dritter feuerspeiender Dämon der Badewanne entstieg, fasste ich den Entschluss, zu kapitulieren. Den zuckenden Fangarmen der grüngeschuppten Kreatur ausweichend, stürmte ich an dem zweiten, auf der Klobrille hockenden Dämon vorbei, der brüllend gelben Ruß und Rauch ausspie, und gelangte ins Wohnzimmer meines Apartments.

Mein Nachbar zur Linken hämmerte mit einer Stockspitze gegen die Wand und fluchte: »Wissen Sie eigentlich, wie spät es ist, junger Mann?«

»Mitternacht?« Ich war gezwungen zu raten, aber extreme übernatürliche Materialisationen wie diese zeigten sich gewöhnlich zur Geisterstunde.

Der Dämon, der als erster erschienen war – sein Gefieder war blutbesudelt und seine vielen Mäuler waren mit Reißzähnen bestückt –, hatte es sich inzwischen auf dem Sofa bequem gemacht, dabei kaute er an einem der Kissen mit den verblichenen Bezügen.

»He, aufhören, sofort! Wie soll ich das meinem Vermieter erklären?«

Ungerührt verschlang das Ungeheuer das Kissen nun komplett und gab anschließend ein ekelerregendes Geräusch von sich, das an einen Rülpser erinnerte.

Daraufhin drangsalierte mein Nachbar zur Rechten ebenfalls die Wand, wie es klang, mit einer zusammengerollten Zeitung. »Stellen Sie den Fernseher gefälligst leiser, Harkins!«

»Eine Minute Geduld, bitte! Es tut mir ja leid...«

Ich machte eine beschwichtigende Geste zu dem Dämon hin und wies auf das Telefon. »Ihr Jungs habt gewonnen. Ich rufe ihn ja schon an!«

Das gefiederte Ungeheuer schnappte sich eine Ecke meines schiefen Couchtischs und ließ sie hinter seinen mahlenden Zähnen verschwinden.

Derweil nahm ich vorsichtig den Hörer vom Telefon, das am anderen Tischende stand, und wählte Professor Matthew Krouchs Nummer.

Es klingelte fünfmal, bevor eine Stimme, die Schlaftrunkenheit vortäuschte, antwortete: »Krouch hier.«

»Lassen Sie die verdammte Schauspielerei, Professor!«, knurrte ich, ohne den mir am nächsten befindlichen Dämon aus dem Auge zu lassen. Soweit ich feststellen konnte, harrten die beiden anderen Exemplare immer noch im Badezimmer aus.

»Will Harkins hier!«

»Will... *wer?* Wer auch immer mich zu dieser gottlosen Stunde anruft, er wird...«

»Ich gebe auf! Hören Sie? Ich kapituliere! Für mich ist die Sache gelaufen!«, unterwarf ich mich ihm mit einem Gemisch aus Trauer, Erschöpfung und kaum bezähmbarer Wut in der Stimme. »Von jetzt an gehört sie allein Ihnen!«

»Wovon reden Sie überhaupt, Harkins?«

»Von Sue Smith - wem sonst? Ich werde mich nicht mehr mit ihr treffen. Sie gehört Ihnen!«

»Ich habe nicht die blasseste Ahnung, wovon Sie sprechen. Ist das irgendein blödsinniger Studentenulk, junger Mann?«

»Hören Sie auf - ich tue alles, was Sie wollen, rufen Sie sie nur endlich zurück: Ihre Dämonen und den ganzen anderen Humbug!«

»Auf welcher Droge Sie auch sein mögen, Harkins, ich rate Ihnen ernsthaft, bemühen Sie sich, clean zu werden, und zwar bald!« Mit diesen Worten knallte er den Hörer auf.

Das Ungetüm auf dem Sofa löste sich mit einem leisen

Knall auf. Vorsichtig wandte ich mich dem Badezimmer zu und wagte einen Blick hinein, ziemlich sicher, dass auch die beiden anderen Dämonen das Weite gesucht hatten.

Und so war es. Aber der flauschige pinkfarbene Bezug des Toilettendeckels, auf dem der Dämon sich niedergelassen hatte, war hin, völlig verkohlt.

Obwohl ich sie losgeworden war, wollte sich das Gefühl der Erleichterung nicht so recht einstellen. Aus Angst und Feigheit hatte ich die einzige Frau aufgegeben, die ich je in meinem Leben aufrichtig geliebt hatte.

Begonnen hatte alles schon vor ein paar Jahren, noch bevor ich einundzwanzig war. Die Vorstellung, Sue Smith nun für immer verloren zu haben und alles, was damit zusammenhing, machte mich restlos fertig...

Der nächste Tag, ein Mittwoch im Herbst, war - zwar völlig ohne Dämonen oder andere entmutigende, übernatürliche Konfrontationen - nicht sonderlich glücklich für mich. Zum einen hatte ich mich wegen der Vorkommnisse der letzten Nacht nicht in der Lage gefühlt, für den Test *Politiktheorie, 22A* zu pauken, und zum anderen wurde mein Referat über ›Film-Stepptänze‹ in *Popkultur, 11B* lediglich anderthalb Seiten lang - rund dreieinhalb Seiten unter dem vorgeschriebenen Minimalumfang.

Was mir aber am meisten an die Nieren ging, war, dass ich Sue in ihrer Gamma-Epsilon-Clique anrufen und ihr das beibringen musste, was ich Krouch versprochen hatte. Ich log, ich hätte mich entschieden, mich voll und ganz auf mein Studium zu konzentrieren und könne deshalb kaum mehr Zeit für sie erübrigen.

Ihr Weinen brachte mich in Versuchung, mich doch wieder dem Professor und seiner Schwarzen Magie auszuliefern. Aber ich war Realist genug, um zu wissen, dass es keine reelle Chance gab, weiter mit ihr zu gehen, und deshalb wurde ich doch nicht schwach. Als ich die Telefonzelle in Wally's Kneipe verließ, musste ich nichtsdestotrotz ein paarmal ziemlich schniefen.

Ich hatte das Telefonat bis kurz vor fünf Uhr nachmittags hinausgeschoben. Auf diese Weise konnte ich mich direkt danach einem der Tische am Ende des mit Sägespänen bestreuten Ganges zuwenden und Nat Weinbaum anschließen.

Zu jener Zeit – es war mein letztes Jahr an der Brimstone Universität in Brimstone, Connecticut – war Nat, auch wenn wir nicht derselben Studentenverbindung angehörten, mein engster Freund. Und er wusste ziemlich genau, was ich die letzten beiden Wochen durchgemacht hatte.

Trotzdem war er mir nicht gewogen. »Du bist ein Vollidiot«, urteilte er, als ich ihm verklickerte, was ich gerade getan hatte.

»Weil ich Sue hab sausen lassen? Es war schon ein großes Opfer, aber...«

»Davon rede ich nicht, sie ist ein typischer Jungspund, ein Milchgesicht mit einem Hirn von der Größe eines Pflaumenkerns...« Nat hob sein Bierglas. »Nein, dass du sie los bist, ist durchaus begrüßenswert. Was ich meinte, war...«

»He, Moment mal, Nat. Meine Beziehung zu Sue war etwas ganz Besonders, du kannst doch nicht...«

»Nun, *so* besonders kann es wohl nicht gewesen sein. Du warst immerhin schon die Nummer drei, mit der sie in diesem Semester ging, und wir haben erst Oktober.«

»Das ist doch nur, weil Krouch...«

»Egal, der Grund, weshalb ich dich einen Idioten nenne, Will, ist ganz einfach der, dass du *nachgegeben* hast. Jetzt wird der Bastard dir jedesmal Ungeheuer auf den Hals hetzen, wenn er...«

»O nein, es drehte sich ausschließlich um Sue«, widersprach ich energisch. »Er hat keinen Zweifel daran gelassen, als er mich, bevor der ganze Terror begann, in sein Büro bestellte.«

»Es gibt da noch einen Punkt, über den wir uns klar werden sollten, alter Freund. Warum hat Sue, wenn ihr beide doch so ein außergewöhnliches Paar wart, sich auch mit einem ältlichen Englisch-Prof getroffen?«

»Das habe ich dir schon erklärt.«

»Nein, du hast einfach ihre mehr als schwache Rechtfertigung dir gegenüber nachgeplappert!«

»Ihr Hauptfach ist Englisch und... na ja, Krouch gab ihr zu verstehen, dass sie, wenn sie sich recht regelmäßig mit ihm verabredet, feststellen wird, wie ihre Noten...«

»Ein einziges Wort bezüglich des Erpressungsversuch beim Dekan hätte ihn gnadenlos auffliegen lassen!«

»Und wer würde glauben, dass dieser Kerl seine Zauberkräfte nur auf eine vage Zusage von ihr zum Einsatz bringt? Ich habe ihm doch selbst nicht geglaubt, als er mir unmissverständlich zu verstehen gab, dass er etwas dagegen hat, wenn sich irgendein anderer als er selbst mit ihr trifft«, sagte ich. »Außerdem hat sie, Nat, verteufelte Angst davor, Wirbel zu machen und die Sache an die große Glocke zu hängen. Deshalb - nur deshalb - geht sie weiterhin mit ihm aus.«

»*Ich* würde völlig ausrasten, wenn Bev mit einem ihrer Profs loszöge...«

»Nur wenige rational denkende Menschen würden, denke ich, die Folgen riskieren, die aus einem Techtelmechtel mit deinem Mädchen resultierten. Kummer und der Verlust jeglicher Selbstachtung wären vorprogrammiert. Sogar ein feuerspeiender Dämon würde es sich bestimmt zweimal überlegen, bevor er...«

»Hat Krouch dir also wieder welche auf den Hals gehetzt?«

Ich spreizte mehrere Finger. »Drei - vergangene Nacht.«

»Du zeigst vier.«

»Na ja, ich bin etwas durch den Wind.« Ich nahm einen Schluck Bier. »Es war ein harter Tag.«

»Wie findest du es?«

»Was?«

»Das Bier - wie schmeckt es dir?«

»Gut, besser als das, was ich die letzte Zeit gewohnt war.«

Nat stützte sich mit beiden Ellbogen auf die Tischplatte. »Du weißt, dass es Wege und Möglichkeiten gibt, sich gegen diese Art von bösem Zauber, mit der er dich terrorisiert, zur Wehr zu setzen. Du könntest es mit ihm auskämpfen.«

»O nein, nicht ich! Es ist vorbei und aus. Mein Herz ist gebrochen, mein Leben ein Trümmerhaufen... Aber mich werden wenigstens keine riesigen, nach Fäulnis stinkenden und Krach schlagenden Kreaturen aus dem Nichts mehr heimsuchen, die in meiner beschissenen Wohnung zu jeder möglichen und unmöglichen Stunde herumschwirren und auch daran schuld sind, dass der alte Mr. Reisberson mit seinem Gehstock auf die Wand einprügelt. Mein Essen wird nicht länger wie wochenalter Abfall oder die Mahlzeiten in einer Studenten-WG schmecken, mein Bier wird mich nicht mehr an verdrecktes Meerwasser erinnern, und wann immer ich Lust auf eine Cola verspüre, wird keine verdammte Kröte drin schwimmen oder...«

»Ich bin nach wie vor der Meinung, du hättest dich direkt bei Coca-Cola wegen der Kröten beschweren sollen. Dahinter muss ja nicht zwangsläufig ein Zauberspruch gesteckt haben - ein Cousin von mir, der in Philadelphia lebt, hat mal eine *Maus* in seiner Pepsi gefunden...«

»Und darüber hinaus wird keines meiner Referate mehr zu Asche verbrennen, bevor ich es abgeben konnte. Die Seiten meiner Lehrbücher werden sich nicht mehr in Staub auflösen oder so mit Blut getränkt sein, dass ich die Schrift nicht mehr entziffern kann... Auf den Nenner gebracht, Nat: Ich werde von heute an wieder ein stinknormales Leben führen!« Nach einem tiefen Seufzer genehmigte ich mir ein paar tiefere Schlucke von meinem Bier, ehe ich hinzufügte: »Aber ich werde Sue, verdammt noch mal, ganz schön vermissen!«

Nat lehnte sich in seinem knarrenden Stuhl zurück. »Wen wirst du jetzt zum Tanz kommenden Sonnabend ausführen?«

»Teufel, das hatte ich vollkommen verschwitzt«, gestand ich ein. »Dabei gehöre ich dem Organisationskomittee an. Es wäre der pure Aberwitz, wenn ich ohne Begleiterin auf der Party erscheinen würde.«

»Vielleicht solltest du dich für eine von Krouchs Englisch-Vorlesungen einschreiben. *Das* wäre Aberwitz«, riet mir Nat. »Im übrigen könnte ich dich vielleicht mit jemandem verkuppeln.«

»Mit wem? Doch nicht etwa diese Freundin von Bev, die im Fechtteam ist?«

»Jemand ganz anderes.«

»Nein, keine Lust.«

»Sie ist verdammt hübsch, hat kastanienbraunes Haar und ein paar neckische Sommersprossen auf dem Näschen.«

»Ich wurde gerade durch ständige Heimsuchungen von Dämonen und die Machenschaften eines gewissen Professors, der der Hexerei kundig ist, gezwungen, meine tiefe und aufrichtige Beziehung zu Sue Smith zu beenden«, lamentierte ich stirnrunzelnd. »Und dir fällt nichts Besseres ein, als mich mit jemandem trösten zu wollen, die deinen Anpreisungen zufolge offenbar *nichts anderes* als hübsch ist!«

Nat starrte für ein paar Augenblicke schweigend zur Decke. Dann sagte er: »Es kann nicht zufällig sein, dass dir bei deinen jüngsten Kontakten mit Dämonen und anderem Gezücht jeglicher Sinn für Humor abhanden gekommen ist?«

»Nein, aber es gibt nun mal Dinge, mit denen ich nicht spaße, Nat. Meine Gefühle für Sue sind...«

»Sue ist passé, und du brauchst eine Verabredung«, erinnerte er mich. »Der Name des Mädchens ist Heather Moon. Sie ist achtzehn Jahre jung und...«

»...ein Kind. Danke vielmals, aber ich verabrede mich nicht mit...«

»Sie ist im dritten Semester.«

»Dann ist sie auf alle Fälle *zu* klug für mich. Bei zu klugen Frauen fühle ich mich immer unterlegen... Aber, he, warte...« Ich setzte mich gerade. »Heather Moon, Heather Moon... Habe ich von der nicht schon gehört? Natürlich, sie soll völlig verschroben und verrückt sein! Sie gehört nicht einmal einer Studentenverbindung an, und wenn sie überhaupt irgendwelche Freunde hat, dann sehr, sehr wenige. Eine Eigenbrötlerin und Außenseiterin...« Ich nickte bei der Erinnerung an das, was ich über sie wusste. »Vergiss es, Nat, nicht mal kastanienbraune Haare, Sommersprossen und ein brillanter Verstand können wettmachen, was...«

»Wer dann? Wen willst du sonst ausführen?«

Nach ein paar Sekunden des Nachdenkens räumte ich kleinlaut ein: »Du hast recht, mir fällt niemand ein.«

»Hab Vertrauen: Heather ist die Richtige für dich.«

Ich fragte: »Wo wohnt sie überhaupt?«

»Drüben in New Beckford bei ihren Eltern.«

»Auch das noch.«

Nat zuckte mit den Schultern und sah mich unverwandt an. »Wir sind doch Kumpels, oder?«

»Klar.«

»Dann hör auf mich: Triff dich mit diesem Mädchen und freunde dich mit ihr an.«

»Du klingst wie ein Seelenklempner.«

»Ich fürchte, der ist auch nötig bei dir.«

Ich kniff mein linkes Auge zu und forschte in seinem unschuldsvoll blickenden Gesicht. »Es gibt da noch etwas bezüglich Heather Moon, was ich wissen sollte, was du mir aber verheimlichst. Hab ich recht?«

»Es gibt *einiges*, aber das wirst du nicht aus mir herauskriegen.«

»Schon gut, zum Teufel«, seufzte ich. »Mach es für mich klar, wenn du kannst.«

Er konnte und er tat es.

Die zerschlissenen Scheibenwischer-Gummis meines Autos hatten schon vor einiger Zeit vor der Aufgabe kapituliert, mir zu klarer Sicht durch die Windschutzscheibe zu verhelfen, deshalb musste ich mich die gewundene Hügelstraße, die zum Haus von Heather Moons Familie hinaufführte, sehr langsam und vorsichtig entlangpirschen. Da ich öfter falsch abgebogen war, hatte ich bereits eine Viertelstunde Verspätung.

Zudem war New Beckford nicht das blühende Pendlerstädtchen, das es heute ist, und im Aufleuchten bläulicher Blitze sah ich in dieser regendurchfluteten Nacht wenig mehr als kleinere Waldstücke und brachliegende Felder. Als ich den Hügelkamm endlich erreicht und überwunden hatte, erspähte ich rechter Hand in einiger Entfernung die hohe, schmiedeeiserne Umzäunung, die mir Heather ein paar Tage zuvor bei unserem Telefonat beschrieben hatte.

Bis zu diesem Zeitpunkt hatte ich sie noch nicht ein einziges Mal persönlich getroffen. Nat hatte sie mir lediglich auf einem ziemlich verschwommenen Gruppenbild des Schachclubs vom letzten Jahr gezeigt.

Der Zaun hing schief, und das dazugehörige Tor musste schon vor langer Zeit abgefallen sein. Mein Ziel lag am Ende einer langgezogenen, kurvenreichen und mit weißem Kies bestreuten Auffahrt; ein imposantes viktorianisches Landhaus mit Türmen, Erkern und Giebeln. Während eines besonders hellen und anhaltenden Blitzes gewann ich den Eindruck, als würden einige große, dunkle Vögel mit halb im Gefieder versunkenen Häuptern auf der höchsten Stelle des steilen, schindelgedeckten Daches schlafen.

Ich parkte vor einer dreitürigen Garage, stieß die Wagentür auf und rannte wenig später so schnell ich konnte auf das Eingangsportal zu. Noch während ich an der Garage vorbeilief, flammte hinter deren Scheiben flüchtig eine blendende, gelbgrüne Entladung auf. Außerdem glaubte ich ein dumpfes Tuckern und Hämmern daraus zu hören.

Die massive, handgefertigte Eichentür des Hauses schwang auf, als ich meinen Fuß auf die oberste Treppenstufe setzte.

»Treten Sie ein, Mr. Harkins«, lud eine sanfte Stimme ein.

In der geräumigen, schwach erleuchteten Eingangshalle erkannte ich eine Frau mittleren Alters. Sie war blond und trug eine Schürze mit Erdbeermuster über einem schwarzen Cocktailkleid.

Ich sagte: »Ich bin hier, um...«

»Sie wären auf der Willow Branch Road besser *links* abgebogen«, tadelte sie freundlich. »Ich bin Heathers Mutter.«

»Links?« Ich versuchte herauszufinden, woher sie überhaupt wissen konnte, dass ich ungefähr drei Meilen weiter unten eine falsche Abbiegung genommen hatte.

»Man verwechselt auch gern die *Old* Gallows Tree Road mit der einfachen Gallows Tree Road«, fügte sie unbeirrt hinzu. »Möchten Sie eine Tasse Kakao?«

»Nein, danke, ich bin schon etwas spät und...«

»Ich weiß, ich hätte Heather nicht sagen sollen, dass sie sich um zwanzig Minuten verspäten würden. Sie hat nun einmal die Angewohnheit, herumzutrödeln und unter diesen Umständen...«

»Woher *wussten* Sie, dass ich...?«

»Sie dürfen im Salon auf sie warten.« Lächelnd gab Mrs. Moon mir ein Zeichen, ihr in das große, keineswegs aufgeräumte Zimmer zu ihrer Linken zu folgen.

Als ich über die Türschwelle trat, stolperte ich über etwas Weiches und knallte beinahe hin. Als ich nachschaute, konnte ich nichts entdecken, was für diesen Stolperer verantwortlich gewesen wäre.

»Buddy, also wirklich!« Mrs. Moon starrte erbost auf einen Punkt nah bei meinen Füßen. »Was habe ich dir beigebracht? Ab auf dein Zimmer, wenn du nicht hören kannst!«

Ich hörte zornig klingendes Schnauben, dann ein Kichern und schließlich leise, sich davonmachende Schritte.

»Er ist gerade elf geworden«, meinte Heathers Mutter erklärend. »Ein überaus schwieriges Alter für einen Jungen.«

»Hm...« Mehr war ich nicht in der Lage zu erwidern.

Sie kam zu mir und tätschelte mir den Arm. »Ich würde es zu schätzen wissen, wenn Sie Buddy nicht an Ihrer Schule erwähnten«, sagte sie. »Heather ist ohne eigenes Verschulden auch jetzt schon nicht so... beliebt, wie ich als Mutter es gern sähe, Sie verstehen? Und ihr Eigensinn verwehrt mir, mich darum zu kümmern... Aber ich glaube, ich habe Sie genug mit unseren kleinen Familienproblemen gelangweilt, Mr. Harkins. Erzählen Sie mir etwas von sich.«

Ich blickte zur offen stehenden Tür. »Was genau *ist* Buddys Problem?«

»Oh, mit dem Jungen ist nichts, gar nichts. Er ist eben nur gerade in dem Alter, in dem er es lustig findet, sich unsichtbar zu machen.«

»Eine vorübergehende Phase, wie?«

»Das hoffe ich jedenfalls. Bedenklich würde es, wenn das

zu einem lebenslangen Tick werden würde und... Ach, du gute Güte, da kommt Opa Plum!«

Ich wandte mich in die Richtung, in die ihr Blick zeigte, und bemerkte einen dürren, alten Mann mit schlohweißen Haaren. Er trug einen zerknitterten grauen Anzug, hatte seine Hände vor der Brust gefaltet und schwebte rücklings, das Gesicht nach oben, gute drei Fuß über dem Boden.

So trieb er langsam zu uns herein und hielt vor mir an, sodass seine glänzenden schwarzen Pumps genau auf meinen Nabel zeigten.

»Er ist mal wieder völlig in Trance versunken«, erläuterte Heathers Mutter im Flüsterton.

»Will Harkins«, sagte der schwebende alte Mann mit einer Stimme, die so seltsam klang, als spräche er durch ein Rohr. Dabei bemerkte ich, dass seine Augen fest geschlossen waren.

»Das ist Little Leroy«, erläuterte Mrs. Moon.

»Little... wer?«

»Little Leroy, von dem er besessen ist und der gerade durch Großpapa spricht. Sie sind natürlich viel zu jung, um sich noch an Little Leroy zu erinnern. Er war ein überaus populärer Kinderstar aus der Anfangszeit der bewegten Bilder. Leider starb er jung bei einem tragischen Segelunfall, obwohl nur ein Elternteil in ganz Hollywood einem achtjährigen Kind erlauben würde, ein eigenes Segelboot zu haben...«

»Will Harkins«, drang Little Leroys Stimme aus Opa Plums Mund, »du bist in großer Gefahr.«

»Ich?«

»Lass dich gewarnt sein, dass es noch nicht vorbei ist«, sagte die kindliche Stimme. »Krouch hat sich den dunklen Mächten und den furchtbaren Lehren des berüchtigten Grafen Monstrodamus verschrieben. Und auch wenn dich dein Riesenschiss dazu getrieben hat, ihm das Feld zu räumen...«

»Deine Ausdrucksweise, Leroy, deine Ausdrucksweise!«, tadelte Mrs. Moon.

»...hängt die Drohung nach wie vor über dir, von den abscheulichen Kreaturen der Nimmerwelt vernichtet zu werden.«

»Hölle, Großvater, worauf, zum Teufel, willst du hinaus?«, fragte unvermittelt eine angenehme weibliche Stimme vom Flur her.

»Äh... was hast du gesagt, mein Kind?« Das weiße Haar geriet durch das Kopfschütteln des alten Mannes durcheinander. Er öffnete die Augen, glitt aus seiner Trance und plumpste mit einem lauten Knall zu Boden.

»Er muss langsam, schrittweise, aus seiner Trance erweckt werden, Heather-Liebes, hast du das vergessen?« Mrs. Moon kniete neben dem hingeschlagenen Großvater. »Ich fürchte, er hat sich seinen armen Schädel verletzt und ist ohnmächtig geworden!«

»Junge, Junge, wenn das kein klasses Omen für unsere erste Verabredung ist...« Nach einem Achselzucken breitete sich ein Lächeln auf Heathers Gesicht aus. Sie durchquerte den Raum würdevoll und reichte mir zur Begrüßung die Hand.

Sie war gertenschlank, hatte kastanienbraunes Haar und ein paar keineswegs störende Sommersprossen. Darüber hinaus war sie... nun, wenn ich nicht immer noch am Verlust von Sue Smith zu knabbern gehabt hätte, wäre ich Heather in dieser Sekunde im Hause Moon wahrscheinlich rettungslos verfallen!

»Ich bin Will«, sagte ich, während ich ihre Hand schüttelte und gar nicht mehr loslassen wollte. »Du siehst großartig aus.«

»Ich weiß. Trotzdem danke für das Kompliment.«

»Harkins...« Ihr immer noch ausgestreckt am Boden liegender Großvater war erwacht. »Ich habe beiläufig gehört, was Little Leroy zu Ihnen gesagt hat. Es wäre besser, wenn Sie seine Warnung ernst nehmen würden, junger Mann.«

»Ich bin mir nicht einmal sicher, *was* er mir...«, setzte ich zu einer Erwiderung an.

Heather fuhr dazwischen: »Lass Will in Ruhe, Großvater.« Sie hatte meine Hand losgelassen, griff aber nun wieder danach. »Lass uns besser gehen, wir sind ohnehin schon spät dran, wenn wir tanzen wollen.«

»Es war nett, Sie kennenzulernen, Mrs. Moon«, verabschiedete ich mich. »Das gleiche gilt für Sie, Sir. Falls Sie Hilfe brauchen, um sich vom Boden zu erheben, werde ich gern...«

»Braucht er nicht.« Heather zog mich aus dem Zimmer.

»Dieser Little Leroy hatte Recht, was Professor Krouch angeht«, konnte ich mir die Bemerkung nicht verkneifen, als wir in die regnerische Nacht hinaustraten.

»Natürlich hatte er das«, sagte Heather leichthin, »und wenn du willst, werde ich mich für dich darum kümmern.«

Der Tanz der Studentenverbindung fand im Shoreline Country Club in Northport statt - wobei vom *alten* Shoreline die Rede ist, das vor ungefähr zehn Jahren abgerissen wurde. Ein Bau, wie eine Mischung aus englischem Pub und einer Hollywood-typischen Leichenhalle.

Auf der gefährlichen abschüssigen Strecke von Heathers Elternhaus auf dem Hügel hinunter zum Ufer des Sound unterließ ich es, über ihre außergewöhnliche Familie zu sprechen. Heather schnitt das Thema ebenfalls nicht an und wiederholte auch nicht ihr Angebot, mich vor möglichen weiteren Attacken des Professors in Schutz zu nehmen.

Die Reaktionen meiner Kommilitonen und deren Verabredungen auf Heather waren eigentlich ganz positiv. Abgesehen von ein paar verkappten spöttischen Bemerkungen und hie und da einem vielleicht nicht ganz wohlwollenden Geflüster hinter vorgehaltener Hand, verstrich die erste Stunde auf der Party ohne ernsthafte Probleme.

Und glücklicherweise wurde außer mir niemand Zeuge des Doug-Mittler-Zwischenfalls.

Ich musste mal aufs Klo und ließ Heather kurz allein draußen auf der Terrasse, die von einer Markise aus Segeltuch übergespannt wurde, auf die der Regen hörbar niederprasselte.

Doug war Footballer und von riesenhafter Statur, ein

grobschlächtiger Kumpeltyp, der in seinem dritten Semester ein paar Notenprobleme bekommen hatte. Mir war aufgefallen, dass er im Laufe des Abends mehrmals ein Auge auf Heather geworfen und dabei selbstgefällig gegrinst hatte. Ich war aber der Meinung gewesen, dass er sich lediglich darüber mokierte, warum ausgerechnet derjenige von seinen Kommilitonen, mit dem er am wenigstens am Hut hatte, mit einem Mädchen aufgekreuzt war, das zwar fraglos hübsch war, dem aber auch der Ruf vorauseilte, mehr als nur ein bisschen sonderbar zu sein.

Aber darum ging es ihm gar nicht, und kaum hatte er mein Verschwinden bemerkt, ließ er seine Verabredung einfach stehen und versuchte ziemlich plump, sich an Heather heranzumachen.

Ich kehrte genau in dem Augenblick auf die Terrasse zurück, als er versuchte, seine rechte Pranke in Heathers Dekolleté zu schieben.

Ohne mit der Wimper zu zucken schnippte sie mit den Fingern.

Ein seltsam hohles Summen erklang, und dann hob Doug wie schwerelos von den Steinfliesen ab. Seine Arme hingen an den Hüften herunter, während er wie von einer Kanone abgefeuert nach oben schoss. Er verfehlte die Markise nur knapp und tauchte in die regenverhangene Dunkelheit hinein.

Knapp hundert Meter entfernt stürzte Doug wieder zu Boden. Er landete im nassen Gras vor den hohen Hecken, die das Grundstück des Sound umfriedeten.

»Ich mag es absolut nicht, betatscht zu werden.« Heather nahm mich bei der Hand. »Vielleicht ist es besser, wenn wir gehen, bevor ich dich vor deinen Freunden in Verlegenheit bringe.«

»Die meisten sind einfach Kommilitonen, keine Freunde«, erklärte ich, als wir abzogen. »Ob du's glaubst oder nicht, aber *das* wollte ich schon immer mal mit Doug machen. Na ja, vielleicht nicht genau das, und ich bin mir nicht einmal sicher, *was* es war, das ihn packte.«

»Simple Telekinese«, sagte sie. »Ich setze sie nicht gern in der Öffentlichkeit ein, aber wenn mir jemand dermaßen an die Wäsche geht...«

Mit dem Daumen wies ich in die Richtung, in die er geschleudert worden war. »Er ist nicht ernstlich verletzt, oder?«

»Nein. Und mit Sicherheit weiß er selbst nicht mehr, was ihm eigentlich zugestoßen ist.«

»Erklär es mir - genauer, meine ich.« Wir bahnten uns einen Weg an der Tanzfläche vorbei.

Heather seufzte. »Ich nehme an, dass ich sehr weit ausholen muss, damit du es verstehst.«

»Danach sieht es aus.«

»Schade, ich glaub, ich mag dich irgendwie, aber nach der Show, die Opa und Buddy geboten haben, wirst du kaum noch etwas mit mir zu tun haben wollen.«

»Es muss was Übernatürliches sein und... nun, was ich sagen will, ist: Ich hatte schon soviel mit dem Zeug zu tun, Heather, dass du dir darüber wirklich keine Gedanken mehr machen musst.«

Ihr Lächeln war zaghaft. »Ich glaube, ich werde mir doch lieber weiter Gedanken machen, Will, zumindest noch ein Weilchen...«

An diesem Abend parkten wir am Ende einer Sackgasse, von der aus wir die stürmischen Wasser des dunkel dahinströmenden Sound überblicken konnten, und Heather erzählte mir mehr von sich und ihrer außergewöhnlichen Familie.

Mütterlicherseits ließen sich ihre Ahnen bis zu einem Clan von Zauberern zurückverfolgen. Verlässliche mittelalterliche Quellen gaben an, dass sie sich im ausgehenden 15. Jahrhundert in der gebirgsreichen Landschaft Ungarns niedergelassen hatten - weiter zurück ließen sich die Wurzeln nicht verfolgen.

Heathers Vater wiederum entstammte einer Familie, die ein Jahrtausend zuvor in Britannien in der höchsten Blüte ihrer Macht gestanden hatte, basierend auf einem breiten

Spektrum gefährlicher übernatürlicher Talente und dem Umgang mit magischen Künsten. Gerüchten zufolge sollten die Moons weitläufig mit dem Zauberer Merlin verwandt sein, die meisten von ihnen jedenfalls waren im Laufe ihrer Leben als Hexen oder Zauberer verschrien gewesen. Dieser Verbindung waren mit Heather, Buddy und noch einem älteren Bruder namens Andrew, der ein College im sonnigen Kalifornien besuchte, einige höchst außergewöhnliche Sprößlinge entsprungen.

Heather war bemüht, ein so normales Leben wie nur möglich zu führen, was sich aber als äußerst beschwerlich erwiesen hatte. Ihre Eltern und die Verwandten, die außerdem bei ihnen lebten (als ich erfuhr, dass das alte Herrschaftshaus auf dem Hügel noch wesentlich mehr Leute beherbergte wie zunächst geglaubt, wurde mir zugegebenermaßen doch etwas mulmig) und die ich noch nicht kennen gelernt hatte, taten jedenfalls alles, um ihre verschiedenartig ausgebildeten magischen Fähigkeiten nach außenhin zu verbergen. Das war auch der Grund, warum Heather selten eine Verabredung annahm und noch seltener Bekanntschaften zu sich nach Hause einlud.

»Anfangs wollte ich nur mit dir ausgehen, weil Nat mir anvertraute, dass du in übernatürlichen Schwierigkeiten bist«, sagte sie.

»Dann triffst du dich also mit mir eigentlich aus Mitleid?«

»Ich könnte dir jedenfalls mit hoher Wahrscheinlichkeit helfen«, wich sie aus, »dein Problem zu beseitigen.« Sie schwieg kurz, dann fügte sie hinzu: »Davon abgesehen, Will, fällt es mir nicht sonderlich schwer, dich auch sonst ganz nett zu finden...«

Ich lauschte dem nächtlichen Regen, der auf das Wagendach trommelte. »Hat Nat dir die Details meines Problems genannt?«

Heather nickte. »Matthew Krouch ist uns schon geraume Zeit kein Unbekannter mehr. Mein Vater ist der Ansicht, dass wir ihn in seine Schranken verweisen sollten.«

»Und wie drastisch?«

Ihr Blick ging hinaus in die stürmische Nacht. »Vergiss nicht, dass Krouch *Schwarze* Magie praktiziert – die schlimmste Form der Hexerei überhaupt«, sagte sie. »Meine Familie, egal ob mütterlicher- oder väterlicherseits, verwendet ihre Kräfte demgegenüber – ich nehme an, das klingt abgedroschen – nur, um Gutes zu bewirken.«

»Dann schätze ich«, erwiderte ich, »deine Leute betrachten meine Angelegenheit als reinen Konflikt zwischen Gut und Böse. Aber auch wenn es wie Feigheit aussieht, bereue ich es nicht, dem Professor nachgegeben zu haben. Ein paar Wochen lang von Dämonen und übernatürlichen Erscheinungen heimgesucht zu werden, haben genügt, mir klar zu machen, dass ich nicht länger Widerstand leisten wollte...«

Für ein paar Augenblicke hielt sie meine Hand. »Obwohl ein Element von Karnival-Hokum an den Trance-Zuständen meines Großvaters beteiligt ist, sind die meisten seiner Vorhersagen verlässlich«, sagte sie. »Ich fürchte, du bist Krouch noch nicht los.«

»Wie kommt ihr darauf? Er hat doch bekommen, was er will.«

»Was er im Augenblick will.« Sie nahm ihre Hand zurück.

»Auch bevor sich daran etwas ändert, würde ich dich gern wiedersehen«, sagte ich leise.

»Ist das wahr?«

»Und ob. Meinst du, das ließe sich einrichten?«

»Ganz bestimmt.« Sie lächelte. »Aber das nächste Mal treffe ich mich lieber auf neutralem Boden mit dir. Du brauchst dich nicht noch einmal zu überwinden, zu mir nach Hause zu kommen. Einverstanden?«

Die nächsten beiden Wochen verliefen glücklicher als irgendeine Zeit davor in meinem Leben. Ich traf Heather jeden Tag, verpasste nicht eine einzige Verabredung. Wir trafen uns am Student Glade – wo jetzt das Computer-Center steht –, kaum dass unsere Vorlesungen beendet waren. Wir sahen uns auch jeden Abend, redeten und schlenderten durch die Gegend.

Einmal besuchten wir ein Kino – ich erinnere mich nicht mehr an den Titel des Films, aber ich bin mir ziemlich sicher, dass es ein Western war – und irgendwann auch ein Konzert. Aber meistens waren wir damit zufrieden, einfach zusammen zu sein.

Das Ganze hatte natürlich auch seinen sexuellen Aspekt, aber darüber möchte ich keine Worte verlieren.

Ich fing an, in meinen Fächern aufzuholen. Nachdem die Dämonen aufgehört hatten, mich zu belästigen, war ich imstande, die meisten meiner Dreier und Vierer auf Zwei zu verbessern. Alles in allem entwickelte sich dieser Herbst also doch noch sehr erfreulich.

Sue Smith und ich belegten dieses Semester keine gemeinsamen Vorlesungen, sodass ich ihr auch nicht über den Weg lief. Einmal jedoch, da bin ich mir sicher, sah ich sie die Truett Hall betreten. Sie wirkte irgendwie verloren, und einen Augenblick lang war ich wirklich drauf und dran, zu ihr hin zu rennen und sie aufzumuntern. Letztlich beherrschte ich mich dann aber doch.

Als der Oktober sich seinem Ende näherte, beschloss ich, Heather zu fragen, ob sie fest mit mir gehen wolle. So altmodisch war man damals – und vielleicht tut man es sogar immer noch, ich glaube, ich bin nicht mehr ganz auf der Höhe der Zeit. Obwohl ich wusste, dass sie nicht sonderlich viel von Studentenverbindungen hielt, wollte ich ihr sogar meinen Anstecker schenken.

Um auch nur ja alles richtig zu machen, rief ich sie an jenem Abend an, um mich bei ihr zu Hause zu verabreden. Wahrscheinlich war ich der Meinung, die Ernsthaftigkeit meines Anliegens dadurch unterstreichen zu müssen, dass ich endlich aufhörte, so zu tun, als hätte ich irgendwelche Vorbehalte gegen ihre bizarre Familie. Seit unserer ersten Verabredung war ich nicht mehr Gast im Haus auf dem Hügel von New Beckford gewesen. Stattdessen hatte ich mich mit Heather in meinem Apartment oder auf dem Campus getroffen. Welche Verkehrsmittel sie jeweils benutzte, um zu mir zu gelangen, weiß ich nicht, und aus mir heute selbst unerfindlichen Gründen habe ich sie nie danach befragt.

Es war eine klare, kalte Nacht, als ich von meiner Wohnung aus losfuhr. Dabei bemerkte ich zwei kleine Kobolde und ein noch unscheinbareres Gespenst, die sich entlang des Bürgersteigs bewegten. Ihnen folgte eine etwas tumb wirkende Frau mit einer Taschenlampe, und erst sehr spät fiel mir ein, dass wir Halloween hatten.

Während ich den Wagen zu dem herrschaftlichen Haus der Moons lenkte, kam ein stürmischer Wind auf, der die schwärzer werdende Nacht mit seinem Geheul erfüllte. Blätter wurden von den Bäumen, die die Straße säumten, gerissen und durch die Scheinwerferstrahlen gewirbelt.

Ich war noch schätzungsweise eine Viertelmeile von meinem Ziel entfernt, als sich der neue Dämon zu erkennen gab.

Er war gewaltiger als irgendeiner seiner Zunft, die ich bis dahin zu Gesicht bekommen hatte, und er jagte fauchend aus einem Feld zu meiner Rechten auf mich zu. Ein Riese von giftgrüner Farbe, dem fahlblaues Feuer aus dem mit fürchterlichen Zähnen bewaffneten Maul trat.

Das Ding stellte sich meinem Wagen mitten auf der nächtlichen Straße in den Weg. Das vom Wind gepeitschte welke Laub verpuffte bei der Berührung mit seinem grünen Pelz in kleinen Stichflammen.

Ich riss das Steuer herum, wich in einem halsbrecherischen Manöver aus und fuhr eine Weile mit einer Wagenhälfte fast im Straßengraben versunken weiter, ehe es mir gelang, den Vollkontakt mit dem Asphalt wieder herzustellen. Auf diese Weise entkam ich der Kreatur - zumindest glaubte ich das solange, bis der Dämon unvermittelt wieder vor mir auftauchte.

Im selben Moment krepierte mein Auto: Motor, Radio, Scheinwerfer... *alles* gab seinen Geist auf!

Der nächste in der Reihe, davon ging ich aus, würde ich sein.

Der Riese stapfte sehr, sehr gemächlich den Hügel herab

auf mich zu. Jedesmal, wenn er zwinkerte, stoben Funken aus seinen Flammenaugen. Als er unmittelbar vor meiner Stoßstange stoppte, zeigte eine seiner Krallen in zwingender *Uncle-Sam-will-dich!*-Pose auf mich.

Reflexartig verriegelte ich sämtliche Türen und rutschte tiefer in meinen Sitz.

»Okay, Herzchen, lass es gut sein...«

Benommen setzte ich mich wieder gerade und blinzelte in die Dunkelheit.

Eine weitere Gestalt war auf der Straße neben dem Dämon materialisiert: Diese war menschlich, ein hagerer, hochgewachsener Mann von etwa fünfzig Jahren. Er war in einen eleganten, dunklen Anzug mit Krawatte gekleidet, doch seinen Kopf zierte der Hut eines Zauberers mit Sternen, Monden und anderen Symbolen.

In der rechten Hand hielt er einen Zauberstab aus Elfenbein, mit dessen Spitze er auf den Dämon zielte. »Hast du nicht richtig verstanden? Zieh Leine – mach, dass du wegkommst!«

Der Dämon stierte ihn böse an. Noch mehr Funken und Flammenzungen traten aus Augen und Rachen.

Sein Kontrahent gestikulierte mit dem Zauberstab und rezitierte formelhafte Sprüche, die ich nicht verstand, aber die Kreatur brüllte vor Schmerz, und Rauch quoll spiralförmig aus ihren Ohren. Im Fallen berührte sie eine leuchtende Fläche in Nabelhöhe, worauf es zu einer feurigen Entladung kam, die den Dämon restlos verschlang.

Der Mann, der das vollbracht hatte, trat ans Seitenfenster meines Wagens, tippte sich an den Zauberhut und sagte: »Schönen Abend, Will. Wenn ich mich vorstellen darf: Ich bin Heathers Vater.«

»Wirklich nett, Sie zu treffen, Mr. Moon«, gab ich zurück, nachdem ich die Scheibe ein Stück weit heruntergekurbelt hatte.

»Der Unsympathling wurde geschickt, um dich zu entführen«, erklärte er mir. »Ein Glück, dass Opa Plum eine entsprechende Vorahnung hatte.«

»Von Professor Krouch geschickt?«

»Ich fürchte, ja. Er scheint sich entschlossen zu haben, dich in eines seiner finsteren Rituale einzubeziehen.«

Ich schluckte. »Ach, tatsächlich?«

»Wir werden ihm auf die Finger klopfen müssen«, bekräftigte Heathers Vater.

Heather drehte sich zu ihrem Onkel um und schüttelte den Kopf. »Niemand will jetzt einen Drink, Onkel Elroy.«

»Ich wünschte, du würdest nicht immer wieder vergessen, dass ich im Beisein von anderen als Amazing Marvelo angesprochen werden möchte.« Er war ein plumper Mann, in Tuxedo und Turban gehüllt, und er stand neben dem großen Eichentisch, um den wir anderen herumsaßen. Einen großen silbernen Krug hielt er mit beiden Händen umfasst. »Außerdem ist meine *Denk-dir-einfach-einen-Drink*-Illusion in der ganzen Welt geschätzt und berühmt…«

»Setz dich endlich hin oder zieh Leine«, stellte Heathers Vater ihn vor die Wahl. Er selbst saß auf dem Stuhl mit den aufwendigsten Verzierungen.

»Ich hätte gern eine Limonade«, sagte Mrs. Moon sanft. »Und danach wirst du hier nicht weiter für Unruhe sorgen, Marvelo.«

Heather, die neben mir saß, drückte meine Hand. »Unsere Familientreffen haben für gewöhnlich einen etwas zähen Start.«

Ihre Tante Electra, die uns genau gegenübersaß, stieß plötzlich einen erschreckten Schrei aus. Ihre mit Ringen übersäten Finger lagen um eine Kristallkugel. »Irgendetwas nähert sich uns«, verkündete sie, wobei sie mit beiden Handflächen von der Kugel abrückte, als müsste sie sich etwas Unsichtbarem erwehren.

Sie fing an, von innen heraus in einem pulsierenden satten Gelbton zu leuchten. Gleich darauf erschien Professor Krouch in dem Kristall. Er war in voller Länge zu sehen, und man konnte erkennen, dass er seinen gedrungenen, breitschultrigen Körper mit einer purpurfarbenen Robe herausgeputzt hatte; mystische Zeichen prangten darauf. Das kahle Haupt wurde von einem dreieckigen Hut bedeckt, und aus jeder Ecke ragte etwas hervor wie ein Dorn.

»Es hat den Anschein, als glaubte er sich seines Opfers absolut sicher«, interpretierte Mr. Moon das Bild.

»Wen will er opfern?«, wandte ich mich erstaunlich gefasst an Heather. »Mich?«

»Wenn wir Großvaters Vorahnung glauben können, ja. Und es sieht wirklich so aus, als ob...«

»Ich will und werde dich kriegen, Harkins!«, schwor Professor Krouch in diesem Moment. »Nichts kann dich davor bewahren. Und am wenigsten die lächerlich geringe *weiße* Macht dieser Unwissenden namens Moon!«

»Unwissende - wir?« Tante Electra tippte aufgebracht mit dem Zeigefinger gegen den Kristall.

Ich wollte Heather gerade eine weitere Frage stellen, die mich beschäftigte - aber dazu kam es nicht mehr. Ohne Vorwarnung stieg mein Stuhl mit mir in die Luft. Ich hatte das Gefühl, durch ein offenes Fenster zu fallen. Kein normales Fenster, sondern eins, das sich einfach mitten im Raum aufgetan hatte.

Mit einem Aufschrei versuchte Heather, mich zu fassen zu bekommen. Aber es half nichts.

Ich stürzte durch das Fenster in völlige Dunkelheit, fühlte mich, als stünde ich in einem rasend schnellen Aufzug, der mehr seitwärts als nach oben oder unten fuhr.

Bald danach hörte ich auf, überhaupt irgendetwas zu empfinden.

Jemand schluchzte.

In dem Laut war etwas ungemein Vertrautes.

Nachdem ich mehr von der weihrauchgeschwängerten Luft eingeatmet hatte, öffnete ich die Augen. Neben mir saß auf einem ebenholzfarbenen Stuhl mit hoher Rückenlehne Sue Smith. Sie trug Jeans und ein graues Sweatshirt; ihre Hände hatte sie in ihrem Schoß gefaltet.

»Ich darf dich nicht losbinden, Will«, sagte sie in einem

schniefenden, verzeihungsheischenden Ton. »Ich darf dich nicht einmal berühren.«

Im Gegensatz zu ihr war ich mit dicken Stricken an meinen Holzstuhl festgebunden. »Schon in Ordnung, Sue«, sagte ich. »Wie ist es dir ergangen?«

»Fürchterlich.« Sie fing wieder an zu schluchzen. »Und alles ist meine eigene Schuld... Ich traf mich mit ihm und machte ihm vor, etwas für ihn übrig zu haben, aber er merkte, dass ich dich... ihm immer noch vorziehe.«

Ich hatte mich umgesehen. Der Raum war groß. Eine hochliegende Decke und Wänden aus Stein, die weder von Türen noch von Fenster unterbrochen wurden. Die Mitte des Fußbodens zierte ein ins Auge stechendes, mit grüner Kreide hingemaltes Pentagramm, und ein halbes Dutzend schenkeldicke, schwarze Kerzen in Messinghaltern waren um das Pentagramm herum platziert. Jeder Ständerfuß beschwerte ein altes Pergament. Das spröde Papier war mit Runen bekritzelt.

Als Sue fast beiläufig erwähnte, dass sie immer noch etwas für mich empfand, richtete ich meine Aufmerksamkeit auf sie und betrachtete sie. »Das ist sehr schmeichelhaft, Sue.«

»Und außerdem ziemlich dumm, denn es wird den Professor noch mehr erzürnen. Er spürt irgendwie, dass ich kein echtes Interesse an ihm habe und lieber an... dich denke. Das lässt ihn ausrasten.«

»Was hat er heute Nacht vor?«

Ihr Schluchzen setzte wieder ein, dennoch schaffte sie es zu sagen: »Etwas Schreckliches. Es tut mir so leid...« Weinend begrub sie ihr Gesicht in beiden Händen.

»Hm, wie wäre es mit ein paar Details, Sue?«

Sie ließ die Hände sinken. Ihre Augen waren ganz verheult. »Wenn es nicht so furchtbar wäre...«

»Etwas genauer, bitte.«

»Matt ist völlig durchgedreht...«

»Matt?«

»Er besteht darauf, dass ich ihn so nenne.«

»Weiter!«

»Bei ihm sind alle Dämme gebrochen. Offenbar glaubt er, mich dazu bringen zu können, ihn künftig so zu lieben, wie ich dich liebe, indem er dich irgendeinem mächtigen Dämon opfert!«

»Und dieses Opfer - wie genau soll das vonstatten gehen?«

»Es hat mit dem Zeichen zu tun, das er auf den Boden malte«, schniefte sie. »Er will dich darauflegen, ein paar abstruse Sprüche aufsagen und - damit wären wir beim schrecklichen Teil - dich dann mit einem Dolch durchbohren. - Das werde ich mir nie verzeihen...!«

»Woher weißt du so gut Bescheid, was er vorhat?«

»Er hat mich gezwungen, mir seine Generalprobe anzuschauen.«

»Und wen hat er bei dieser Generalprobe erdolcht?«

»Eine Wassermelone.«

»Ein überaus schmeichelhafter Stellvertreter.« Ich kniff mein linkes Auge zu, löste meinen Blick vom Pentagramm und richtete ihn auf Sues hübsches, aber sehr blasses Gesicht. »Er wird dich auch zwingen, die richtige Aufführung mit anzusehen?«

Meine Frage war rein rhetorisch. Sue nickte und weinte noch heftiger.

»Du bist nicht gefesselt«, erinnerte ich sie.

»Trotzdem kann ich mich nicht von diesem Stuhl erheben oder dir auf irgendeine andere Art und Weise helfen.«

»Warum nicht?«

Das lediglich angedeutete Nicken ihres Blondschopfs wies ins dunkelste Eck des Raumes, wo nahe der Wand eine große, schwer aussehende Kiste stand. »Von da drin belauert mich etwas... etwas... ich weiß nicht, was - ein behaartes, monströses... Ding.«

»Und er drohte dir, es auf dich zu hetzen, wenn du dich von der Stelle rührst?«

»Es würde mir meine Arme und Beine einzeln ausreißen, sagte er.«

Ich schüttelte den Kopf. »Es ist nicht sehr wahrscheinlich,

dass er zulassen würde, dir Arme und Beine auszureißen, Sue«, sagte ich. »Du bist zweifellos ein Objekt seiner Begierde.«

»Den Eindruck hatte ich auch«, räumte sie ein. »Aber so unausstehlich, wie er sich seit einiger Zeit benimmt... Ich habe einfach Angst, es zu riskieren, Will!«

»Wie geht man hier ein und aus?«

»Es gibt eine verborgene Tür, gleich neben der Kiste, hinter oder in der sich die Kreatur verbirgt.«

»Wenn ich dorthin gelangen könnte, wäre ich vielleicht imstande...«

»Das wirst du niemals schaffen, mein Junge.« Die Tür aus Stein schwang rumpelnd und knirschend auf, und Professor Krouch trat in purpurner Robe über die Schwelle. Er grinste mich selbstgefällig an.

»Fürchten Sie nicht«, sagte ich, »die Opferung eines eingeschriebenen Studenten der Universität von Brimstone könnte die Aufmerksamkeit auf Sie lenken, die Sie immer vermeiden wollten und möglicherweise Ihre Anstellung gefährden?«

»Die Öffentlichkeit wird niemals dahinterkommen, was aus dir geworden ist«, klärte er mich auf. Dabei kam er näher und blieb unmittelbar vor dem großen Pentagramm aus Kreide stehen.

Die schwere Steintür schloss sich hinter ihm wie von Geisterhand bewegt.

»Die Moon-Familie hat ziemlich viele Mitglieder, und die werden es wissen«, erinnerte ich ihn. »Ist das nicht schon mehr als genug Öffentlichkeit?«

»Das sind doch alles Spinner, die von keinem ernst genommen werden«, erhielt ich lachend zur Antwort. »Keine Person von Ansehen, am wenigsten ein Vertreter dieser Universität, wird den Vorwürfen dieser Leute Glauben schenken.«

»Mein Verschwinden wird deren Behauptungen untermauern.«

Er lachte erneut und rückte seinen Hut zurecht. »Wie ich

sehe, begreifst du immer noch nicht den Sinn und die Folgen des bevorstehenden Rituals.«

»Sie werden mich mit einer Klinge durchbohren. Was gibt es daran zu deuteln?«

»Dieser Stich wird dich nicht umbringen, keine Sorge, mein Junge. Es befreit nur deinen Geist – ihn allein werden wir opfern.«

»Ich beherberge einen Geist in mir?«

»So warst du schon, als du das Thema *Unbedeutende viktorianische Schriftsteller, 13A* bei mir belegt hast, Harkins«, warf er ungeduldig ein. »Reichlich langsam im Verstehen. Das mystische Procedere, das ich durchführen werde, schält den Geist aus dir heraus und nichts anderes wird der Dämon, den ich herbeirufe, verschlingen!«

Ich entspannte mich etwas. »Ich werde nicht sterben?«

»Du wirst weiterleben und – bedingt – weiter funktionieren.«

»Bedingt?«

»Wenn dein Geist von einem Dämon gefressen wird, hat dies leider auch tendenziell die Folge, dass einige Schäden an der Hülle angerichtet werden, die zurückbleibt.«

»Ich werde eine Hülle sein?«

»Ja, und ich fürchte, du wirst sogar noch etwas weniger intelligent sein als momentan«, antwortete er. »Du wirst, sprechen wir es offen aus, zum stumpfsinnigen Zombie werden. Gefügig, aber ohne den geringsten Verstand. Doch niemand wird je in Erfahrung bringen, was tatsächlich mit dir passiert ist. Du wirst einfach in deiner schäbigen Wohnung aufgefunden werden, und die vorherrschende Meinung wird sein, dass du ein weiteres unglückliches Opfer einer Überdosis Drogen geworden bist. Die dazu passenden Drogenutensilien werden natürlich mit dir gefunden werden.«

»Angenommen, Ihr Vorhaben wird nicht funktionieren?«

»Es wird, sei unbesorgt.«

»Ich meine nicht den plump-technischen Teil, sondern angenommen, Sue liebt Sie danach erst recht nicht mehr…«

»Das wird nicht passieren, es kann nicht, vertrau mir. Es

handelt sich ja um kein x-beliebiges Zauberkunststück, sondern um eines von Graf Monstrodamus' besten«, versicherte er. »Aber selbst gesetzt den Fall, ich *würde* mich irren - angenommen, Susan würde den hirnlosen Haufen, der du danach sein wirst, immer noch einem Genie wie mir vorziehen...«

»Das wird sie zweifellos.«

Sehr langsam und überlegt begann der Professor, die Ärmel seiner Robe hochzukrempeln. »In Ordnung, ich glaube, wir sollten nicht länger reden, sondern allmählich Taten sprechen lassen.«

Genau im Moment, als er das sagte, zog mich jemand an meinem linken Ohr. Ich drehte den Kopf, aber da war niemand. Gleichzeitig stieg jedoch ein Cocktail von Gerüchen - Erdnussbutter, Schweiß und noch anderes, schwer Definierbares - in meine Nase. Selbst für einen Dämon fand ich diese Düfte durchaus merkwürdig, bis mir dämmerte, dass ich wahrscheinlich Buddy, Heathers kleinem Bruder, auf den Leim gegangen war. Vermutlich frönte er wieder einmal seiner Vorliebe, sich unsichtbar unter anderen zu bewegen.

Kaum eine Minute nachdem er an meinem Ohrläppchen gezupft hatte, bemerkte ich, dass eines der beschriebenen Blätter, die von den Kerzenleuchtern beschwert wurden, unter einer Halterung hervorgezogen wurde. Das Pergament schwebte bis zu der flackernden Flamme am Docht der schwarzen Kerze hinauf und fing dort sofort Feuer.

»Ein kleines Missgeschick, Professor?«, wies ich Krouch mit einem Kopfnicken auf das in Rauch und Asche aufgehende Papier hin.

»Verdammt!«, brüllte er im Herumwirbeln auf und sah gerade noch die geschwärzte, auseinander bröckelnde Seite zu Boden schweben. Mit dem Hut, den er sich vom Kopf gezerrt hatte, hieb er auf die ohnehin schon erlöschenden Flammen ein. Es war völlig sinnlos. Das Einzige, was er bezweckte, war, die dunklen Ascheflocken über den Steinboden zu verteilen.

Finster dreinblickend und unverständlich vor sich hin brabbelnd, pflanzte er den Hut wieder auf den kahlen Schädel zurück, als hinter ihm einer der Kerzenhalter umkippte und sich quer über das Pentagramm legte.

»Wer immer dahintersteckt: ER muss sofort aufhören, sonst erzürnt er die Dämonen!«

»Das wird ihn ein paar Sekunden beschäftigen«, flüsterte Heather, die plötzlich neben mir stand.

»Wie kommst du...?«

»Eine simple Materialisation.« Sacht berührte sie die dicken Stricke, mit denen ich gefesselt war, und schon fielen sie von mir ab, lösten sich die Knoten wie von selbst. »Tritt jetzt zurück an die Wand. Ich werde ihm direkt entgegentreten.«

»Können wir uns nicht einfach hier hinaus... materialisieren?«

»Ich könnte es – du nicht.«

»Ah, der Zauberlehrling...« Krouch hatte die Kerze wieder aufgestellt und starrte jetzt wütend zu Heather herüber. »Gibst du uns die Ehre, uns mit ein paar lächerlichen Kartentricks zu unterhalten, meine Liebe, oder dachtest du tatsächlich, Verwirrung stiften zu können?«

»Eigentlich, lieber Prof, bin ich nur kurz vorbeigekommen, um Will und das Mädchen aus Ihren Klauen zu befreien!«

Lachend krempelte er seinen rechten Ärmel noch ein Stückchen höher. »Du ganz allein hast dir das vorgenommen? Mussten dein dämlicher alter Dad und der Rest eurer bescheuerten Inzucht-Sippe, die unter einem Dach zusammen wohnt, passen?«

»Ich brauche sie nicht«, erklärte ihm Heather ruhig. »Ich bin stark genug, um allein mit Ihnen fertig zu werden.«

»Ist das so, ja?«

Sue drängte sich enger an mich und fragte: »Ist sie wirklich so stark, wie sie tut? Ich weiß zwar, dass sie ein komischer Kauz ist, aber dass sie...«

»Ruhe jetzt, bitte«, wurde sie von Heather unterbrochen.

Der Professor hob seine rechte Hand bis in Brusthöhe und deutete mit dem Stummel eines Zeigefingers auf seine Kontrahentin. Dann stimmte er einen Gesang in einer, wie mir schien, von anderen Menschen längst vergessenen, toten Sprache an.

Heather entfaltete im Gegenzug ein Stück vergilbtes Pergament, das sie in der Hand versteckt gehalten hatte.

»Diese Formel wurde einst gebraucht, um Graf Monstrodamus persönlich zu besiegen!«, eröffnete sie dem in seinen Sprechgesang versunkenen Professor.

Er gestattete sich eine Pause, um verächtlich aufzulachen, fuhr aber gleich darauf wieder mit seinem Zauber fort.

Heather sagte ihren Gegenzauber auf – es klang nach altem Latein. Erst jetzt bemerkte ich, dass sie mit der linken Hand ein Amulett umklammerte. Es hatte die Größe eines Silberdollars, bestand offenbar aus grünspanpatiniertem Kupfer, und in seiner Mitte leuchtete ein roter Stein.

Unvermittelt gab Krouch ein Röcheln von sich und fiel hintüber. Rücklings brach er auf dem Steinboden innerhalb des Pentagramms zusammen, und der Dreispitz purzelte ihm vom Kopf.

»Deine Magie schafft ihn! Gib's ihm endgültig!«, feuerte ich Heather an.

»Ehrlich gesagt war das Buddy, der ihm ein Bein stellte.« Nach dieser Antwort fuhr Heather fort, ihre Zauberformel aufzusagen.

Krouch erhob sich zitternd vom Boden. Sein Gesicht hatte sich rosig verfärbt, und kleine weiße Rauchsäulen stiegen aus den Ärmeln seiner Robe zur Decke.

Gewaltiges Brausen setzte ein und erfüllte den Raum. Sämtliche schwarzen Kerzen wurden vom aufkommenden Wind auf einmal ausgeblasen und gleichzeitig verschwand der wankende Professor in einer finsteren Rußwolke.

»Verschwinde jetzt, Buddy!«, rief Heather ihrem Bruder warnend zu.

»Nur die Ruhe, ich hocke ja schon auf der Kiste, Schwesterherz. Ganz locker bleiben...«

In der schwarzen Wolke brodelte es, gleichzeitig begann sie sich aufzulösen und war kurze Zeit später völlig verschwunden.

Mit Professor Krouch.

Nur Hut und Robe waren von ihm übrig geblieben, lagen ausgebreitet auf dem Steinboden. Von Krouch selbst gab es nicht mehr die geringste Spur.

»Wo - ist er?«, fragte ich.

»Irgendwo.«

»Für immer?«

»Bis in alle Ewigkeit.«

»Wie erklären wir das den Leuten?«

»Er wird aus Buenos Aires einen Brief mit seiner Kündigung schicken.«

»Aber wenn er doch...«

»Also wirklich, Will, etwas Phantasie solltest du schon aufbringen! Wenn wir zu dem imstande sind, was du gerade gesehen hast, wird es uns wohl nicht schwerfallen, einen lächerlichen Brief zu fälschen, sodass niemand je Zweifel am Absender hegen wird...«

Die Tür öffnete sich knarrend, und Heathers Vater trat in den Raum. »Das hast du großartig gemacht, Liebes«, lobte er seine Tochter.

»Ja, das denke ich auch«, pflichtete sie ihm bei.

Mr. Moon verbeugte sich in Sues Richtung. »Miss Smith, wenn Sie möchten, bringe ich Sie jetzt zurück zu Ihrer Unterkunft. Ich könnte mir vorstellen, dass Heather und Will jetzt...«

»Ich... weiß nicht.« Sie machte einen völlig verwirrten und verletzlichen Eindruck. Vorsichtig streckte sie ihre Hand aus, um meine Hand zu suchen.

»Ich werde bei dir vorbeischauen«, versprach ich ihr.

Sue seufzte, dann hellten sich ihre Züge auf. »Danke. Ich werde es zu schätzen wissen, Will, Liebster.«

Heather fasste mich ins Auge. »Das ist dein Ernst?«

»Sie hat Schreckliches durchgemacht, Heather«, suchte ich nach einer Rechtfertigung. »Und vergiss nicht, dass Sue nicht so an dieses übernatürliche Zeug gewöhnt ist wie du. Sie…«

»Schon gut. Ich verstehe.« Sie schnippte nur einmal mit den Fingern, dann war sie verschwunden.

Wie danach alles weitere kam, weiß ich nicht mehr. Jedenfalls endete es damit, dass ich plötzlich fest mit Sue Smith ging. Sie war, ich glaube, ich erwähnte es bereits, überaus attraktiv und – was vielleicht den Ausschlag gab – wesentlich konventioneller als Heather. Wenn ich sie zum Tanz oder auf Partys ausführte, *passte* sie einfach besser dorthin.

Mein restliches letztes Studienjahr sah ich Heather kaum noch und ihre Familie überhaupt nicht mehr. Auch Nat und ich unternahmen nicht mehr viel zusammen. Bei unserem letzten Treffen warf er mir an den Kopf, dass ich ein 1a-Idiot sei. Das war in derselben Woche, als ich Sue die Nadel von meiner Studentenverbindung ansteckte. Nat meinte noch, dass ich einen gewaltigen Fehler begangen und mich für die falsche Frau entschieden hätte.

Ziemlich genau anderthalb Jahre nach unserem Universitätsabschluss heirateten Sue und ich.

Danach dauerte es noch eine ganze Weile, bis ich begriff, dass es auf der Welt weit üblere Dinge gibt als Exzentrik oder – nennen wir es ruhig beim Namen – Schwarze Magie und Hexerei.

Die Namen der wahren Dämonen sind Beziehungsunfähigkeit, Treulosigkeit und… Unterhaltszahlungen…

Originaltitel: ›Why I Never Went Steady with Heather Moon‹

Aus: ›The Magazine of Fantasy & Science Fiction‹, Juni 1997
Aus dem Amerikanischen übersetzt von Manfred Weinland

PAT MACEWEN

Die Gabe der Macklins

Mein Dad ist ein grober, hässlicher Klotz, der selbst in Socken noch einsneunzig misst. Seine Nase sieht aus wie ein Brothaken, sie legt sich bei jedem Stirnrunzeln schief, was ziemlich oft passiert. Darüber hinaus wird sie von einem Höcker verunstaltet, der an die kleinen Brückenstege in japanischen Ziergärten erinnert.

Von Grandma habe ich erfahren, dass an diesem bleibenden Andenken ein Holzhammer schuld ist, der einem Zimmermann namens French Canuck gehörte. Canuck wohnte auf der anderen Seite des Sees, und offenbar gibt es Leute, die überzeugt sind, meine Mutter hätte *ihn* geheiratet, wäre er nicht 1918 bei der Schlacht an der Marne gefallen, sondern wieder heimgekommen. Ob an diesen Gerüchten etwas Wahres dran ist, weiß ich nicht. Mom weigert sich beharrlich, sich selbst dazu zu äußern, ganz besonders wenn *er* in der Nähe ist. Ohnehin kriegt Mom den Mund kaum zu mehr auf als dem immer gleichen Ratschlag: »Werd' nicht zu schnell erwachsen, Will. Fünfzehn erscheint dir nur wie eine Ewigkeit!«

Dabei verschließt sie selbst die Augen vor der Wirklichkeit. Morgens bleibt sie vermutlich deshalb so lange im Bett liegen, weil sie das leichenblasse Gesicht ihres Mannes kaum noch erträgt: diese magere, dunkle, knochige Fratze, so hart, schroff und abweisend wie eine Wand, die aus nichts anderem als irgendwo sonst liegen gebliebenen Steinen zusammengesetzt wurde.

Gestern Morgen studierte ich wieder einmal das verdrießliche Gesicht meines Vaters beim wortkargen Frühstück. Wie üblich gab es Brot, Schinken und dampfenden, bitterstarken Kaffee, der in Grandmas alter, verbeulter Kanne aus blauer Emaille aufgegossen worden war.

Grandma bewegte sich langsam, während sie uns bediente und das Gewicht ihres Bauches um den Tisch herum lavierte; sie war im achten Monat schwanger.

Dad aß wie ein ausgehungerter Bär, und beim Kauen grummelte es tief unten in seiner Kehle.

Ich erinnere mich, wie er plötzlich aufblickte, zu mir herüberschaute, und seine stechend schwarzen Augen voller Argwohn leuchteten. »Glotz nicht so, sondern iss, Junge!«, brachte mich seine mächtige, in die Stille einbrechende Stimme zum Zusammenzucken.

An Grandma gewandt, sagte er: »Tu uns das Mittagessen in eine Büchse. Wir werden heute nach Chapin fahren, dort muss ein Farmhaus abgerissen werden. Ein Teil des Abrissguts gehört uns.«

»Aber Will kann nicht mitgehen!« Das dünne Stimmchen meiner Großmutter war auf seine Weise beinahe so erschreckend wie Vaters raues Organ. »Er muss zur Schule!«

»Das ist vorbei«, wischte er ihren Einwand beiseite und schob sein Kinn in meine Richtung. »Damit ist es rum, Junge, hörst du? Du brauchst deine Zeit nicht mehr nutzlos zu vergeuden, du hast jetzt einen Beruf.«

»Und was für ein Beruf soll das sein?«, mischte sich Grandma mit piepsig hoher Stimme ein. »Vielleicht Lumpensammler? Oder Müllmann? Das mag gut genug für alte Säcke und hirnlose Penner wie dich sein, aber nicht für einen Jungen, der Verstand hat und eine Zukunft verdient!«

In ein und derselben Bewegung stand er auf, drehte sich um, holte aus und traf sie so heftig unterhalb des linken Ohrs, dass ihre falschen Zähne aus dem Mund geschleudert wurden. Sie prallte gegen den Herd, riss den Wasserkessel mit sich und stürzte auf den schiefergrauen Fußboden.

»Was gut genug für *mich* ist«, brüllte Dad mit wutverzerrter, noch dunklerer und gemeinerer Stimme als sonst, »ist verdammt nochmal auch gut genug für *ihn!*«

In meine Richtung sagte er etwas gemäßigter: »Zeig mir mal die Bücher, Junge.«

Vorsichtig schob ich den Packen über den Tisch. Er nahm ihn, fächerte die Bücher auseinander und schlug nacheinander jedes von ihnen auf. Meine Hausaufgaben knüllte er zusammen und warf das Papier in die Zunderdose. Dann fetzte er das Deckblatt von jedem einzelnen Buch und entfernte den Besitzstempel der Schule. Sogar mit der Büchereiausgabe von Faulkner ging er ähnlich um, riss die Hülle für die Büchereikarte heraus und warf sie achtlos weg.

Mit einem äußerst zufriedenen Gesichtsausdruck schob er die Bücher danach wieder zu mir herüber und befahl mir mit aller Schärfe: »Denk dran, sie nachher mitzunehmen! Die bringen bei Whittaker ganz hübsch was ein!«

Dann schlüpfte er in seine abgetragene Wolljacke und stapfte hinaus ins Grau des Morgens.

»Hilf mir auf«, bat Grandma schweratmend. Ich eilte zu ihr, streckte ihr meine Arme entgegen, und sie mühte sich ab, wieder auf die Beine zu kommen. Die Haut ihres Gesichts hatte sich in etwas verwandelt, das wie altes Elfenbein aussah. Ein blaugelb schillernder Bluterguss marmorierte ihre geschwollene Wange.

Schwer auf mich gestützt, stolperte sie zur Eckbank und sank darauf nieder. Ein paar Augenblicke hockte sie da, das Gesicht in die Armbeuge vergraben. Nach einem tiefen, schauerlich klingenden Atemzug hob sie schließlich wieder den Kopf, um mich anzusehen.

»Dafür bin ich wohl langsam zu alt«, sagte sie und legte ihre Hand gegen ihre Bauchwölbung, unter der das Herz des Ungeborenen schlug. Sie lächelte schwach und zwinkerte mir zu. »Und du zu jung. Aber mach dir keine Sorgen um mich, Junge. Ich bin schon wieder in Ordnung.«

Draußen startete der Motor unseres klapprigen Lieferwagens. Klopfende Kolben und Ventile protestierten gegen die gottlos frühe Stunde, zu der sie gezwungen wurden, loszulegen. Pa behandelte den Wagen wie einen alten Gaul, dessen Kreislauf erst ausgiebig in Schwung gebracht werden musste.

Ich hetzte hierhin und dorthin, um die Sandwich-Zutaten zusammenzutragen und steckte auch ein paar appetitlich rote Äpfel in den Proviantbeutel. Als die Uhr sechs schlug, sah ich zu, dass ich Dad nicht länger warten ließ, rannte nach draußen und warf Grandma einen letzten schuldbewussten Blick zu. Ihr Gesicht war müde und erschöpft; in diesem Moment sah sie aus wie ihr eigenes Gespenst.

Wir fuhren zuerst zu den Docks bei Ogdensburg, wo mein Vater seine Geschäfte mit Seeleuten abwickelte, die tagein, tagaus auf ihren Fischerbooten und Schleppkähnen malochten. Allerhand Zeugs wurde über den Sankt-Lorenz-Strom geschmuggelt. Einiges von dem, woran Staat und Steuereintreiber gewiss gern mitverdient hätten, landete dabei geradewegs auf der Ladefläche unseres kleinen Lasters. Diesmal waren es Kartons mit Zigaretten, Schachteln mit Rindslederschuhen, eine Kiste *Gordon's Gin* und - nicht zu vergessen - ein schöner, fetter Stör.

Trotz der im Jahr zuvor aufgehobenen Prohibition galt echter Limey Gin immer noch als Rarität, die eine anständige Gewinnspanne garantierte; auch an diesem Tag war die Kiste voller Flaschen der absolute Renner.

Danach zweigten wir von unserer üblichen Route ab Richtung Südosten und kamen an einem halben Dutzend Häusern vorbei, bei denen wir an jedem anderen Montag vielleicht gehalten hätten. Hinter einigen Fenstern standen Frauen - Ehefrauen, junge Mädchen und alte Großmütter -, und sie alle sahen uns mit unbewegten Mienen, ohne ein Lächeln, ohne Gruß, an ihrem Zuhause vorbeifahren.

Erst vor der verwitterten Bretterfassade der Franklins, draußen an der Old Creek Road, hielt Pa schließlich an. Franklin hatte endlich einen Job in der Schokoladenfabrik gefunden, und das bedeutete, dass seine Frau Annabel ganz allein zu Hause war.

Sie war es, die uns den Stör abkaufte.

Ich erinnere mich, dass sie an diesem Tag ein grünes Kleid trug. Ein altmodisches Band von gleicher Farbe zierte ihr Haar. Hellblonde Haare, *butterblumengelb* hätte meine Mutter dazu gesagt, die locker ihre Schultern herabfielen. Sie war hübsch genug, um mein Herz zu erwärmen, wenn sie mir zulächelte.

Sie konnte sehr eigensinnig sein, was sich oft nur in Kleinigkeiten ausdrückte, und an diesem Tag, daran erinnere ich mich genau, war sie besonders streitlustig aufgelegt. Sie lieferte sich mit Pa hitzige Wortgefechte bezüglich des von ihm geforderten Preises und sprang dabei nicht besser mit ihm um als mit einem x-beliebigen dahergelaufenen Vagabunden. Eine Hand auf die Hüfte gestützt, lehnte sie die geforderte Summe kategorisch ab, mäkelte an Größe und Gewicht des Störs herum und trieb es auf die Spitze, indem sie meinen Vater schließlich einen Betrüger und Tagedieb schimpfte.

Seine Antwort bestand zunächst aus einem leisen Auflachen, doch schon wenig später schloss sich eine schreckliche, eiskalte Faust um mein Herz.

Denn ich wusste, was als nächstes kommen würde. In meiner Verzweiflung wünschte ich mich sonstwohin, aber ich war genau so hilflos, so ohnmächtig wie Annabel.

Er lachte noch einmal, diesmal lauter, und ihr Kopf ruckte nach oben. Sie begegnete seinen schwarzen Augen auf gleicher Höhe, zuckte mit keiner Wimper.

Doch plötzlich schwebte etwas durch die Luft, und ihre Augen schimmerten tränenfeucht und irritiert, um sich zu eisblauen Flächen auszuweiten. Eine unsichtbare Energie war von meinem Vater auf Annabel übergeglitten und hatte sich schlangenartig, wie Spiralen aus Rauch, um sie gewunden.

Sie erschauerte, und als sie ihre Lippen schürzte, wurde ein rosafarbenes Flackern um ihre Zunge sichtbar. Ihr Gesicht verlor jeden Ausdruck, es war nicht mehr dieselbe Annabel wie noch Sekunden zuvor.

Mit zitternder und doch seltsam leblos anmutender Hand gab sie meinem Vater ein Zeichen.

Er lächelte, nickte sanft, nahm sie am Arm und führte sie, wie ein Puppenspieler eine Marionette an ihren Fäden hält, ins Nebenzimmer, drehte sich in der Tür noch einmal zu mir um und hieß mich mit heiserer Stimme, draußen auf ihn zu warten.

Ich gehorchte und fuhr den Lastwagen an ein sonnigeres Fleckchen des Gartens neben einer kahlen Ulme. Es war ein gutes Stück vom Haus entfernt, aber entrinnen konnte ich dem, was sich dort abspielte, nicht.

Meine Phantasie malte mir das sündige Geschehen plastisch, bis ins Detail, aus. Vielleicht wäre es nicht geschehen, wenn ich stocktaub gewesen wäre, aber, großer Gott, das war ich nun mal nicht.

Ich hatte auf dem Trittbrett des Wagens Platz genommen und verflocht meine Finger so fest miteinander, dass die Knöchel weiß hervortraten und das Blut hellrosa wie dünne Fäden aus dem Nagelbett brach. Ein Hitzestrom durchflutete mich, als wäre ich selbst so eng mit dem aufwühlenden Akt dort drüben verbunden, dass meine Eier den Saft kaum zurückhalten konnten.

Vom Haus her tönte plötzlich ein hartes Poltern, als wären Gegenstände aus Metall von einem Tisch gefegt worden. Dad hatte es noch nicht einmal für nötig befunden, die Tür zu schließen.

Dann folgte eine längere Phase der Stille, während der ich an meiner Unterlippe nagte, und dann folgten Knurrlaute wie von einem kleineren Tier. Die Geräusche verselbstständigten sich, hohe Schreie und kindliches Gestammel wechselten ab, wollüstiges Stöhnen, kehlige Seufzer, schließlich ein ruckartig stotternder Ton, verursacht womöglich vom Tisch, der auf dem Boden hin und her rutschte.

Ich verschloss meine Ohren mit den Händen, versuchte, den Ton abzudrehen und wusste doch, dass es aussichtslos war. Nicht einmal Taubheit hätte etwas genützt. Die Vorgänge, die ich jede Nacht meines Lebens durch alte, papierdünne Wände belauscht hatte, waren längst Bestandteil von mir geworden, nisteten tief in meinem Kopf.

Zum Glück dauerte dieser Zustand, in dem ich mich selbst hasste, nie sehr lange an.

Schon eine Viertelstunde später erschien Pa wieder in der Haustür, die Daumen im Gürtel verhakt, und schlenderte durch den Garten zu mir herüber.

Durch die offene Tür erhaschte ich einen flüchtigen Blick auf Annabel. Sie zupfte ihr Kleid zurecht und krempelte den aufgeschlagenen Ärmel nach unten, um die dunkelroten Druckstellen an ihrem Arm zu verstecken. Ihre Hände blieben beschäftigt, während ihr Blick meinem Vater folgte. Die Leere darin zeichnete alle seine Frauen aus.

Ich sah weg. Siedend heiß schoss mir das Blut in den Kopf, als ich einstieg und wartete, bis auch Pa in den Lieferwagen geklettert war.

»Lass uns auf die Tube drücken«, sagte er, »ehe man sich in Chapin Gedanken um uns macht – Whittaker eingeschlossen.«

Reglos starrte ich auf den feinen Riss in der unteren Hälfte der Windschutzscheibe.

»William?«

Ich antwortete nicht.

»Was ist los mit dir, Junge?«

Seine Hand, rau und knochig wie die Äste einer alten Eiche, umfasste mein Kinn. Er zwang mich, ihn anzusehen, und fasste mir dann in den Schritt, wo er mich schmerzhaft zwickte. Aufschreiend schlug ich seinen Arm weg und hörte erst auf, mit den Fäusten gegen seine Brust zu trommeln, als mich seine großen Pranken stoppten.

Verblüffenderweise saß er danach eine ganze Weile nur da und betrachtete mich nachdenklich, ehe er sagte: »So übel gefällt es dir doch gar nicht, gib's zu.«

Er ließ mich los, nickte, wie um seine eigene Behauptung zu bestätigen, und startete lachend den Lieferwagen. Der Motor heulte im Leerlauf auf, ehe Dad den Wagen zurücksetzte, wendete und in einer Staubwolke davonfuhr.

Unterwegs meinte er grinsend: »Und ich hab mir schon Sorgen um dich gemacht, Junge. Bei mir fing das, was ich vorher nur bei Vater mitgekriegt hatte, bereits mit knapp zwölf an. Im Volksmund nennt man es ›die erste Blume des Mannesalters‹...« Er ließ das Steuer los und schlug sich unter schallendem Gelächter auf die Schenkel.

»Verglichen mit mir bist du gut drei Jahre zu spät dran, und ich hatte mich schon gefragt, ob du überhaupt mein Sohn bist...«

Ich schleuderte unversöhnliche Blitze aus meinen Augenwinkeln. Einen Moment hatte ich den wilden Wunsch, mit Blicken töten zu können, aber er merkte nichts davon, starrte nur stur geradeaus auf die Straße, wo ein Traktor mit einer Heuladung aus einem Seitenweg auf die Straße fuhr.

»Ich weiß genau, was jetzt in dir vorgeht, Junge, glaub mir. Aber mach dir mal keine Sorgen. Mit der Zeit wird es stärker, und du wirst dich zurechtfinden, verstehst du, was ich meine? Es wird mit dir wachsen.«

Großer Gott, wovon *redete* er?

»Wenn du erwachsen bist«, fuhr er langatmig fort, und seine ungewohnte Gesprächigkeit beunruhigte mich fast mehr als alles andere, »wirst du merken, dass es wie ein ewiges Fieber in deinem Blut zirkuliert, wie ein Durst, der immer wieder neu gestillt werden muss. Das wohlige Feuer, das er erzeugt, wärmt deinen ganzen Körper.«

Er streckte den Kopf aus dem offenen Seitenfenster, zog den Rotz hoch und spuckte ihn hinaus.

»Wenn man durstig ist, was liegt da näher als zu trinken. Such dir also eine Frau, das wird nicht schwer sein, denn auch du hast die Gabe, William. Wir männlichen Macklins hatten immer einen Schlag bei den Weibern.«

Wieder produzierte er dieses trockene, harte Lachen, das fast wie Husten klang.

»Mit ein wenig Übung wirst du schon kapieren, was ich meine. Die Mädchen werden dir zu Füßen liegen, dich anbetteln, es ihnen zu besorgen.«

Ich musste an Annabel Franklin, ihre zitternden Hände und ihre blauen Flecke denken. Oder an Grandma, die mit dreiundvierzig Jahren seit nun acht Monaten ein noch namenloses Kind austrug, das ihr Tod sein konnte. Und ich dachte an meine Mom, ihre Qual, die Leere in ihrem Gesicht, die ich jeden Morgen sah, als hätte sie ihre Seele über Nacht irgendwo verlegt.

Hatten sie alle darum gebettelt?

Sah so meine Zukunft aus: eine endlose Parade von ins Unglück gestürzten Frauen, die ausdruckslos dreinblickten?

Ich schauderte.

Meinem Vater schien es nicht aufzufallen, zumindest fuhr er ungerührt weiter. »Du wirst dir niemals Sorgen machen müssen, Junge. Kein Mädchen, das von einem Macklin flachgelegt wurde, würde sich je beklagen oder es ihrem alten Herrn aufs Brot schmieren. Du brauchst weder überstürzte Hochzeiten noch ungewollte Bälger zu fürchten...«

Er nickte selbstzufrieden.

»Tatsache ist allerdings, William, dass die Macklin-Saat nur sehr schwer aufgeht. Wenn du doch einmal eigene Kinder haben willst, musst du denselben Boden immer wieder beackern, immer und immer wieder. Oder deine Saat wird nicht aufgehen.«

Wie viele Male mag wohl er den Boden beackert haben, ging es mir durch den Sinn, um seine dreieinhalb Pflänzchen zum Sprießen zu bringen?

In meinem Magen zog sich ein Knoten zusammen. Mir brach der Schweiß aus allen Poren, als hätte der Sommer von einem Moment zum anderen den Frühling übersprungen und mich in Hitze getaucht, die der tatsächlichen Jahreszeit spottete.

»Es gibt da noch etwas, worüber wir reden müssen«, sagte mein Vater und sah mich direkt an. »Vorhin erklärte ich dir, ich würde deine Bedürfnisse kennen und verstehen. Das tue ich tatsächlich. Aber es gibt da etwas, das ich nicht dulden kann und nicht dulden würde! Ich nehme an, du weißt, wovon ich spreche?«

Er fasste mich noch zwingender ins Auge.

»Fass niemals deine Mutter an – niemals! Hast du verstanden?«

Ich würgte, weil mir plötzlich der Geschmack von Galle in den Mund stieg. Dann stemmte ich, obwohl wir uns in voller Fahrt befanden, die Wagentür auf und sprang aus dem Lieferwagen.

Ich landete im Dreck neben der Fahrbahn, überschlug mich ein paarmal und rollte die Böschung hinunter, wo ich mich wieder aufrappelte und so schnell ich konnte in die Büsche schlug, mir den Weg wie ein verfolgtes Wild bahnend.

»William!«, brüllte er. Erst dann hörte ich das gequälte Quietschen abgenutzter Bremsen. »Komm zurück, Junge! Komm sofort zurück!«

Den Teufel werde ich!

Ich hätte nicht einmal gehorchen können, wenn ich gewollt hätte, weil ich restlos damit beschäftigt war, innerlich vor die Hunde zu gehen.

Er rief erneut und noch lauter. Ich hörte den Knall der zufallenden Tür, als er den Wagen verließ. Dieses Geräusch bohrte sich wie Reitersporen in meine Flanken. Noch vehementer, noch entschlossener kämpfte ich mir meinen Weg durch das Dickicht. Auf der anderen Seite lag ein feuergerodetes Stoppelfeld, das noch nicht für die Frühsaat umgepflügt worden war. Ich flog hakenschlagend darüber hinweg wie ein Hase, der den Atem des Jagdhunds im Genick spürt.

Ich sah kein einziges Mal zurück. Deshalb weiß ich nicht, ob er mich rennen sah und ob er überhaupt versuchte, mir zu folgen. Damals wollte ich ihm nur entkommen. Ich hatte panische Angst vor diesen schwarzen, stechenden Augen und davor, mich seinem Zorn, den ich herausgefordert hatte, mich seinen Schlägen und Tritten zu stellen.

Ich rannte und rannte, bis der Stich wie ein Blitz durch meine rechte Seite fuhr und der heiße Atem, der meinen Lungen entwich, mir auch die Kehle verdorrte – rannte, bis ich über irgendeinen Stein stolperte und längs hinschlug.

Als mein Gesicht in den Schlamm tauchte, hatte ich das Gefühl, einen Knockout verpasst zu bekommen.

Eine Zeitlang lag ich nur da und rang um Luft. Dann setzte ich mich spuckend auf und begriff, dass ich das abgeerntete Kornfeld weit hinter mir gelassen hatte. Ich war schon fast in Henderson, das nördlich des Flusses lag, und konnte die rauchlosen Schornsteine der erkalteten Brennöfen sehen. Die Glaswerke waren geschlossen, seit der Investor pleite gegangen war.

Ich richtete mich auf, klopfte mir den gröbsten Schlamm von den Kleidern und setzte meinen Weg in einem langsameren, vernünftigeren Tempo fort. Dabei versuchte ich, klare Gedanken zu fassen.

Mein Vater hatte – unglaublich! – richtig stolz auf mich geklungen, als er mit mir sprach. Ungefähr in der Art, wie ein Rancher mit einem prämierten Bullen prahlen würde. Oder wie ein Mann, der sich selbst in seinem Sohn wiedererkennt.

Der Kloß in meinem Hals hielt sich so hartnäckig wie die Gedanken, die mich nicht mehr losließen.

Konnte es stimmen, was er mir gesagt hatte? Konnte eine solche ›Gabe‹ vom Vater auf den Sohn weitergegeben werden, von Generation zu Generation?

Vieles, das wusste ich, *war* vererblich. Schwachsinn beispielsweise, oder zusätzliche Finger, auch weniger Fassbares wie... Hellsichtigkeit.

Ich musste an die letzten paar Wochen denken, an das unerklärliche Brodeln, die Spannung in mir, die seltsamen Momente grundloser Scham, die aufwühlenden Träume und Erlebnisse, die bis zu diesem Moment keinen Sinn ergeben hatten...

Eine herbe Mädchenstimme, fast schon einer erwachsenen Frau würdig, die ich nur deshalb nicht gleich erkannte, weil sie schon so nah und entsprechend laut war, riss mich aus meinen Gedanken: »Gott, Will, bist du das?!«

Ich blieb stehen und sah mich mit etwas konfrontiert, was mir nicht in den Kram passte – nicht ausgerechnet jetzt, nämlich die Neugier eines weiblichen Wesens, die sich hell entflammt in zwei weit aufgerissenen Augen zeigte.

Mary Kingsley schielte leicht und hatte eine Vorliebe für altmodische Accessoires. Ihr Blick umgarnte mich wie der einer freudig erregten, getigerten Katze, während sie mit dem Finger eine bestimmte Stelle in ihrem aufgeschlagenen Geographie-Buch markierte. Der Fingernagel teilte Kansas in zwei Hälften.

Über ihr auf der niedrigen Steinmauer verrenkte sich Jean Mattington den Kopf, um ebenfalls zu mir herüber zu blicken. Herausfordernd fragte sie: »Was ist denn mit dir passiert?« Und Mary fügte stoisch wie die Katze, die sie nicht war, hinzu: »Was für ein Dreckspatz du bist.«

Mein Gesicht verfärbte sich scharlachrot, aber ich hielt mich im Zaum und sagte schulterzuckend: »Bin hingefallen, das ist alles.«

Mary nickte altklug. Kokettierend sagte sie: »Du warst heute morgen nicht in der Schule...«

Jean grinste einfältig. »Du hast was verpasst. Lafferty furzte während des Unterrichts, und die erste Reihe erstickte beinahe in dem Gestank! Es war Sonderklasse...«

Beide kicherten. Ich überlegte, ob ich ihnen sagen sollte, dass ich von der Schule gehen würde und dass mich Leute wie unser alter Lehrer Lafferty deshalb nicht mehr allzu sehr interessierten, aber irgend etwas hinderte mich daran. Es war, als hätte ich einen Knoten in der Zunge.

Statt eines Knopfes hielt ein leuchtend blaues, zu einer Schleife geknotetes Band Marys Blusenkragen zusammen. Es reflektierte das Sonnenlicht, und bei jedem Atemzug schimmerte es ein wenig anders.

Ich sah, dass der weiße, seidige Stoff sich um ihre Busenwölbungen spannte, und bemerkte auch das schwache, gleichmäßige Pochen ihrer Halsschlagader.

Hitze, an und ab schwellend, durchlief meinen Körper. Ich hatte wieder angefangen zu schwitzen wie ein Schlachtross, trotz des kühlen Schattens, den die Weiden warfen.

Wieder hörte ich ein Kichern. Es kam von Jean, dennoch betrachtete ich zunächst weiter Marys rosiges Gesicht. Das Katzenlächeln war daraus verschwunden und durch eine ausdruckslose, starre Mimik ersetzt worden. Die bleichen, schmalen Lippen hatten sich geteilt und erlaubten einen Blick auf die perfekt weißen Zähne.

Ohne aufzuhören mich anzustarren, legte Mary ihr Geographie-Buch beiseite. Sie stand auf und machte mit ihren kurzen, stämmigen Beinen einen zögerlichen Schritt auf mich zu.

Jean rief leise: »Mary!«

Mary ignorierte ihre Freundin. Das Pochen in ihrer Kehle wurde schneller, der Stoff der Bluse und das blaue Band zitterten, als sie mir näher und näher kam und schließlich ihre Brille abnahm, eine Hand an meine Wange legte, sich an mich schmiegte, ihr Gesicht an meinem Hals vergrub und mit ihren strahlend weißen Zähen begann, an mir herumzuknabbern.

Meine Arme entwickelten ein Eigenleben, umschlangen Mary und erwiderten die Zärtlichkeiten. Meine schmutzigen Hände streichelten die ganze Länge ihres Rückens entlang, vom Nacken bis zu den Hüften und noch etwas tiefer, wobei ich Mary zusehends fester an mich presste.

Sie duftete nach Lavendel.

»Großer Gott, *Mary!*«

Über ihre Schulter konnte ich zu Jean hinübersehen, die uns fischäugig anglotzte.

Wieder bewegte sich meine Hand wie von selbst, winkte behutsam und erstickte Jeans Aufgeregtheit auf mir selbst unerklärliche Weise. Danach war sie wieder das naive, offenherzige Mädchen, das ich mein Leben lang gekannt hatte.

Sie stand ebenfalls auf und kam auf mich zu. Ihre nach wie vor erkennbare Verblüffung stritt mit dem Verlangen und den eigenen Bedürfnissen, die unser Anblick in ihr geweckt hatten. Ihre schlauen Finger fanden einen Weg zwischen Mary und mich. Einen Arm legte sie um mich, die andere Hand tastete sich unter meinen Gürtel, wo ihre kalten Finger vorsichtig auf die Suche nach dem Teil von mir gingen, das schon meine Hose ausbeulte und sich nach Freiheit sehnte.

Als sie fündig wurde, entfachte die Berührung fast mehr Glut in mir, als mein armes, schwer schuftendes Herz aushalten konnte. Die Hitze, die sich in mir angestaut hatte, die Wut und Verletztheit, die sich wie Dorne in mein Fleisch gebohrt hatten, butterblumengelb, brachen aus schattenhaften Tiefen an die Oberfläche meines Fühlens und Denkens und lösten Empfindungen von geradezu schmerzhafter Intensität aus.

Als sich die Heimsuchungen wie die Wellen verlaufen hatten, die ein in den Fluss geworfener Stein verursacht, öffnete ich wieder meine Augen.

Mary blinzelte mich an wie eine alte Schildkröte, die nach einem kurzen Nickerchen in der Sonne aufwachte. Mit einem leicht überraschten Gesichtsausdruck entzog sie sich meiner Umarmung und wich stolpernd zurück. Zuerst ruhte ihr Blick auf mir, dann auf dem von meinen Händen beschmutzten, vor ihren Brüsten baumelnden blauen Band.

Zögernd, die Wimpern wie Schmetterlingsflügel flatternd, rückte auch Jean von mir ab. Für einen seltsam zeitlosen Moment stand sie da und betrachtete irritiert ihre von weißlicher Masse verschmierte Hand.

Als hätte ich zu lange in die Sonne geblickt, wurden ihre Gesichter von einem hellen verwaschenen Fleck ersetzt, aus dem sich leer stierende Augen und schmallippige, zusammengekniffene, bläuliche Münder herausbildeten. Der Mund erinnerte mich an Annabel Franklin und die Augen an meine Mutter.

Während sich die geisterhaften Eindrücke den Weg in meinen Verstand bahnten und während beide Mädchen nun entschieden noch weiter von mir zurückwichen, hörte ich mich selbst aufstöhnen. Meine Knie gaben nach und ich ging zu Boden.

Mary stand kopfschüttelnd da, während Jean ihre Hand nervös mit einem Baumwolltaschentuch abschrubbte und mich keine Sekunde aus den Augen ließ.

Als auch ich meinen Kopf zu schütteln begann, sah ich ein neues Licht in ihren Gesichtern aufgehen: Es war ein Gemisch aus Unglaube, Schock und blankem Horror… gefolgt von einer Art uneingestandener Faszination.

Es war genau, wie mein Vater es vorausgesagt hatte.

Dabei hatte ich nichts *getan!* Und das ist, das schwöre ich bei Gott, die Wahrheit! Ich hatte nur dagestanden und sie angesehen. Das, was geschehen war, hatte mich noch nicht einmal in meiner Phantasie beschäftigt, ich hatte nicht einmal daran *gedacht*...

Obwohl – warte. Wenn ich ehrlich bin, kann ich den Gedanken nicht verleugnen, aber eben *nur* den Gedanken. Jean hatte mir in den letzten Monaten immer wieder diese Blicke zugeworfen, die... Aber es war so hoffnungslos gewesen! Ihr Vater war Ratsmitglied, ein durch und durch angesehener Mann, und was für einen Vater hatte ich zu bieten? Einen Lumpen- und Alteisen-Sammler.

Aber vielleicht... Hölle und Verdammnis! Was machte es aus, wer mein Vater war?

Der Blick in Jeans Augen, als ich wieder auf die Füße kam, diese nicht in Worte zu fassende Faszination, die uns miteinander verband, erlosch, und ich wusste, ich würde nie mehr darüber hinwegkommen.

Aus Jeans Kehle löste sich ein würgender Ton, der wie unterdrücktes Lachen klang, aber ihre Augen lachten nicht. Sie drehte sich abrupt um und vergaß sowohl Mary als auch ihre Bücher und das in Wachspapier eingeschlagene Päckchen, alles, was auf der Mauer lag. Die befleckte Hand gegen ihre Hüfte gepresst, wirbelte sie herum und floh vor mir wie eine Frau, die von einem wütenden Bullen, einem Dämon, oder gar dem Teufel selbst verfolgt und gejagt wird.

Mary hingegen zögerte noch, machte sogar einen halben Schritt in meine Richtung, dabei atmete sie schwer und hektisch. Schließlich rastete aber auch in ihr ein Mechanismus ein, der sie veranlasste, sich abzuwenden und nun ebenfalls davonzurennen.

Ich gebe zu, dass auch ich zunächst den feigen Impuls verspürte, fortlaufen zu wollen. Weit weg. Bestimmt ließ sich ein Boot oder ein Schienenwagen finden, mit dem ich meine Flucht ohne Wiederkehr realisieren konnte. Vielleicht würde ich bis nach Kalifornien kommen, vielleicht noch weiter, nach Samoa, ganz egal, Hauptsache irgendwohin, wo mein Vater mich nie vermuten oder finden würde.

Aber allzu schnell wurde mir klar, dass daraus nichts werden würde. Wo sollte ich in Zeiten wie diesen Arbeit finden, und was hätte ich schon für Fähigkeiten anzubieten gehabt? Ich hatte nicht einmal einen Beruf wie all die erwachsenen Arbeitslosen, die im ganzen Land lange Schlangen vor Suppenküchen bildeten.

Nicht einmal die Army blieb mir als Ausweg offen, ganz davon zu schweigen, dass mein Verschwinden Mom vollends *seiner* Gnade ausgeliefert hätte. Ebenso wie Grandma und Christine, die erst neun ist, aber schon jetzt von Tag zu Tag hübscher und fraulicher wird.

Wer würde Holz hacken und Wasser aus dem Brunnen schöpfen? Wer würde den Lastwagen be- oder entladen? Mein Bruder Rick, der noch nicht mal sieben ist?

Nein, ich konnte mich nicht einfach fortstehlen. Wenn ich sie schon nicht beschützen konnte, konnte ich sie erst recht nicht im Stich lassen.

Als ich den Fluss erreichte, hatte ich meinen Entschluss gefasst. Ich würde nach Hause gehen. Dad würde wütend auf mich sein, weil ich ihm ausgebüchst war, aber ich hatte schon Schlimmeres überlebt. Nein, ich musste beweisen, dass ich den längeren Atem hatte, auch die Schule musste ich irgendwie fertig machen. Vielleicht gab es ein Gesetz, das Pa dazu zwang, mich weiter den Unterricht besuchen zu lassen. Und irgendwann, das schwor ich mir, würde ich einen Weg finden, ihn zu stoppen. Nicht heute, aber bald, und wenn es das Einzige war, was ich in diesem Leben auf die Beine stellte…

Um zehn vor eins kam ich zu Hause an.

Dad war nicht da, offenbar war er ohne mich nach Chapin gefahren.

Ich ignorierte die Fragen meiner Mutter und auch die von Grandma, erledigte still meine Aufgaben. So brachte ich, eins nach dem anderen, den ganzen Nachmittag herum. Ich saß am Tisch mit Grandma und Christine und Rick, schöpfte Eintopf aus der Suppenschüssel und lauschte mit den anderen gerade einem von Grandmas blutrünstigeren Märchen, dem von Rotkäppchen, als mein Vater zur Tür hereinschneite.

»Hier bist du also«, grummelte er in seinen Bart und blieb, die Hände in die Hüften gestemmt, einen Moment im Türrahmen stehen.

Ich legte meinen Löffel auf den Tisch, erhob mich und wartete.

Mit zwei Schritten hatte er mich erreicht. Seine Faust traf mich voll ins Gesicht und die Wucht des Schlags schleuderte mich nach hinten, und die Bank, auf der ich gesessen hatte, stürzte um. Ich prallte hart mit dem Schädel gegen die Wand, und gleichzeitig mit dem dumpfen Geräusch senkte sich für einen Atemzug undurchdringliche Finsternis über meinen Verstand.

Als ich meine Umgebung wieder wahrnahm, war ich an der Kommode zu Boden gerutscht. Dad saß auf meinem Platz am Tisch und nahm, während Mom hin und her wieselte, sein Abendbrot zu sich.

Ohne einmal innezuhalten, beugte er sich tief über die Schüssel und leerte sie ganz allein bis zur Hälfte. Danach erst nahm er wieder Notiz von mir.

»Worauf wartest du noch? Die Ladung auf dem Lastwagen löscht sich nicht von allein!«

Stolpernd kam ich auf die Füße und verließ das Haus. Warum er nicht wütender war, konnte ich mir nicht erklären, aber ich hatte auch nicht das Bedürfnis, ihn danach zu fragen. Dort, wo er mich getroffen hatte, schwoll mein Gesicht bereits an. Morgen würde ich mit einem Veilchen in voller Blüte herumlaufen. Ehe ich mich ans Abladen machte, kühlte ich die Wange mit eiskaltem Wasser aus der Pumpe.

»Was ist zwischen euch vorgefallen?«, fragte Grandma, als sie mir den Rest des Abendessens nach draußen brachte.

Ich aß, ohne ihr Antwort zu geben.

Sie ließ mich nicht aus den Augen, während ich die Suppe schweigend in mich hineinschlang. Später nahm sie mir den tiefen Teller aus den Händen. Mir fiel auf, dass ihre Finger mit zunehmendem Alter immer knochiger und durch die ständige Hausarbeit rauer wurden. Weil Mom oft krank war, führte Grandma unseren Haushalt.

»In Ordnung, Will«, sagte sie. »Wenn du es mir nicht sagen willst, vergessen wir es. Ich will dich nicht quälen.« Sie strich zärtlich über mein Haar, machte es sich auf dem Hauklotz neben mir bequem, und so glitten wir einträchtig in die beginnende Nacht, während sie sich die geschwollenen Fußgelenke massierte. Dichter weißer Nebel stieg in der Dämmerung auf und verschluckte die Sterne.

Grandma seufzte und winkte schwach in Richtung der Schwaden. »Heute Nacht haben wir Vollmond«, sagte sie. »Eine Nacht wie diese, mit Nebel und all dem Pipapo, nannte meine Großmutter eine Asrai-Nacht. Und sie erzählte uns dann für gewöhnlich alle möglichen Dinge über das Märchenvolk, und wie dessen Geschöpfe es liebten, im Nebel zu reisen. Eine Nacht wie diese vermag Türen zwischen den Welten zu öffnen, und manchmal kannst du durch eine hindurch direkt auf die andere Seite wechseln...«

Ich nickte und versuchte sie mir als Kind vorzustellen.

Es gelang mir nur, indem ich mir das Bild in Erinnerung rief, wie Christine auf dem Schoß *ihrer* Großmutter saß. Es verursachte komische Gefühle. Also, ich weiß nicht... Als würde ich eine Brücke zurück zu der Ur-Ur-Oma schlagen, die ich nie anders kennengelernt hatte als in ihrer Reflexion in Grandma: eine alte Frau, die auch Märchen gesponnen, auch von Wichtelmännern, Elfen und Wassernixen und armen Fischersleuten erzählt hatte, die ihnen in manch nebliger Nacht auf See begegnet waren...

Grandma rutschte sacht auf ihrem Sitz hin und her, und ich konnte es nicht lassen, einen Blick auf ihren Bauch zu werfen.

Eine Frau ihres Alters war nicht dafür geschaffen, noch Babys zu bekommen, das wusste ich, und beim Gedanken, dass wir vielleicht bald ohne Grandma auskommen mussten, wurde mir ganz elend.

Es war besser, nicht daran zu denken. Es machte mich nur

noch mehr fertig. Aber wie dem auch sei, ich konnte spüren, dass auch sie mit etwas haderte.

Schließlich sagte sie: »Dein Vater hat vor, eine Ladung von Jake Sullivans Grundstück abzuholen. Er wird dich wahrscheinlich dabei brauchen.«

Ich nickte und wartete und war mir immer noch nicht im klaren, *was* sie daran so beschäftigte.

»Wenn ich recht habe…«, sagte Grandma und machte eine Pause, ehe sie ungewöhnlich hastig hinzufügte: »Dann sei vorsichtig, Junge. Lass dich nicht provozieren, hörst du? Und schlage nicht zurück, was auch immer passieren mag!«

Ich starrte sie an. »Grandma…«, setzte ich unbehaglich an.

»Nein«, unterbrach sie mich. Ihre Stimme klang jetzt hart und war voller Hass. »Nichts weiter. Das ist alles, was ich dir raten kann.«

Ein Schauer rieselte mir über den Rücken. Meine Großmutter in dieser Weise reden zu hören, jagte mir Angst ein.

Erst recht, als sie, wie zu sich selbst, weitersprach: »Wir können es ohne *ihn* schaffen, aber nicht ohne *dich*. Und du wirst es ohne einen anständigen Abschluss auf der Schule zu nichts bringen. Du hast mehr drauf als in Müll zu wühlen oder anderer Leute Stiefel zu putzen, Junge. Du kannst einen guten Beruf erlernen, du kannst all das Zeug nutzen, das man dir eingepaukt hat. Dir stehen alle Türen offen, wenn du nur genügend Wissen in dir angehäuft hast!«

Ich blickte zu Boden, denn ich wusste, wie verschwindend klein meine Chancen sein würden, wenn Pa sich durchsetzte.

»Ach, wenn dein Großvater noch leben würde, wenn er hier wäre…« Sie verstummte. Ihre blassblauen Augen leuchteten im Licht der Verandabeleuchtung plötzlich hell, waren voller Tränen. Ich griff nach ihrer Schulter, aber das wollte sie nicht. Sie wehrte die Berührung mit einer entschiedenen, schnellen Bewegung ab.

Dann packte sie meinen Arm und zwang mich, aufzustehen, indem sie sich selbst erhob. »Was immer heute Nacht auch passieren mag, Will, Junge, sei *vorsichtig*.« Diesmal war es kein Rat mehr, sondern eine unverkennbare Warnung. »Dein Pa ist ein gefährlicher Mann. Seine Muskeln überwiegen den Verstand.«

Mit diesen Worten drehte sie sich von mir weg. Sie kehrte zurück in die Küche und ließ mich mit meinen Sorgen und Befürchtungen allein.

Bis ich selbst wieder das Haus betrat, war es draußen stockfinster geworden. Ich hatte mir mit dem Lastwagen Zeit gelassen, obwohl die Dunkelheit beißende Kälte mitbrachte, die den Aufenthalt im Freien nicht sehr angenehm machte.

Meine Mutter, der ich begegnete, bewegte sich wie ein Gespenst im eigenen Haus - ich war es nicht anders gewöhnt.

Sie beachtete mich nur kurz, um meine geschwollene Backe schweigend mit den Lippen zu liebkosen, bevor sie sich wieder zurückzog und hinter nichtigem Tun verschanzte.

Bruder und Schwester saßen über ein Puzzle gebeugt, Grandma strickte. An Abenden wie heute erzählte sie uns normalerweise Geschichten von rachsüchtigen Kobolden oder Feen, die sich von einfallsreichen Kindern hatten einfangen lassen.

An diesem Abend nicht.

An diesem Abend vertiefte sie sich in dem fast vollendeten Wollpullover, der über ihren Schoß gebreitet lag, und brütete still vor sich hin.

Die Geschwister warfen verstohlene Blicke auf mich und mein zerschlagenes Gesicht, aber nur Christine wagte ein scheues Grinsen und machte mir mit einer versteckten Geste Mut.

Ich zwinkerte mit dem Auge, das nichts abbekommen hatte, zurück.

Mein Vater schnitzte und schälte mit einer Klinge lange gelbe Kringel von einem langsam Form annehmenden Stück Eschenholz. Wir hatten keinen Strom im Haus, folglich auch kein Radio, deshalb verbrachte er seine Abende vorzugsweise damit, kunstvolle Kettenanhänger zu schnitzen.

Er lebte in mancherlei Hinsicht hinter dem Mond, hinkte den Möglichkeiten unserer Zeit hinterher. Aber er tat dies, daran gab es keinen Zweifel, mit voller Absicht. Ich vermute, dass ihn moderne Technik in seinem tiefsten Kern beunruhigte. Er hielt sich davon fern, soweit es ging, einzig bei unserem Lastwagen machte er eine Ausnahme, kompensierte dies aber, indem er ihn ständig wie einen störrischen, nur eben mechanischen Esel behandelte.

Ohne von seiner Beschäftigung aufzusehen, forderte er mich auf, meine Gummistiefel anzuziehen und ihm seine Regenausrüstung bereitzulegen. Nebel oder nicht, wir hätten ein dringendes Geschäft abzuwickeln...

Alles in mir sträubte sich, weil ich an Grandmas sonderbare Worte denken musste... Aber ich hatte keine Wahl. Er war nicht der Mann, der ein Nein gelten ließ. Aus diesem Grund sparte ich mir jeden Protest und tat, was er mich geheißen hatte, während er für etwa zehn Minuten im Schlafzimmer verschwand, wohin Mom sich wieder verkrümelt hatte. Die Bettfedern quietschten die ganze Zeit.

Eine halbe Stunde später brachen wir auf.

Grandma hatte recht behalten.

Es war Vollmond - in unserer Gegend *Jägermond* genannt -, aber sehen konnten wir ihn so wenig wie die Sterne. Im Verlauf des Abends und der Nacht war der fahle Nebel dicker und undurchdringlicher geworden und wirkte jetzt fast wie geronnene cremig weiße Farbe.

Auch wenn das helle Mondlicht den Nebel nicht zu durchdringen vermochte, verlieh es ihm doch einen unirdischen Glanz, ein seltsam kaltes, bleiches Leuchten. Im Dahinfahren schien es mir, als würden sich absonderliche Adern durch diesen geisterhaften Mahlstrom ziehen, überall, auch in meinen Augenwinkeln, waberte und wogte es ohne Unterlass.

Eine Asrai-Nacht, das weiß jedes Kind, ist eine Nacht, in der die weißen Nebelschwaden wie Schleier schweben, eine Nacht, in der die Ländereien von Faerie enger zusammenrücken und vergessene Tore für diejenigen geöffnet werden, die sich zwischen den Welten hin und her bewegen wollen.

Nicht einmal Dad schien die unheimliche Atmosphäre, in die wir uns begeben hatten, kalt zu lassen. Der Glanz, der uns in unserem Wagen einhüllte, machte ihn nervös. Es entging mir nicht, auch wenn er den ganzen Weg bis zu Jake Sullivans Farm nicht ein Wort sagte.

Jake war ein gerissener Teufelsbraten. Er unterhielt seine Destillieranlage auf einer kleinen Insel mitten im Black Lake. Das Gebiet gehörte dem Staat, aber Jake war es gleichgültig, ob seine Gerätschaften entdeckt wurden oder nicht. Die Apparate durften ruhig konfisziert werden, solange sie Jake selbst nicht in die Finger bekamen und ihm nachweisen konnten, dass sie ihm gehörten. Pech wäre nur gewesen, wenn sie ihn bei seiner Schwarzbrennerei in flagranti erwischt hätten.

Den See erreichten wir um Viertel nach zehn.

Er lag völlig still, das Wasser war so ruhig und schwarz wie das Grab meines Großvaters, und der Nebel hing einen knappen Zentimeter über dem glatten Spiegel. Nicht einmal ein paar Schritte voraus konnte man sehen.

Nach der Ankunft wich die Nervosität aus Vater und mir. Ohne Zögern stiegen wir in Jakes altes, von Wind und Wetter zerschlissenes Boot und ruderten los.

Das Boot leckte, aber es bestand keine Gefahr, solange man seine Füße von einer bestimmten maroden Planke hinter der vorderen Sitzbank fernhielt. Schlimm war nur der Gestank von verfaultem Fisch und Seetang, der überall am Holz klebte. Beim Rudern musste man durch den Mund atmen, sonst hielt man es nicht aus.

In dieser Nacht nahm mein Vater die Ruder und scheuchte mich mit einer Handbewegung zum Bug, wo ich die Aufgabe übernahm, auf Laternenschein zu achten, für den Fall, dass Beamte auf Patrouille unterwegs waren.

Ich dachte an die Warnung meiner Großmutter und daran, wie sehr sie Pa hassen musste. So sehr, dachte ich, dass ihr zuzutrauen war, etwas gegen ihn zu unternehmen, besonders, seit sie schwanger geworden war.

Aber würde sie so weit gehen, zu riskieren, dass man uns beide schnappte?

Warum nicht? Das Gesetz sprang nicht sonderlich hart mit Minderjährigen um, und schon gar nicht, wenn sie von den eigenen Eltern in krumme Geschäfte hineingezogen wurden. Ich wusste so gut wie Grandma, dass ich nur ein paar Tage im Bau sitzen würde, ehe man mich auf Bewährung wieder frei ließ.

Bei Pa verhielt es sich etwas anders...

Wer dreimal aufgeflogen war, wanderte unweigerlich ins Gefängnis, und für Männer, besonders für Männer mit diesem speziellen Appetit, war das Gefängnis die reine...

Kopfschüttelnd hörte ich auf, darüber nachzudenken. Ich versuchte, mich im Kopf frei zu machen von allem. In meinem Haar perlte kondensierter Nebel. Ich schüttelte mich wie ein nasser Hund und wurde wieder so unruhig, dass ich beinahe überhört hätte, wie etwas anderes als die Ruderblätter im Wasser platschte.

Zuerst glaubte ich, es handele sich um einen Fisch, vielleicht einen Seebarsch, der sich im Netz eines Wilderers verfangen hatte, aber dafür waren wir eigentlich schon zu weit draußen, fast in der Mitte des Sees, wo Netze schwer zu befestigen und noch schwerer zu verstecken waren.

Das Geräusch wiederholte sich, klang nun lauter und näher. Ohne nachzudenken zischte ich meinem Vater eine leise Warnung zu.

Sofort hörte er auf zu rudern, und wir saßen beide ganz still, um zu lauschen. Eine Weile war nur zu hören, wie das von den hochgestellten Rudern rinnende Wasser in den See tropfte, und ich fing bereits an zu glauben, mich getäuscht zu haben, als es wiederkam: Irgend etwas in unserer Nähe zappelte in dem wie dunkles Glas gefärbten Wasser und peitschte es. Es musste sich um etwas sehr Großes handeln, ein wenig voraus zu unserer Linken.

Mein Vater schob die Hand unter seine Jacke und brachte seinen alten Colt zum Vorschein, der in ein Öltuch gewickelt war. Dieses Bündel deponierte er auf der Bank neben sich und faltete es auseinander, bis die Waffe griffbereit vor ihm lag. Dann zog er eine lange Stange mit einem gebogenen, eisernen Haken unter dem Sitz hervor und reichte sie mir. Es war eine Gaffel, die früher auf einem größeren Boot beim

Segeleinholen Verwendung gefunden hatte, aber auch für andere Zwecke nützlich war.

Offenbar erhoffte sich Dad einen Bonus für unsere gemeinsame Nachtarbeit. Einen Otter vielleicht, dessen Fell sich für ein hübsches, kleines Sümmchen verhökern ließ.

Er senkte die Ruder und dirigierte uns langsam, überaus behutsam auf die Geräuschquelle zu.

Tatsächlich handelte es sich um etwas Großes. Während ich mit dem Strahl der Lampe darüber hinwegstrich, schätzte ich, dass es gut einen Meter fünfzig in der Länge hatte, obwohl seine Form in der dunklen Brühe und dem zuckenden Widerschein des Lichts nicht genau auszumachen war. Die Gestalt hatte sich im Gestrüpp einiger Wasserpflanzen verfangen, darin und in den Resten eines alten, engmaschigen Fischernetzes, wie es beim Einhandfischen Verwendung fand.

Die schemenhafte Gestalt hörte uns kommen und versuchte noch verzweifelter, sich selbst zu befreien, aber es war hoffnungslos. Schließlich legte sie sich auf den Rücken, trieb auf der Oberfläche und rang nach Luft.

Das Boot ging längsseits und Dad bedeutete mir mit einem Wink, mich bereit zu halten, den treibenden Körper herauszufischen, aber als ich das Geschöpf von nahem sah, entglitt mir vor Schreck fast die Gaffel.

Das Wesen im Netz war weder Vogel noch Fisch, sondern ein Mensch, eine Frau. Allmächtiger, und noch dazu eine Frau, wie ich sie niemals zuvor zu Gesicht bekommen hatte.

Ich stieß die Luft aus meinen Lungen, saß da und war völlig sprachlos angesichts endlos lang scheinender, alabasterweißer Beine.

Mein Körper reagierte auf diesen Anblick stärker, als ich es jemals zuvor zu spüren bekommen hatte, stärker sogar als auf Jeans Berührung mit ihrer graziösen, kleinen Hand...

»He! Schnell! Gib mir die Gaffel!«, fauchte Pa mich an.

Er riss mir die Stange aus den Händen und schob die Spitze vorsichtig durch eine Masche des ramponierten Netzes. So zog er die darin verwickelte Frau auf das Boot zu und fand dabei noch genügend Zeit, mich zu schelten, weil ich immer noch wie angewurzelt dahockte, anstatt ihm zu helfen.

Wenig später lehnten wir uns beide weit über den Rand des Bootes hinaus und packten zu. Der richtige Schwung erledigte den Rest. Sie wog fast nichts. Aus irgendeinem Grund schreckte ich davor zurück, sie selbst anzufassen, nicht das Netz – warum genau, weiß ich nicht mehr. Irgendetwas redete mir wohl ein, dass meine Hände durch sie hindurch fahren würden, hätte ich es doch gewagt. Aber vielleicht ängstigte mich auch nur der treibende, geisterhafte Nebel oder das, was mir von Grandmas Märchen in Erinnerung geblieben war.

Pa war nicht so zurückhaltend. Er fasste sie unter den Achseln, zog sie aus dem Wasser und setzte sie im Boot ab. Dann nahm er die Lampe und richtete, schwer schnaufend, deren trüben Schein auf unseren sonderbaren Fang.

Die Frau war hellhäutiger, als ich es je zuvor bei einem Menschen gesehen hatte, weiß wie Milch, weiß wie alte, verblichene Knochen. Ihr Haar schien aus reinen Silberfäden zu bestehen, trotz der Nässe fiel es sanft und spielerisch über ihre Schultern, eine prächtige, wunderschöne Mähne. Ihre Haut hatte die Tönung eines Sonnenaufgangs an einem klaren, kalten Wintertag, so blass, dass sie fast durchscheinend anmutete, wie weiches, lebendiges Glas. Ihr Gesicht ähnelte einem schmalen hellen Dreieck, das einen perfekt geschwungenen Mund und zwei wachsame Augen wie Monde umrahmte.

Sie war schlank wie eine Weide und wirkte zerbrechlich wie Porzellan, eine Ikone, die Inbegriff purer Weiblichkeit war. Unseren Blicken entging nichts, denn außer einer dünnen Silberkette war sie völlig nackt. Dieser Schmuck war mit weißschimmernden Steinen besetzt, an denen arabische Schriftzeichen auffielen.

Ihr Anblick brachte mein Herz zum Rasen, und ich ertappte mich dabei, wie ich meine Hände so fest um den Bootsrand schloss, dass zu befürchten war, das morsche Holz könnte dem Druck nachgeben, wegbrechen und das Boot mit allem darin untergehen lassen. Rasch ließ ich wieder los.

Mein Vater gewann seine Fassung bedeutend schneller als ich zurück. Er stellte die Lampe neben sich, sodass ihr Schein über die Frau hinweg auf mich fiel. Dann strich er eine Strähne ihres silbrigen Haares von ihrem Auge.

Sie reagierte nicht, lag nur ruhig da.

Diese Trägheit nutzte Pa. Er nahm sein Messer und fing an, das Netz aufzutrennen und das an ihr klebende Unkraut zu entfernen.

Sie tat immer noch nichts, schreckte aber leicht vor der breiten Klinge aus Stahl, die sie in seiner Hand erkannte, zurück.

Ich half, sie aus den Maschen zu schälen, und dabei strich ihre Haarmähne über den Rücken meiner linken Hand. Das Kitzeln ging mir durch und durch. Ich zuckte zurück, als wäre ich mit einem glühend heißen Draht in Berührung gekommen, und so sehr ich es auch wünschte, dieses Kitzeln ließ nicht wieder nach. Auf geheime Weise verbündete es sich mit dem kalten Knoten, der sich in meinem Bauch zusammengezogen hatte.

Es war, als hätte sie mir mit etwas die Haut aufgeritzt, aber zu sehen war nichts.

Dad schien nichts dergleichen an sich zu bemerken, obwohl auch er sie berührt hatte, viel öfter und fester sogar, als ich es gewagt hatte.

Trotz dieses Juckens, das ihr Haar auf meiner Haut hervorrief, schien mir die Frau selbst keinerlei Beachtung zu schenken. Ihr Blick war unaufhörlich auf meinen Vater fixiert, auf sein Messer, das er einsetzte, und das ließ mich an Grandmas Geschichten denken, die von der Macht erzählten, die kalten Eisen innewohnt.

Sogar ihre Kette schien zu verblassen und an Glanz zu verlieren, wann immer ihr die Klinge zu nahe rückte.

Dad brummte etwas Unverständliches, als die letzten Hemmnisse des Netzes beseitigt waren. Ich blickte zu ihm auf und entdeckte ein vertrautes Licht in seinen Augen.

O Gott, nein, dachte ich, gebe aber zu, dass das, was ich dabei fühlte, dem Aufflackern brennend heißer Eifersucht näherkam als der dumpfen Abscheu, die ich dafür empfunden hatte, was er mit Annabel Franklin getan hatte.

Verwirrt, über die eigenen Gefühle unschlüssig, ließ ich mich zu überhaupt keiner Reaktion hinreißen, sondern blieb sitzen und überlegte nur fieberhaft.

Nicht sie.

Bitte - nicht - sie...

Ich ertrug es nicht mehr, musste wegsehen. Mein Blick bohrte sich in den Nebel, der uns von allen Seiten einschloss, und von dem keine Hilfe zu erwarten war. Mich schauderte, als ich mich beobachtet und in unserem Tun beurteilt fühlte, von etwas, das unsichtbar und älter als die Menschheit sein mochte.

In mir erwachte eine Ehrfurcht, die schon fast religiöse Dimension besaß, und ebenso der Wunsch, dem Ursprung dieses Gefühls nicht mehr nachzuspüren, sondern dem, was ich nicht sehen konnte, das aber *uns* sah, ohne jeden Vorbehalt zu huldigen.

Und obwohl ich, wenn auch widerwillig, alles andere, was sich mein Vater bis zu diesem Moment hatte zu Schulden kommen lassen, geduldet hatte, war mir der Gedanke, dass er *diese* Frau, *dieses*... zarte Geschöpf berühren und besudeln würde, schier unerträglich.

Sie bewegte sich immer noch nicht, unternahm nichts, um ihre Blöße zu bedecken oder selbst den Tang von sich zu wischen, der immer noch an ihr hing. Sie taxierte meinen Vater unentwegt, und schon bald bemerkte ich das altbekannte Lächeln auf seinen Lippen, das Lächeln, dessen Wirkung auch Annabel an jenem Morgen kennengelernt hatte.

Er kniete neben ihr, ganz nah, und die uns umgebende neblig-feuchte Luft wurde spürbar kälter, durchwoben von einem moschusartigen Duft, zäh und schwer, kaum einzuatmen.

Während die besondere Gabe der Macklin auf die Frau übergriff, streichelte mein Vater sacht über ihr Silberhaar. Es fiel in sanften Wellen ihre Schultern hinab, über ihre Brüste bis hin zu der schmalen Taille, und seine Hände erkundeten es über seine ganze Länge hinweg.

Als seine dunklen Finger über ihre makellos weiße Haut strichen, wartete ich atemlos auf irgendeine Reaktion. Ich war sicher, dass sie sich solche Annäherungsversuche von *keinem* sterblichen Mann gefallen lassen würde...

Aber nichts geschah. Ein einziges Mal wich sie ein wenig vor dem Messer zurück, das er immer noch in der anderen Hand hielt, und ihre weißen Augen glommen im Feuer mächtiger, unausgesprochener Gefühle.

War es Wut... oder eigenes Begehren?

Ich fand keinen Hinweis auf den glasigen, verklärten Blick, den ich so viele Male bei anderen Frauen bemerkt hatte. Stattdessen traf mich die jähe Erkenntnis, dass sich ihre Augen sehr ähnlich waren, wie ein Blitz aus heiterem Himmel: schwarz und weiß wie die unterschiedlichen Seiten ein und derselben Münze.

Die Verwandtschaft, die ich darin erkannte, machte mich sprachlos und beseelte mich zugleich mit einer namenlosen Furcht, unter der ich erzitterte.

Die berühmte Macklin-Linie, dachte ich würgend, liegen *hier* unsere Wurzeln...?

Plötzlich wusste ich, dass mein Vater dabei war, einen gewaltigen Fehler zu begehen – dieses Mal würde er den Bogen überspannen und eine Grenze überschreiten, der auch er nicht gewachsen war...

Einen Moment überlegte ich, ob ich ihn warnen sollte. Schon aus der puren Angst vor dem, was er hier draußen auf dem See mit hoher Wahrscheinlichkeit bereits in Gang gesetzt hatte, und weil ich ohne ihn keine Hoffnung hatte, dieser Bedrohung selbst zu entkommen – es gab kein Versteck, in das ich hätte fliehen können.

Doch das wahre Ausmaß meiner panischen Angst erreichte ihn nicht. Mehr als ein krächzendes »Nein!« kam nicht über meine Lippen.

Hilflos musste ich mit ansehen, wie er mit seiner Hand

lächelnd ihre wunderschön geformte Brust umfasste. Wie er kurz losließ, mit den Fingern einen unsichtbaren Kreis um ihre Brustwarze malte und dann anfing, das weiche Gewebe routiniert zu kneten.

Sie rang um Atem und hob endlich eine Hand, um ihn abzuwehren... Oder geschah es doch nur, um ihn zu necken, ihn zu verleiten, weiter zu machen, weiter zu *gehen?*

Ich weiß es auch heute noch nicht. Damals fiel mir auf, wie die Halskette einmal im Lampenlicht aufblitzte, und sofort hob auch Dad seine Hand mit dem Messer und strich mit der flachen Klinge über ihren Arm. Sie schrie erstickt auf - der erste Laut, der bis dahin überhaupt aus ihrem Mund gekommen war. Ihr Schrei erinnerte an den Klageruf einer Stockente in lauer Nacht, unmenschlich und doch voller Leid, voller Traurigkeit...

»Heraus mit der Sprache«, bellte es aus Dads Mund. »Wer bist du, Mädchen, dass du *davor* Angst hast, aber nicht vor mir?«

Er fuhr mit der flachen Seite des Messers über ihr Gesicht, streifte ihre Wange, und erneut schrie sie auf, dieses Mal zornig, wie mir schien. Dabei schloss sie ihre Augen und drehte sich weg.

Mein Vater grinste höhnisch wie ein Teufel, harte, kalte Freude, wie ich sie nie zuvor bei ihm gesehen hatte, leuchtete darin.

Es ließ mein Herz im Krampf erstarren. Dann packte er sie am Haar, bog ihren Kopf zurück, presste seinen Mund auf ihren, um lüstern in sie einzudringen, und versäumte es nebenbei dennoch nicht, die Messerschneide weiter an ihre Kehle gepresst zu halten.

Gelähmt sah ich ihm zu, wie er sich damit nicht begnügte. Seine Lippen glitten wie eine hungrige, blinde Schlange über ihren Nacken und ihre Schultern, klemmten Fleisch zwischen seine großen, gelben Zähne und saugte, als er weiterwanderte, obszön an ihren Brüsten.

Er stöhnte jetzt unüberhörbar, sein Atem quoll wie eine Rauchfahne in die kalte Luft, und seine Hand gab die Frau für ein paar flüchtige Momente frei, um an der eigenen Kleidung herumzunesteln.

Dann schnellte seine stärkste Waffe heraus, zuckte wie eine aufgescheuchte Viper aus ihrem Nest hervor.

»Dad, bitte, *nicht!*«, flehte ich ihn an.

»Du musst dich schon gedulden, bis du an der Reihe bist!«, knurrte er mir zu und handhabte das Messer wie einen Zauberstab. Allein die Drohung, die in dieser angedeuteten Berührung steckte, genügte bereits, um ihre Schenkel zu öffnen. Dann lag er auf ihr, geifernd und grunzend wie ein tollwütiges Tier.

Einmal miaute sie leise, in dem Augenblick, als er in sie eindrang, und dieser Schrei eines verstörten Kätzchens war es schließlich, der mich meine Lähmung abschütteln ließ.

Schreiend sprang ich auf seinen Rücken.

Das Boot mit dem niedrigen Boden geriet ins Wanken, schaukelte wild unter unseren kämpfenden Körpern, ohne jedoch zu kippen. Mein Vater brüllte wutentbrannt auf und schüttelte mich dann mit einer schleudernden Bewegung seines Armes ab. Ich landete so hart im Bootsbug, dass mir der Aufprall fast die Wirbelsäule gebrochen hätte. Sämtliche Luft wurde aus meinen Lungen gepresst, und es schien hundert Jahre zu dauern, bis ich mich wieder aufgerappelt und meinen brennenden Brustkorb wieder mit Atem gefüllt hatte.

Pa machte weiter, wo er aufgehört hatte, ich hatte ihn mit meinem Angriff kaum ablenken können.

Da bemerkte ich das Aufblitzen in den Augen der Schönen: ein gewaltiges und verzehrendes Licht.

Sie stieß eine Serie gedämpfter, miauender Schmerzlaute aus, die sich mit dem brutalen, tierhaften Knurren meines Vaters mischten.

Es zerriss mir die Seele, sie so leiden zu sehen und zu hören, sie, die zarte Seide und Weihrauch verdient gehabt hätte. Fast mechanisch ergriff ich die Gaffel, umklammerte sie an ihrem stumpfen Ende und richtete sie auf. Stumme Wut brach sich Bahn in mir, als ich die Stange herabfahren ließ und quer über seinen Rücken schmetterte.

Sie traf mit einem dumpfen, widerhallenden Schlag und zitterte in meinen Händen nach. Er brüllte vor Zorn und Überraschung auf, aber ich schlug noch ein zweites Mal zu, bevor er es schaffte, sich von ihr zu lösen und sich zu mir umzudrehen.

»Gottverdammter Balg!«, brüllte er und ließ das Messer fallen, um zur Pistole zu greifen, die immer noch auf dem Sitz lag. Dann drückte er die Mündung gegen meine Brust.

»Nein, Dad! *Nein!*« Noch während ich schrie, holte ich ein weiteres Mal mit der Gaffel aus und schlug zu. Das stumpfe Ende der Stange traf zuerst sein Handgelenk, dann die Waffe in seiner Faust.

Eine Feuerlanze stieß mir entgegen, und alles schien in einer sinnesbetäubenden Explosion aus Geräusch und Licht zu vergehen. Feuriger Odem versengte mein Gesicht, Donner machte mich taub. Mir war, als fräse sich eine Glutspur entlang meiner linken Augenbraue, bevor das verursachende Element in die unendliche Nacht hinaus floh.

Auch der Colt verschwand dort in der Finsternis, getragen von der Wucht, mit der ich ihn Dad aus der Hand geschlagen hatte und vielleicht auch vom Rückstoß des Schusses, der sich noch daraus gelöst hatte.

Mein Vater ließ sich davon nicht nachhaltig beeindrucken. In einer wirbelnden Bewegung entriss er mir die Gaffel. Er wand sie aus meinen gefühllos gewordenen Händen und gebrauchte sie als Rammpfahl, indem er sie unterhalb meiner Achsel hart in meine Rippen stieß. Dabei beließ er es nicht. Ein zweiter Stoß traf mich in den Magen, dass ich mich krümmte und rückwärts im Bootsbug auf die Planken stürzte. Entsetzt musste ich dort mitansehen, wie die Gaffel erneut auf mich herabfuhr.

Ich kreuzte die Arme über meinem Kopf. Die Stange traf den linken unterhalb des Ellbogens, und ich hörte ein trockenes, doppeltes Splittergeräusch, als der Knochen brach.

Die Gaffel kam wieder herab, ohne sich von meinem Gebrüll bremsen zu lassen. Nun fing mein anderer Arm zunächst das Schlimmste ab, doch dieses Mal machte ich Bekanntschaft mit dem Haken, der mich vorn an der Stirn traf und abwärts glitt. Das gebogene Metall pflügte durch Haut und Fleisch, verheerte Sehnen und Muskeln, traf kurz auf die Schädelplatte, wurde abgelenkt und übersprang die bereits blutende Augenbrauenpartie. Mein Auge verfehlend, schrammte der Haken mein Kinn und bohrte sich schließlich ins Fleisch meiner Schulter.

»Lady!«, kam es über meine Lippen. Ich weiß nicht, ob ich dabei dachte. Der Schmerz wütete wie ein unlöschbarer Brand in mir. »Helfen Sie mir! Bitte…!«

Mein Vater knurrte abfällig. Seine schwarzen Augen leuchteten wie der Nebel. Sich nach hinten beugend, zerrte er den Haken aus mir heraus, aber nur, um die Gaffel wie eine Harpune auszurichten und damit auf mich zu zielen.

Endlich kam Bewegung in die Frau hinter mir. Im Aufstehen flüsterte sie ein Wort, ein seltsames Wort, so fremd, dass es sich in meinem Ohr wie eine gereizte Schlange drehte und wand.

Dann war es verklungen, als hätte ein sonnenheller, buntschillernder Blitz es verschluckt, eine Kaskade aus Türkis und Bernstein und Jadegrün, wie Flammen aus der Halskette züngelnd, die sie gegen seinen Schritt presste.

Aus diesem Kontakt war die gewittrige Lichtentladung erwachsen, ein Licht, das den Schrecken und die Qual meines Vaters wie auf Zelluloid bannte, mondweißes Licht, das die zuckende, spastische Reaktion seines Körpers mitleidlos aufzeigte. Ich weiß nicht, was ich erwartet hatte, aber die Demütigung meines Vaters hätte nicht deutlicher ausfallen können als so: Blindlings ergoss er sich in die Dunkelheit, als hätte er den Ehrgeiz, den Nebel selbst zu besamen, und die vergebliche Mühe schüttelte ihn wie ein Beben, sein ganzer Körper zuckte wie in einem orgiastischen, nie mehr enden wollenden Rausch.

Doch irgendwann schwächten die ihn peinigenden Krämpfe ab, wurden zu einem bloßen Zittern… und hörten vollends auf.

Für einen Augenblick stand er da wie eine Statue, ein aus

Stein gehauener Krieger, zum Kampf bereit. Dann entglitt die Gaffel seinen Händen und er sank zu einem durchnässten Bündel in sich zusammen. Sein Arm wischte die Lampe über Bord. In der einfallenden Schwärze hörte ich ein zweites, lauteres Eintauchen ins Wasser, als die Frau dem verlorenen Licht folgte.

Ich konnte noch ein »Danke!« flüstern, dann verschlang mich tiefe Ohnmacht.

Als ich die Augen das nächste Mal öffnete, blickte ich in das pausbackige Gesicht eines Hilfssheriffs mittleren Alters.

»Ganz ruhig, Junge«, sagte er. Breitbeinig stand er auf den Planken eines weißlackierten Motorbootes.

Hinter ihm dümpelte ein drittes Boot. An Deck standen Staatsbeamte in grauen Mänteln, die Kragen hochgeschlagen. Über ihren Köpfen spannte sich der Himmel pinkfarben in der Morgendämmerung. Der Mond war untergegangen, der Nebel hatte sich aufgelöst, und der See war nichts anderes mehr als ein tiefes, unergründliches Gewässer.

»Wo ist mein... Dad?«, fragte ich.

Er nickte nach links, aber die Kruste aus getrocknetem Blut, die mein Gesicht und meine Schulter bedeckte, erschwerte mir den Blick dorthin. Mein Arm war pochender Schmerz. Trotzdem schaffte ich es, den Blick zu dem Kleiderbündel in der Mitte des Bootes zu lenken. Die Person darin blieb mir zunächst verborgen.

»Pa?«, rief ich halblaut.

Er antwortete nicht. Er lag genauso, wie er gefallen war, die angezogenen Beine unter sich begraben und die Genitalien, die im Morgenlicht verschrumpelt wie die eines uralten Mannes aussahen, immer noch entblößt. Nur das wilde Rollen der weißen Augäpfel verriet, dass er mich genau verstanden hatte.

Seine Füße zuckten und traten heftig den morsch-verfaulten Rumpf. Er versuchte aufzustehen, sich in eine andere Richtung zu drehen, aber seine Hände fanden keinen ausreichenden Halt, und nach einer Weile sank er wieder zurück, wimmerte wie ein krankes, hilfloses Tier. Die Lippen waren erschlafft, zäher Speichel rann über sein Kinn.

Fast ehrfürchtig starrte ich an, was aus ihm geworden war.

Was hatte die Lichtentladung aus diesem Mann gemacht, der zeitlebens einen unbändigen Willen besessen und seine unbändigen Energien stets ohne Rücksicht auf andere ausgelebt hatte?

Unwillkürlich musste ich wieder an die Geschichten denken, die Grandma erzählte, an die bösen Streiche, mit denen die Asrai armen, unschuldigen Fischern heimleuchteten...

Wilde Hoffnung begann in mir zu keimen. Auch ich versuchte noch einmal aufzustehen, aber alles, was ich zustande brachte, war irgendwo anzustoßen und erneut in Ohnmacht zu fallen.

Als ich wieder zu mir kam, hatten wir gerade das Krankenhaus erreicht.

Ich erinnere mich verschwommen an Gesichter, die mich umringten und mich mit Fragen bedrängten, während alles nur so an mir vorüber plätscherte. Irgendwann lag ich dann in einem warmen, trockenen Bett und fühlte die Berührung behutsamer Hände. Später gesellten sich seltsame Gerüche zu meiner Wahrnehmung hinzu und das Piksen einer Nadel. In der folgenden Bewusstlosigkeit wurden meine gebrochenen Knochen gerichtet und geschient.

Nach alldem besserten sich die Dinge allmählich. Ungefähr nach einer Woche ließen die Schmerzen in meinem eingegipsten Arm stark nach, dafür begann meine Schulter fürchterlich zu jucken. Ich bestand darauf, mein Bett zu verlassen und erste Gehversuche zu starten. Mutters und Großmutters lautstarke Proteste überging ich dabei.

Ziemlich bald danach fing ich an, mich wieder wie ein Mensch zu fühlen, obwohl mein lädierter Arm weiter in einer Schlinge hing.

Pa hatte weniger Glück als ich.

Von dem, was ihn in jener Nacht besiegt hatte – was immer es auch gewesen sein mochte –, erholte er sich nie wieder. Seitdem ist er ans Bett gefesselt, ein sabbernder, auf fremde Hilfe angewiesener Krüppel, der von periodischen, fast rhythmischen Zuckungen geschüttelt wird, die erstaunliche Stärke besitzen. Dr. Tomlin hatte Mom erklärt, dass Dad einen so schweren Schlaganfall erlitten hatte, dass keine Aussicht auf Genesung bestand.

Dad könne bei entsprechender Pflege noch jahrelang in diesem Zustand weiterleben, hatte der Doktor weiter ausgeführt, aber spürbar besser als zu diesem Zeitpunkt würde er auch in Zukunft nicht dran sein, seine Hüften, Arme und Hände würden gelähmt und sein entgleistes Gesicht die verzerrte Grimasse bleiben.

Und, wie der Arzt es vorsichtig formulierte, er würde niemals mehr seinen häuslichen Pflichten als Ehemann nachkommen können – in keinerlei Hinsicht...

Als ich den Doktor auf die weiße Frau ansprach, zählte er Fieber, Gehirnerschütterung, Unterkühlung und Schock als Erklärungsmöglichkeiten auf. Meine sämtlichen Gegenargumente schienen ihn nur noch in dieser Meinung zu bestärken, sodass ich es schließlich aufgab und nie mehr darüber sprach.

Schließlich übernahm ich die Touren meines Vaters. Die Geschäfte sind nicht mehr das, was sie einmal waren, trotzdem klappere ich auch heute noch die Docks, Straßen und Häuser ab, die schon mein Vater auf seiner Route hatte.

Manche Leute schauten mich schief an, aber ich hörte auch Stimmen, die meinten, dass ein Vater, der seinem Sohn antut, was Dad mir angetan hat, nichts anderes als genau dieses Schicksal verdient hatte – eine Sicht der Dinge, die sich sogar meine Schwester Christine zu eigen machte.

Überhaupt hatte sich daheim einiges geändert. Mom war nicht mehr so lethargisch und Grandma nicht mehr wortkarg. Ein- oder zweimal hatte ich sie in der Zwischenzeit sogar miteinander lachen hören – nachdem sie aus dem Zimmer herausgekommen waren, in dem sie Dad pflegten.

Ich hatte keine Ahnung, was da drinnen vorging. Pa bekam einen ganz stieren Blick und geriet in Raserei, wenn er mich nur von weitem sah. Deshalb betrat ich die Stube überhaupt nicht mehr.

Wir alle hatten uns ganz neue Verhaltensweisen angewöhnt, und die entspanntere Atmosphäre hatte sich allein schon durch das Wunder der komplikationslosen Geburt ausgezahlt, bei der Grandma ein strammes Mädchen – meine Halbschwester – zur Welt brachte.

Sie hatten ihr den Namen Irene gegeben, in Anspielung auf den Frieden, den sie uns gebracht hatte. Immer, wenn ich in das winzige, faltige Gesicht schaute und die helle Freude genoss, die der Anblick in jedem von uns weckte, wurde mir aufgezeigt, dass unser Kummer der Vergangenheit angehörte. Manchmal war ich dann so feierlich gestimmt, dass ich die Kleine persönlich im Licht einer Kerze zu Bett brachte.

Eines Tages, habe ich meiner Familie versprochen, würden auch wir Strom und elektrisches Licht haben und ein Leben führen wie andere Leute. Dad hatte keine Chance, seine Abneigung gegen alles neumodische Gerät weiterhin zu artikulieren. Seine Zunge lahmte. Er würde uns nicht mehr zwingen können, wie im finstersten Mittelalter zu leben. Wir würden über ein Telefon verfügen, sogar über Radio...

Wann immer ich so redete, erntete ich unsicheres Gekichere. Aber ich vermochte die Träume und Wünsche in ihren Augen zu lesen, spätestens, wenn wir in unsere Nachthemden schlüpften und zu Bett gingen. Ich teilte ein Zimmer und das etwas muffige Federbett mit zweien von ihnen. Jeden Abend, wenn wir uns aneinanderschmiegten, wurde uns wohlig warm wie frisch getoastetes Brot, und wir fielen in tiefen Schlaf.

Ich weiß nicht, was mich eines Nachts weckte. Ob es ein Traum oder eine Stimme oder nur ein ungewöhnliches Geräusch war. Manchmal knarrt der Dachstuhl oder heult der Wind.

Noch heute weiß ich nicht, wovon genau ich erwachte. Ich weiß nur, dass ich plötzlich hellwach war und auf der Seite lag. Meine kleine Schwester hatte sich an mich gekuschelt, den Rücken gegen meinen Bauch gepresst. Sie schnarchte leise.

Mein gesunder Arm lag auf ihrer Schulter und lugte halb aus der Bettdecke hervor. Mechanisch begann ich, vorsichtig über ihr langes, schwarzes, seidiges Haar zu streichen. Sie wälzte sich herum und legte ihren Kopf an mich, sodass ich ihr Gesicht streicheln konnte, ihren Nacken und ihre Schulter. Ihre kindliche Brust.

In meinem Hirn breitete sich eine beunruhigende Hitze aus. Etwas Barbarisches und Eigensinniges, älter, so vermutete ich, als die Welt. Es durchströmte meine Venen mit jedem Schlag meines Herzens, und es trug dieses pulsierende Feuer in die fernsten Winkel meines Körpers. Ich fühlte, wie meine Erregung wuchs, wie ich mich von ihr verführen ließ, schweratmend und ohne den leisesten Versuch zu unternehmen, meinem Trieb zu widerstehen.

Ich rückte ein wenig von Christine ab, aber nur, um sie besser nach meinen Wünschen drehen zu können. Ich zog ihr Nachthemd hoch und liebkoste ihre Jungfräulichkeit. Im bleichen Mondlicht sah ich, dass ihre Augen weit offen standen, fühlte die verwirrten Blicke auf mir brennen.

Dann schien die Lust auch sie zu durchfluten.

Ihr Mund öffnete sich. Ihre Augen wurden gläsern. Sie rutschte auf mich zu. Ich schwöre, dass es ihre kleinen Hände waren, die mein Nachthemd hochzogen und solange forschten, bis sie den hart angeschwollenen Beweis des Fiebers umschlossen, das über mich gekommen war.

Wir streichelten uns gegenseitig, während mein Mund den ihren verschloss, und natürlich wusste ich, dass es unverzeihlich war. Ich wusste es und befahl meinen Händen, befahl meinem Körper, von ihr abzulassen, sich sofort von ihr zurückzuziehen, alles Erdenkliche zu tun, nur nicht diesen plötzlichen Anfall von Wahnsinn fortzusetzen.

Umsonst.

Ihre kleinen Finger liebkosten mich mit sicherem Instinkt, und ich reagierte darauf wie ein Tier in der Brunft, während meine Seele vor Entsetzen gefror. Ich fühlte mich besessen von etwas Übernatürlichem, einem Instinkt aus grauer Vorzeit, der die menschliche Moralvorstellung der Gegenwart verhöhnte.

Sie stöhnte, und ich zog sie unter mich. Ihre schlanken Beine umschlangen mich ohne jeglichen Zwang, und dann drang ich in sie ein, stieß ich zu. Tief in ihr gab etwas nach. Ich spürte einen Schwall von Wärme und verlor auch den letzten Rest meiner Beherrschung.

Während ich mich vergaß, gab ich Laute von mir, wie sie noch niemand aus meinem Mund gehört hatte. Eine endlose Weile war ich nicht mehr menschlich. Ich war ein röhrender Hirsch, ein brüllender Stier, ein Opfer meines blinden, immer mehr ausufernden Verlangens.

Es wollte nicht aufhören. Mein Blut geriet immer mehr in Wallung, bis ich meinte, die ganze Welt vergehe in einem Inferno aus Hitze und Feuer.

Dann, als ich sicher war, dass mein Herz das alles nicht mehr länger mitmachen würde, kam die abrupte Erlösung. Mit einem letzten, martialischen Aufschrei war es vorbei.

Eine Zeitlang trieb ich ohne Halt dahin. Der Schweiß brach in Strömen aus meinen Poren, Schwäche hielt jeden Muskel gefangen. Ich hatte unendliche Mühe, mich von Christine zu lösen. Sie lag völlig entspannt da, regungslos, wie hingegossen, die dunklen Augen starr zur Decke gerichtet.

Allmächtiger im Himmel, dachte ich. Ich habe sie umgebracht.

Doch dann erkannte ich, dass sie atmete. Ich zog die Bettdecke vollends zur Seite und fand den dunklen Fleck, den meine Verdorbenheit auf dem Laken hinterlassen hatte.

Ein leises Geräusch ließ mich zusammenzucken. Dann begegnete ich einem Blick aus Augen so schwarz wie meine, und in ihnen las ich all den Hass und die Abscheu, die ich vor kurzem noch meinem Vater entgegengebracht hatte.

»Bastard!«, hörte ich ein Flüstern, ehe die Tür aufschwang und ich im flackernden Kerzenschein in die entsetzten Gesichter von Grandma und Mom sah.

Heute Nacht ist der Mond irgendwo im Abgrund des Himmels wieder voll und rund, und ein geisterhafter Nebel verhüllt den See. Ich sitze auf der Sandbank am südlichen Ufer und beobachte, wie die Schwaden sich sammeln und verdichten.

In den Stunden, die seit dem Einbruch der Dämmerung vergangen sind, hat sich ihre Farbe, dort wo der Schein meiner Lampe sie berührt, von kränklichem Grau zu wattigem, glänzendem Weiß hin verändert. Vielleicht sollte ich das Licht löschen. Ich habe keine Ahnung, ob die Herrin des Nebels das als Beleidigung auffassen würde. Mehr als hier im feuchten Sand zu sitzen und meine Bitte in die Dunkelheit hinein zu flüstern, kann ich nicht tun.

Komm zu mir, du Wunderschöne! Hörst du? Ich will dir nichts zuleide tun. Ich bin dein Freund. Ich bin derjenige, der dich vor John Macklin gerettet hat. Siehst du den Gips um meinen Arm, die Narben auf meiner Haut? Es sind ehrenvolle Male, die ich mir verdiente, indem ich zu deinem Wohl gegen ihn kämpfte. Bitte, ich will dir nichts Böses. Ich bin nur gekommen, um von dir einen Gefallen zu erflehen. Nichts Großartiges, nichts Unmögliches, wirklich nicht. Wenn du willst, betrachte es als meinen Lohn für die Dienste, die ich dir leistete.

Bitte, Lady.

Bitte, versteh meine Gründe.

Ich bin meines Vaters Sohn. Ich bin ein echter Macklin. Ich habe es bewiesen, letzte Nacht, als ich bei meiner Schwester lag, und ich ertrage es nicht. Ich ertrage es nicht, ein solches Schwein zu sein wie mein Vater. Ein Unhold. Ein wildes Tier.

Ich erbitte nicht viel, nur eine kurze Berührung. Eine federzarte Berührung deiner Asrai-Hand, deines Silberhaars. Sicherlich ist dir mein Handicap nicht entgangen: Drei Finger meiner linken Hand sind immer noch taub, gefühllos, wo dein Haar in jener Nacht über sie strich, als wir dich aus dem See hievten.

Mein Vater berührte dich auch, und zur Strafe hast du ihn

in ein seelenloses Wrack verwandelt. Du hast das Böse in ihm für alle Zeit erstickt. Kannst du mir nicht auch ein Quäntchen Gerechtigkeit schenken?

Erscheine mir, du Wunderschöne!

Rühr mich an und befreie mich von dem Horror, der alles beschmutzt, was ich liebe. Hilf mir hier und heute, oder ich bin verdammt auf ewig. Ich bezweifle, dass ich den Mut aufbringen werde, mich selbst zu richten. Zeig mir einen Ausweg!

Warum antwortest du nicht? Wenn es sein muss, werde ich die ganze Nacht hier sitzen und warten und bangen, ob du kommst. Ich bin geduldig, vertreibe mir die Zeit mit meines Vaters schärfster Klinge und bete, dass du doch noch den Fluten entsteigst.

Wie ich mich danach sehne und verzehre, die silbrigen, seidigen Locken, die Alabasterhaut und die Mondaugen meiner Herzdame wiederzusehen.

Bitte. Ich weiß nicht genau, ob ich, solltest du mein Flehen ignorieren, die Stärke aufbringe, zu tun, was ich tun muss.

Das Messer liegt totenkalt in meinen Händen, und ich habe Angst.

Originaltitel: ›The Macklin Gift‹

Aus: ›The Magazine of Fantasy & Science Fiction‹, Juni 1997
Aus dem Amerikanischen übersetzt von Manfred Weinland

JERRY OLTION/
KRISTINE KATHRYN RUSCH

DEUS X

»Ich weiß, wo Gott ist«, sagte Lita zu ihrem Bruder, als er sie abholen kam. »Ich weiß, warum er seit so langer Zeit keinen Umgang mehr mit der Menschheit hat.«

Marcus stöhnte. Dies Gerede war ihm zuwider, und insgeheim erleichterte es ihn, dass es ihm künftig erspart blieb. Ohne Litas Begrüßung zu beachten, strich er sich eine Haarsträhne aus der Stirn – heute hatte er irgendwie einen Hang zur Unordentlichkeit und fühlte sich dementsprechend – und betrat ihr Zimmer.

Es roch nach Räucherstäbchen und ungewechseltem Bettzeug. Allerdings hatte sie ihr Bett gemacht und ihre Sachen aufgeräumt. Eine Kette aus kleinen, goldenen Glöckchen erstreckte sich vom einer zur anderen Seite des mit Geschichtsbüchern gefüllten Bücherregals am Kopfende des Betts. Der braune Lederkoffer, den er ihr anlässlich ihres Abgangs vom College gekauft hatte, stand auf dem Hartholzfußboden, daneben hatte sie auf einem Kistendeckel die übergroß gewordenen Zimmerpflanzen abgestellt.

Der Koffer war schon gepackt. Marcus schaute hinein, um sicher sein zu können, dass sie unter den Habseligkeiten nichts Verbotenes versteckte, fand aber nur Toilettenartikel und Kleider. Leichte Kleidung fürs Haus. Gut. Also gab sie sich bezüglich ihres Bestimmungsorts wenigstens keinen Illusionen hin.

»Die Säge ist ganz raffiniert als Koffergriff getarnt«, frotzelte sie, während er den Reißverschluss des Koffers schloss. Als er tatsächlich stutzte und hinschaute, lachte sie, ihr helles, drei Töne umfassendes Arpeggio erfüllte das Schlafzimmer.

»Total komisch«, antwortete er, empfand aber eine schmerzliche Regung des Kummers. Früher hatte Lita wirklich einmal einen herrlichen Sinn für Humor gehabt, und solche Augenblicke erinnerten ihn daran, wie stark er die damalige Zeit vermisste, wie sehr ihm die Nähe fehlte, die einst zwischen Lita und ihm bestanden hatte. Vor Jahren.

Er nahm, wobei er wegen des Gewichts kurz ächzte, den Koffer zur Hand. Lita folgte ihm hinaus, die Topfpflanzen in den Armen wie Kinder.

»Kann sein, das Grünzeug ist nicht erlaubt«, äußerte er.

»In solchen Einrichtungen sind immer Pflanzen erlaubt«, widersprach sie.

Mit trockenerem Mund, als ihm recht war, schluckte Marcus. Sie sprach so ruhig, fast so, als wäre sie die Alte. Wartete unten nicht Philips, vielleicht hätte Marcus einen Rückzieher gemacht – ein weiteres Mal.

Doch er konnte es sich nicht leisten. Angesichts der wachsenden Schärfe des Wahlkampfs war es einfach unmöglich. Jimmy Carters irrer Bruder mochte in den 70er Jahren ganz amüsant gewesen sein, aber in den 90er Jahren gab die verrückte Schwester eines Bürgermeisters Anlass zu Zweifeln an seiner eigenen Geistesgesundheit. Außerdem war Lita im Laufe des vergangenen Jahres noch sonderbarer geworden, und er konnte sie nicht im Zaum halten – vor allem nicht ihr Mundwerk. Und in Wisconsin tolerierten die Leute kaum abweichendes Betragen, erst recht nicht bei ihren Politikern. Er hoffte von Herzen, dass das Thema Gott für die Dauer der Fahrt keine Rolle mehr spielen würde.

Marcus schleppte den Koffer an seinem Zimmer vorbei – es war früher, vor dem Flugzeugabsturz, das Zimmer ihrer Eltern gewesen – und die Treppe hinab zur Haustür, wo sein Wahlkampfmanager wartete, nervös mit den Autoschlüsseln klimperte.

»Hallo, Phil«, rief Lita vom Treppenabsatz herunter. »Halten Sie auch die Zwangsjacke bereit?«

Phil wurde rot. »Ich… äh…«

»Heute früh will sie wirklich mit Gewalt witzig sein«, meinte ich. »Komm, Lita. Um zehn hast du deinen Termin.«

Langsam stieg Lita die Treppe herab; unter ihrem Gewicht knarrte das Holz. Die schräge Aufreihung von Fotografien an der Wand längs der Treppe – das Hochzeitsbild der Eltern, je ein College-Abschlussfoto und die letzte Familienaufnahme – erregte ihre Aufmerksamkeit. »Auf Wiedersehen«, verabschiedete sich Lita im Vorbeigehen. »Auf Wiedersehen. Auf Wiedersehen. Auf Wiedersehen.« Sobald sie unten war, öffnete Phil ihr die Tür; Lita blieb kurz stehen und verabschiedete sich vom Haus als Ganzem. Unterwegs zum Auto sagte sie einer Mugokiefer Auf Wiedersehen, zudem drei nicht vorhandenen Leuten.

Mit einiger Mühe gelang es Phil und Lita, außer dem Koffer auch die Topfpflanzen im Kofferraum des grauen Oldsmobile zu verstauen. Lita rutschte auf die Rückbank, und Marcus setzte sich neben sie; sein Wollanzug klebte an den Stoffbezügen der Sitze. Er wünschte sich den BMW mit den Ledersitzen zurück, aber Phil hatte erklärt, ein Bürgermeister müsste ein amerikanisches Auto fahren. Dabei hatte Marcus den BMW allerdings selten selbst gesteuert; meistens chauffierte Phil ihn, während er Akten las oder Ansprachen auswendig lernte.

»Vorsicht!«, stieß Lita hervor, als Phil auf die Straße einbog, und er trat auf die Bremse, sodass sie alle drei vornüber in die Gurte kippten, aber vor dem Wagen gab es nichts zu sehen.

»Was ist denn?«, fragte Phil.

Lita schüttelte den Kopf; ein Zipfel des langen Haars verfing sich an ihrer Unterlippe. »Ich vergesse dauernd, dass niemand außer mir sie sieht. Jetzt ist er weg. Fahren Sie also weiter.«

Phil lenkte den Wagen vorwärts, ohne zu antworten; sein Rücken und die Schultern hatten sich starr verkrampft. Marcus zupfte die Haare aus Litas Mundwinkel und nutzte die

Gelegenheit, um ihre Wange zu streicheln; seit sie Kleinkind gewesen war, hatte er so etwas nicht mehr getan.

»Wir kriegen dich wieder hin, Schwesterchen. Du bist im Handumdrehen wie neugeboren.«

»Das wird 'ne große Erleichterung sein.«

»Du brauchst nicht sarkastisch zu werden.«

Lita legte die Hand auf seinen Arm. »War ich nicht, zumindest nicht nur. Es wäre wahrhaftig angenehmer, wenn sie einfach verschwinden. Sie sind alle so anspruchsvoll, und sie verlangen etwas, das ich nicht leisten kann.« Im Licht vorangegangener Unterhaltungen war die Bedeutung ihrer Worte völlig klar. Sie bildete sich ein, Marcus könnte irgendetwas tun, falls er sich nur dazu durchrang, ihre Unsichtbaren als Realität zu akzeptieren.

Verwaschen sausten Häuser und Bäume an den Fahrzeugfenstern vorüber. Phil fuhr einen Umweg, weil sie Innenstadt, Rathaus und sensationslüsterne Reporter meiden wollten. Marcus versuchte seine Schwester fest anzublicken, doch ihre blauen Augen schienen ein Loch in sein Ich zu bohren. »Ich habe dir doch gesagt«, entgegnete er mit beherrscht-ruhiger Stimme, »ich kann sie nicht sehen. Ich kann ihnen auch nicht helfen.«

»Wieso weißt du das?«

»Weil...« Marcus verstummte. *Weil man niemandem behilflich sein kann, den es gar nicht gibt,* hatte er zu sagen beabsichtigt, aber er hatte es ihr schon viele Male entgegengehalten. »Weil ich schon voll damit beschäftigt bin«, antwortete er stattdessen, »diese Stadt zu regieren.«

»Weil Wahlen bevorstehen und niemand dich dabei erwischen darf, wie du mit Leuten redest, die's nicht gibt«, räumte Lita im Tonfall eines Kinds ein, das dieses Argument schon oft gehört hatte.

»Das auch.«

Wortlos umrundeten sie den See und näherten sich der gefährlichen, unbeschilderten Kreuzung, wegen der Stadtrat Seals ihn schon mehrmals genervt hatte. Das Auto fädelte sich dem ostwärtigen Verkehrsstrom ein und passierte danach Marcus' Lieblingsprojekt, ein noch im Bau befindliches Industriegebiet. Ihm war klar, dass er demnächst wohl oder übel irgendwie Geld zur Finanzierung des Kreuzungsumbaus lockermachen musste, ehe die drei Elektronikfirmen den Betrieb aufnahmen und die versprochenen tausend Arbeitsplätze schufen.

Phil bog in eine Seitenstraße ab und folgte ihrem verschlungenen Verlauf, bis sie das geschmackvolle Sandsteinportal erreichten, hinter dem die Rasenflächen der Privatklinik lagen.

»Ich weiß, warum Gott seit einiger Zeit so schweigsam ist«, behauptete Lita, als das große, gelbbraune Gebäude in Sicht kam. Ein Anflug der Verzweiflung klang aus ihrer Stimme, und ihre Hände zitterten. »Er ist still, weil man ihn unter Beruhigungsmittel gesetzt hat.«

Nach Erledigung des Papierkrams, die eine Stunde kostete, verließ Marcus die Privatklinik und hatte den Mief der Einrichtung in den Kleidern hängen. Er und Phil sprachen kein Wort, während sie zum Auto zurückkehrten und einstiegen. Die gesamten Aufnahmeformalitäten hatten Marcus' Schultern dermaßen verspannt, dass er den Eindruck hatte, er müsste sich, drehte er den Kopf zu schnell, eine Muskelzerrung zuziehen. Als man Lita verboten hatte, die Pflanzen ins Zimmer zu stellen, hätte er fast einen abermaligen Rückzieher begangen.

In seinem Kopf hörte er noch Litas Stimme: *Sie nehmen mir meine Freunde weg. Lassen Sie mir doch bitte wenigstens meine Pflanzen.*

Wahrscheinlich dank seines lokalen Bekanntheitsgrads hatte er mit der Klinikleitung einen Kompromiss aushandeln können. Die Pflanzen durften an einem von Lita ausgesuchten Fenster in der Nähe des Foyers stehen, und wenn sie auf die Behandlung gut ansprach, durfte sie sie ins Zimmer holen. Auf jeden Fall war ihr erlaubt worden, sie jeden Tag zu gießen.

»Soll ich dich zum Essen einladen?«, wandte Phil sich an

Marcus, während sie das Tor durchquerten und auf die Zufahrtsstraße abbogen.

Sich in der Öffentlichkeit aufzuhalten war das Letzte, wozu Marcus im Moment Lust hatte, aber er konnte sich nicht so recht drücken. Der Wahlkampf gelangte in eine entscheidende Phase, und mit Jim Sorenson zum Rivalen hatte Marcus kein so leichtes Heimspiel mehr. Sorenson war vor fast zwanzig Jahren Bürgermeister gewesen, ein junger Radikaler damals, den man am Ende der Vietnam-Ära in ein politisches Amt gewählt hatte. Als jüngster Bürgermeister einer amerikanischen Großstadt war ihm in den Medien der gesamten Vereinigten Staaten große Beachtung geschenkt worden. Die heutigen Alt-Hippies, allesamt Typen, die immer zur Wahl gingen, erinnerten sich noch voller Wohlwollen an Sorensons einstige Amtszeit.

»Was zu futtern könnte ich vertragen«, gestand Marcus. »Aber bleiben wir lieber dem Rathaus möglichst weit fern.«

Phil fuhr zu einem Schnellrestaurant im Ostteil der Stadt, das an der Theke noch die originalen Drehhocker der 50er Jahre hatte und dessen Sitznischen noch das ursprüngliche Vinyl aufwiesen. Die Kellnerin begrüßte Phil mit einem Lächeln, führte ihn und Marcus, ohne zu fragen, zu einem Tisch im nahezu leeren Nebenraum.

»Dein Stammlokal?«, fragte Marcus.

»Mmmm-hmm«, brummte Phil zur Bestätigung. »Hier gibt's 'n leckeres warmes Puten-Baguette.«

Also bestellte Marcus ein warmes Puten-Baguette und – nachdem er gemerkt hatte, dass das Lokal kein Bier ausschenkte – einen Eistee. Phil war ein gerissener Bursche; er wusste, dass es sich nicht empfahl, Marcus an einem Mittwochnachmittag Bier trinken zu lassen.

Allerdings wirkte Phil, als könne er ganz gut einen kräftigen Schluck vertragen. Es hatte ihn sichtlich erschüttert, als im Foyer der Klinik eine kleine Frau zu ihm trat, ihm eine Anzahl glatter Steine in die Hand drückte und sich entfernte. Er hatte die Steine auf einen Tisch gelegt und war an Marcus' Seite geeilt, diesmal nicht, um Rat und

Schutz zu gewähren, sondern weil er dergleichen selbst brauchte.

»Es ist mir zuwider, sie dort einzusperren«, sagte Marcus. »Vielleicht hätte ich jemanden einstellen sollen, der sich daheim um sie kümmert.«

Phil schüttelte den Kopf. »Selbst wenn du's bezahlen kannst, wie sollten wir neuem Ärger der Art entgehen, den wir mit Antenne 6 hatten?«

Marcus trank ein Schlückchen Eistee. Ein Reporter des Senders Antenne 6 hatte Lita gefilmt, während sie mit ihren imaginären Freunden plauderte. Phil war an allerlei Fäden zu ziehen gezwungen gewesen, um zu verhindern, dass man die Aufnahmen sendete, und der Vorfall bereitete ihm noch immer Sorgen. Auch Marcus. Er hatte nicht gewünscht, dass das Filmmaterial gesendet wurde, aber die Medien zu manipulieren roch für sein Empfinden zu sehr nach Richard Nixon. Falls das je herauskam, vor allem im Wahlkampf, hatte er noch ärgere Schwierigkeiten.

»Ich weiß«, räumte er ein, zumal er überhaupt nicht mehr darüber nachdenken mochte. Er war froh, weil heute Abend eine Stadtratssitzung stattfand und er deshalb nicht schon frühnachmittags in ein leeres Haus heimkehren musste.

Nicht dass es ein Vergnügen gewesen wäre, Lita zu Hause anzutreffen. In den vergangenen drei Monaten war sie mit ihrem Unfug stets hartnäckiger geworden. Sie hatte darauf bestanden, ihn ihren imaginären Bekannten vorzustellen, und lange, unverständliche Namen für sie ausgeheckt, und als das nichts nutzte, für sie als ›Dolmetscherin‹ fungiert. Sie scheute nicht einmal Pfuscherei, um ihm weiszumachen, dass ihre Bekanntschaft Gegenstände durchs Zimmer bewegte. Doch an dem Abend, als sie ihn gebeten hatte, mit einer ihrer Freundinnen ein Kind zu zeugen, war ihm endgültig klar geworden, dass sie Beistand benötigte. Seitdem hegte er die Befürchtung, dass ihm die Geschichte wirklich aus dem Ruder lief, und er wagte nicht daran zu denken, was eventuell geschehen wäre, hätte er naiv ja gesagt.

Schon mehrmals hatte er sich aus Nachgiebigkeit auf Litas Unsinn eingelassen, und jedesmal war dadurch alles verschlimmert worden. Es hatte ihre Wahnvorstellungen auf eine gänzlich neue Ebene der Verworrenheit gehoben, ihre vormaligen Spielkameraden und Gespielinnen in verfolgte Flüchtlinge verwandelt, die Hilfe brauchten, und dann kam der Gipfel.

Als die Kellnerin aufkreuzte, Marcus' Baguette und Phils Hähnchenbrust servierte, atmete Phil so tief auf, dass sein Seufzer ewig zu dauern schien. Ihm sanken die Schultern herab, und statt die verkniffene Duldermiene zu zeigen, neigte sein schmales Gesicht wieder ein wenig zum Schmunzeln. Marcus verstand, wie ihm zumute war: vertraute Umgebung, tröstliches Essen. Während der letzten Monate hatte Marcus häufig die gleiche Taktik angewandt.

Heute jedoch konnte er darauf verzichten. Es flößte ihm Entsetzen ein, welche Erleichterung er verspürte, aber beides waren aufrichtige Gefühle. Nun konnte er Mitarbeiter ins Haus holen, und Rendezvouspartnerinnen, falls er dazu Laune hatte. Endlich hatte er die Möglichkeit, sich auf den Wahlkampf und die Stadt zu konzentrieren.

Als ob es einen Nutzen hätte... Er hatte eine genauso idealistische Einstellung wie Sorenson gehabt, als er in die Politik einstieg, doch die 80er Jahre und die Regierung waren der Untergang jedes Idealismus gewesen. Innerhalb der letzten zwei Jahre hatte Marcus sich in so gut wie jeder Angelegenheit auf Kompromisse eingelassen, nur um seine Hauptanliegen durchsetzen zu können, und dabei eingesehen, dass kein Mensch die Welt veränderte, indem er Politiker wurde. Letzten Endes änderte die Politik den Menschen. Und zum Schluss, wenn er Resümee zog, würde er keine großartigere Reputation als eben ein Mann haben, der ein paar teils erfolgreiche Vereinbarungen getroffen hatte.

Er wünschte, er könnte sich mit seinem Opponenten zusammensetzen und ihm genau das erläutern, ihm klar machen, dass Sorensons Amtszeit nur auf einem glücklichen Zufall beruht hatte, weil die zeitlichen Umstände ihn begünstigt hatten; dass es in den 90er Jahren keinen Bürgermeister mit revolutionärer Gesinnung geben konnte.

Bereits der bloße Einfall war lachhaft. Sie waren politische Gegner, deshalb sollte Marcus es tunlichst vermeiden, diese Tatsache zu übersehen.

»Du bist ja so furchtbar schweigsam«, sagte Phil.

Marcus nickte. »Ich bemühe mich nur«, gab er zur Antwort, »nun etwas Abstand zu gewinnen.«

Während der nächsten Wochen überraschte immer wieder gelbes und rotes Laub Marcus, das überall in der Stadt von den Eichen und Ahornbäumen zu Boden flatterte; er jedoch befand sich in Frühlingsstimmung. Die Medikamente wirkten bei Lita, sodass sie keine imaginären Leute mehr sah. Wenn Marcus sie besuchte, konnten sie normale, vernünftige Gespräche führen, jedenfalls *fast* normale Unterhaltungen. Lita redete zu langsam, und in ihren Augen fehlte der Glanz. Das Gedächtnis blieb von den Medikamenten unbeeinflusst, darum sprach sie noch über ihren unsichtbaren Freundeskreis, aber dass auch das ein Ende nahm, sollte nur eine Frage der Zeit sein. Man erwartete, dass sie zu guter Letzt daran das Interesse verlor und sie sich Freunde in der wirklichen Welt suchte.

Sie so oft zu besuchen, wie er es gerne getan hätte, blieb Marcus verwehrt, weil es bis zur Wahl nur noch zwei Monate waren, doch er schwor sich, diesen Missstand gleich anschließend auszugleichen. Seit er sich wieder voll seinen Aufgaben widmen konnte, fügte sich alles so ausgezeichnet, wie er es zeitweise nicht mehr als denkbar erachtet hatte. Sorenson verursachte weiterhin Scherereien, aber der Mann stützte sich auf die rosigen Erinnerungen an einen längst überholten Zeitabschnitt. Phil war auf eine zeitgenössische statistische Untersuchung der Amtszeit Sorensons gestoßen, und anhand dieser Analyse ließ sich nachweisen, dass Sorensons idealistische Spinnereien die Stadt schon in eine Rezession gestürzt hatten, drei Jahre bevor die Krise das übrige Land erfasste. Vieles von der Aufbauarbeit, die Marcus beinahe fünfzehn Jahre später vorangetrieben hatte, war eine direkte Folge des seitens Sorensons in der Stadt angerichteten Humbugs gewesen.

Nach Veröffentlichung dieser Informationen zeigten die Meinungsumfragen Marcus in Führung. Am heutigen Nachmittag gedachte er diese Führung durch Exemplare von Denkschriften zu festigen, ihm zugespielt von zwei Großfirmen, die in den 70er Jahren darauf verzichtet hatten, in der Stadt Niederlassungen zu gründen, und zwar ausdrücklich wegen Sorensons Politik. Den Texten konnte entnommen werden, dass nicht nur Sorenson den Hauptgrund für die Ablehnung der städtischen Angebote abgegeben hatte, sondern die beiden Firmen der Gemeinde fünftausend Arbeitsplätze eingebracht hätten. Wäre nicht Sorenson Bürgermeister gewesen, hätte die Stadt einen Aufschwung erlebt, anstatt einen bedenklichen Niedergang durchzumachen. Marcus hatte seit eh und je darauf hingewiesen, jetzt hatte er es endlich schriftlich vorliegen.

Er raffte die Schriftstücke von seinem mit wirrem Papierkram übervollen Schreibtisch an sich und steckte sie in die Innentasche des Jacketts. Phil hatte sicher zu stellen, dass die Reporter zum Abschluss der Pressekonferenz Kopien erhielten, aber Marcus hatte bei solchen Anlässen gerne Unterlagen in der Hand, um sie vorzuzeigen. Er lief in den Flur und begegnete zwei Boten, die zum Platz seiner Sekretärin hasteten. Der trockene Staubgeruch umgewälzter Luft, vermischt mit den Parfüm- und Rasierwasserdüften der zu warm angezogenen Menschen, die in den Büros arbeiteten, durchwehte den Korridor. Marcus fragte sich, wie es hier wohl röche, sollte Sorenson die Wahl gewinnen. Vielleicht nach Sandelholz? Marcus entsann sich daran, dass in seiner Collegezeit die Hippies Sandelholz-Räucherstäbchen abgebrannt hatten, um den Haschischmief zu kaschieren.

Bei dieser Vorstellung lachte er laut auf, und Stadtrat Seals, ein stämmiger Mann, der Ähnlichkeit mit einem Gebrauchtwagenhändler hatte, neigte verwundert den Kopf seitwärts. Marcus sparte sich den Aufwand, ihm seine Belustigung zu erklären. Auf der breiten Treppe aus weißem Marmor, die zu den Konferenzsälen im Erdgeschoss führte, hielt er sich links.

Er pfiff vor sich hin und sprang jeweils zwei Stufen gleichzeitig hinab, nickte im Vorbeieilen Leuten zu. Heute herrschte im Rathaus reges Kommen und Gehen – seltsam selbst in Anbetracht einer derartig wichtigen Pressekonferenz –, und Marcus überlegte unwillkürlich, ob diese Geschäftigkeit etwa dem Aufblähen irgendeiner Sache vorangehen mochte, die er außer Acht gelassen hatte.

Kurz vor dem Fuß der Treppe versuchte ein Mann in merkwürdiger Kleidung ihn aufzuhalten; es sah aus, als hätte er einen marineblauen Bademantel in eine blauweiß gestreifte Reithose gestopft. »Mr. Chambers«, sagte er mit fremdartigem Akzent, »ich muss allein mit euch sprechen.«

Mit geübter Leichtigkeit wich Marcus ihm aus. »Tut mir leid, ich veranstalte eine Pressekonferenz.« Der Mann – nach den Klamotten zu urteilen wohl ein Sorenson-Wähler – griff nach ihm, aber vergeblich, weil Marcus sich ihm zum zweitenmal entzog. »Kommen Sie da hin, wenn Sie mich was fragen möchten«, riet Marcus ihm, bevor er ihn stehen ließ und eilig die restlichen Stufen hinuntersprang.

Noch ehe er die Reporter sah, hörte er sie. Die gewölbte Decke des geräumigen Konferenzsaals warf Geräusche verstärkt zurück. Er kannte die Gesichter der Leute, die im Flur standen. Alle drei örtlichen Fernseh- und sämtliche Rundfunksender waren vertreten. Die Zeitungsreporter, die sich um Thomas Jeffersons Büste geschart hatten, erspähten Marcus als erste und drängten sich umgehend in den Saal. Sämtliche übrigen Medienberichterstatter schlossen sich an, und auf einmal hatte sich der weite Korridor, abgesehen vom übergroßen Porträtgemälde des ersten Bürgermeisters der Stadt und den auf griechischen Säulen postierten Büsten, gänzlich geleert.

Marcus betrat den Saal durch die Seitentür und gelangte hinter das durch einen Vorhang abgetrennte Podium, fand dort unverzüglich Phil vor. »Ist alles fertig?«, erkundigte sich

Marcus. Wegen des Stimmengewirrs der Medienvertreter im Saal musste er die Frage mit lauter Stimme stellen.

»Alles klar.« Vor Aufregung schaukelte Phil mit dem Oberkörper hin und her. »Wenn's gut läuft, haben wir nächste Woche die Leutchen von den überregionalen Sendern in der Konferenz. Man spricht schon von einem Wettstreit zwischen den Idealen der sechziger und der neunziger Jahre. Hast du heute morgen CNN geguckt?«

»Nein«, antwortete Marcus, »aber Beverly hat's mir erzählt.« Seine Sekretärin beteuerte sogar jedem, der sich gegenwärtig in ihr Büro wagte, dass der Bürgermeister und sein Dunstkreis jetzt zu einem nationalen Medienereignis aufstiegen. Was ihn eigentlich beunruhigte, war der Umstand, dass man ihn als schmierigen Politiker und Sorenson als Idealisten betrachtete. Phil sah darin keinen Grund zum Bangesein, er erachtete die kostenfreie Publizität als gewaltigen Vorteil. Aber irgendetwas daran wurmte Marcus. Verdammt noch mal, er war doch auch Idealist. Er strebte die Rettung der Welt genauso entschieden an wie Sorenson. Nur kannte Marcus den Unterschied zwischen dem Möglichen und Hirngespinsten.

Phil schlüpfte durch den dünnen, blauen Vorhang und erklomm das Podium. Oben gab es nur ein einziges Mikrofon – diese technische Vereinfachung war eine Errungenschaft aus den Anfängen von Marcus' Amtszeit –, allerdings gekoppelt mit einer ausreichenden Anzahl elektronischer Anlagen, denen die Reporter, statt sich aufs Mikrofon zu verlassen, ihre Aufnahmegeräte anschließen konnten.

Nach und nach verebbte das Gemurmel. Phil geduldete sich, die Hände auf dem Rücken gefaltet, bis es im Saal völlig still war, dann bedankte er sich bei den Anwesenden für ihr Kommen und hielt ihnen, um sie ein bisschen anzuheizen, einen kurzen Vortrag zur augenblicklichen Wahlkampfsituation. Nach ein paar Minuten beendete er sie und überließ das Podium Marcus.

»Vielen Dank«, rief er, sobald er auf dem Podium stand. Er zwinkerte ins grelle Licht der TV-Scheinwerfer, während sein Blick durch den Saal voller Reporter schweifte, die in der Holzbestuhlung saßen, auf dem Schoß Laptops und Notebooks wie hungrige Mäuler aufgeklappt. »Wahrscheinlich wüssten Sie nun gerne«, spaßte er spontan, »warum ich Sie heute hergebeten habe...« Er grinste und wartete bis zum Abklingen des Gelächters. »Diesen Satz wollte ich schon immer einmal anbringen«, fügte er anschließend hinzu, »und dieses Mal empfinde ich ihn als besonders passend. Gerade habe ich nämlich gewisse Informationen entdeckt, die ich an die Öffentlichkeit weitervermittelt sehen möchte.«

Nach diesem Aufhänger machte er es noch mehrere Minuten lang spannend, referierte eine kurzgefasste, im Zusammenhang mit der ökonomischen Entwicklung der Vereinigten Staaten und ihrer Bundesstaaten stehende Wirtschaftsgeschichte der Stadt. Danach zitierte er Zahlen hinsichtlich der Auswirkungen der vorzeitigen örtlichen Rezession auf die einzelnen Bürger der Stadt – ein Zahlenwerk, das einen signifikanten Rückgang des städtischen Geschäftslebens, eine Rangminderung der staatlichen Universität sowie einen ernstzunehmenden Verlust an Arbeitsplätzen aufzeigte.

Sobald er der Ansicht war, ein gehöriges Interesse beim Publikum geweckt zu haben, kam er zur Sache. »Mein Büro hat schon mehrmals auf diese statistischen Daten hingewiesen«, sagte er, »um für alle Welt erkennbar klarzustellen, wie schädlich Mr. Sorensons frühere Amtszeit als Bürgermeister für unsere Stadt gewesen ist. Aber jetzt liegt uns eine Bestätigung von auswärts vor.« Er zog die Papiere aus dem Jackett, wedelte damit in der Luft, als schwänge er eine Fahne, und ließ die Bombe platzen.

Die Reporter sahen die Bedeutsamkeit der neuen Informationen auf Anhieb ein. Anstatt in den 70er Jahren zehntausend Arbeitsplätze zu verlieren, hätte die Stadt fünftausend dazugewonnen. Fünfzehntausend Menschen, die jetzt arbeitslos waren, hätten einen Arbeitsplatz gehabt, und das alles wegen Sorenson.

Während des nachfolgenden Schweigens der Betroffenheit stand plötzlich der Mann auf, der Marcus im Treppenhaus angequatscht hatte. »Mr. Chambers«, ergriff er das Wort – die Troddeln an seinen Ärmeln klimperten leise – »ich muss dringend mit euch über eure Schwester reden. Was Ihr ihr angetan habt, verursacht uns beträchtliche Besorgnis.«

Marcus fühlte sich, als hätte er einen Faustschlag in die Magengrube erhalten. Er hatte damit gerechnet, dass irgendwer ihn auf Lita ansprach, aber nicht heute, nicht an diesem Nachmittag des Triumphs. Doch er durchschaute den Schachzug sofort: Sorenson hatte sich diesen Trumpf für den Fall aufgespart, dass Marcus es schaffte, sein Image anzukratzen. Allerdings schnitt Sorenson sich damit in den Finger. Phil hatte längst eine Stellungnahme geschrieben und Marcus ihren Wortlaut auswendig gelernt. Nun rasselte er sie herunter, änderte sie nur soweit ab, dass sie zur momentanen Situation passte.

»Ich glaube kaum«, erwiderte er, indem er den Mann eindringlich musterte, »dass man jemandem, der eine Schwester hat, die psychiatrischer Therapie bedarf, die gleiche herzlose Missachtung seiner Mitmenschen vorwerfen kann, die mein Wahlkampfgegner aus Treue zu seinen Idealen an den Tag gelegt hat. Mr. Sorenson mag sich ruhig wünschen, aus meinem Entschluss, sie in stationäre Behandlung zu geben, ein Wahlkampfthema zu machen, aber ich fordere ihn auf, mir ein sinnvolleres Vorgehen vorzuschlagen. Erfahrene, tüchtige Ärzte haben sich der Erkrankung meiner Schwester angenommen, und das ist die einzige menschenwürdige Methode, wie man solchen Krankheitsfällen beikommen kann. Sie sollten es ähnlich halten und einen Profi an die Spitze des Stadtrats wählen, keinen Amateur, dessen wirtschaftsfeindliche Versponnenheit uns schon Tausende von Arbeitsplätzen gekostet hat.«

Mehrere Reporter drehten sich auf den Sitzen um, weil sie sehen wollten, mit wem er sprach, wandten sich dann mit Mienen der Verblüffung wieder Marcus zu. Entgeht mir hier irgendetwas? dachte Marcus wütend. Müsste ich den

Kerl kennen? Ist er vielleicht irgend so ein Lokalpatriot? Er schaute zu Phil hinüber, der seitlich auf dem Podium stand und emsig an seinem Ohrläppchen fummelte, ein Zeichen, dass Marcus sich kurz fassen sollte.

Aber das war ausgeschlossen; die Pressekonferenz hatte vorhin erst angefangen. Wenn er sie nun vorzeitig abbrach, wurde sie zum Fiasko. Herauszufinden, was sich abspielte und zu hoffen, dass er es, sobald er Bescheid wusste, hinbiegen konnte, bot die einzige Möglichkeit zur Bereinigung der Bredouille.

Die Berichterstatter verfielen in wirres Fragenstellen, doch Marcus schenkte keinem von ihnen Beachtung. »Ich habe den Eindruck«, sagte er vielmehr zu dem Mann in Bademantel und Reithose, »dass ich Sie kenne. Wie war doch gleich Ihr Name?«

Der Mann trat einen Schritt vor. »Ich bin Kardalkeddy Ez Hakon. Eure Schwester vertrat die Auffassung, Ihr könntet mich nicht sehen, aber zum Glück hat sie sich geirrt.«

Marcus saß in seinem ledernen Drehsessel und hatte die Füße auf den mit einem Wust an Papieren behäuften Eichenschreibtisch gelegt. Durchs Fenster hatte er freien Ausblick auf den Presseeingang. Reporter standen vor Kameras und gaben Live-Berichte durch, andere waren zum Auto geeilt und abgefahren. Einige standen, wie er wusste, noch unten, übermittelten ihre Reportagen per Telefon direkt an die Lokalredaktion.

Und wahrscheinlich fielen die Reportagen nicht so aus, wie er sie sich vorgestellt hatte. Mit Daumen und Zeigefinger rieb er sich den Nasenrücken. Hinter seinen Augen machte sich Kopfschmerz bemerkbar. Er musste warten, bis alle fort waren, ehe er nur daran denken konnte, sich nach Hause zu verdrücken.

Die Tür des Büros flog auf, und Phil stapfte herein. Das Jackett hing ihm schief um den Oberkörper. Über seine ziegelrote Stirn rannen Schweißperlen. »Was zum Teufel war denn das?«, schnauzte er.

»Ich habe da jemanden gesehen«, sagte Marcus, beschloss jedoch, die seltsame Kleidung nicht zu erwähnen. »Er hat mich nach Lita gefragt.«

»Na klar.« Phils Hand strich durch seine modische Kurzhaarfrisur. »Und der Geist Franklin Roosevelts schwebte über uns und erteilte uns für den Wahlkampf seinen Segen.« Er packte Marcus' Fußknöchel und schwenkte die Beine vom Schreibtisch. »Wir können dem Herrgott dafür danken, dass alle Kameras auf dich gerichtet waren. Niemand kann beweisen, dass du mit der leeren Luft gequasselt hast. Aber du kannst jede Wette eingehen, dass die Vögel bei Antenne 6 nun das Feature über Lita wieder rauskramen. Mann, was hast du dir bloß dabei gedacht?«

Marcus setzte sich aufrecht hin. »Ich sag's dir doch, Phil, der Kerl war da. Ein langhaariger Bursche mit komischem Akzent. Er muss sofort hinausgeflitzt sein, nachdem er die Frage gestellt hatte.« Aber dass es so nicht abgelaufen war, wusste er selbst. Doch mittlerweile war er geistig schon voll auf Schadensbegrenzung orientiert; jede Erklärung, die irgendwie zum faktischen Geschehen passte, war besser als gar nichts. »Ich meine, wie könnte man den Bürgermeister wirksamer als Idioten anschwärzen, als wenn man ihn mit der Luft reden lässt, so wie's seine übergeschnappte Schwester macht?«

Phil schnaufte und wandte sich ab. »Daran habe ich auch schon gedacht. Entsprechendes habe ich unten als Statement abgegeben.« Er drehte sich Marcus wieder zu, neue Entschlossenheit erhärtete seine Gesichtszüge. »Das ist unsere Darstellung, und wir bleiben dabei. Es muss aber unbedingt verhindert werden, dass sich noch mal so ein Blödian einschleicht. Wir müssen künftig Schutzmaßnahmen treffen. Keine unbewachten Pressekonferenzen mehr. Stattdessen machen wir's wie Reagan, jeder muss sich eintragen und bekommt 'nen Platz zugeteilt, klar?«

»Einverstanden«, willigte Marcus ein.

»Und du überlässt alles mir. Du enthältst dich jeden Kommentars. Kapiert?«

»Ja, sicher.« Marcus faltete die Hände. Er hatte eine Abneigung gegen diese Art rigider Beschränkungen, sich jahrelang dagegen gesträubt. Aber infolge dieser einen, allerdings überaus schwerwiegenden Panne blieb ihm keine Wahl, als Phils Vorschlag zu billigen.

»Wir biegen's so hin, dass die Reporter wie Deppen dastehen, wenn sie irgendwas anderes verbreiten. Das heißt, jeder lacht nur ungläubig, wenn sie dummes Zeug reden, sonst nichts. Wir nehmen dem Schuft durch beharrliche Dementis den Wind aus den Segeln.« Phil rückte seinen Anzug zurecht, platzierte den Krawattenknoten wieder mittig an der Kehle. »Gütiges Herrgöttchen, wir hätten auf so einen Stil in der Endphase gefasst sein sollen. Ich hätte nie gedacht, dass Sorenson solche Hämmer auf Lager hat.«

Marcus schluckte schwer und bewahrte eine ausdruckslose Miene. Phil sah inzwischen ordentlicher aus, aber ihm standen noch immer schier die Haare zu Berge.

»Du weißt, was das bedeutet, ja?«, fragte Phil. »Nämlich, dass es von nun an Bestandteil dieses Wahlkampfs ist, schmutzige Wäsche zu waschen.«

Nie zuvor hatte das Haus auf Marcus dermaßen einladend gewirkt. Er betrat es durch die Garage; bevor er aus dem Wagen stieg, schloss er das Garagentor per Fernbedienung, um sich nicht mit den Reportern abgeben zu müssen, die an der Hausvorderseite auf dem Rasen herumlungerten. Vor ihren Augen zog er ostentativ die Gardinen zu, und weil sämtliche Telefone bimmelten, stöpselte er sie im Vorbeigehen allesamt aus. Sobald das Haus dicht war und er seine Ruhe hatte, ging er in die Küche, wärmte eine Büchse Suppe und machte sich einen Roastbeef-Toast. Damit und mit einer Flasche Beck's setzte er sich an den Esstisch. Er zitterte noch immer am ganzen Leib.

Phil hatte ihm geglaubt, es schien zumindest so; aber das löste das Problem nicht. Was hatte die Krankenschwester, mit der Litas Aufnahme geregelt worden war, zu Marcus gesagt? *Es gibt öfters solche Fälle, Mr. Chambers. Manchmal ziehen sich Störungen der geistigen Gesundheit durch die ganze Familie.*

Wie eine Erbkrankheit. Und jetzt hatte es auch ihn erwischt.

»Verzeiht mir…«

Beim Klang der Stimme zuckte Marcus zusammen. Er schoss vom Stuhl hoch und wirbelte herum, wollte den verfluchten Reporter kopfüber hinauswerfen. Statt eines Reporters sah er jedoch den Fremden in Bademantel und Reithose am Herd stehen.

Marcus sackte auf den Stuhl zurück. »Hauen Sie ab«, forderte er den Mann auf. »Verdünnisieren Sie sich einfach in den Äther, wohin Sie gehören.«

»Ich wünschte, ich könnte es, Sidenta«, antwortete der Mann. »Aber ich muss einfach mit euch sprechen.« Er hielt die Hände über die von Marcus benutzte Herdplatte, wärmte sie sich an der noch vorhandenen Hitze.

»Sie haben mir schon das Leben versaut. Bitte verschwinden Sie.« Marcus schob das Bier von sich. Er diskutierte mit dieser imaginären Gestalt, als wäre sie ein wirklicher Mensch. Geradeso wie Lita.

»Ich kann nicht«, widersetzte sich der Mann. »Ich benötige eure Hilfe, Sidenta.«

»Ich glaube nicht, dass es Sie überhaupt gibt.«

»Ich glaube an euch.« Der Mann sprach in scheuem Tonfall. Er trat ein Schrittchen vor, kniete nieder und ergriff Marcus' Hand. Marcus entzog sie ihm, spürte aber vorher die warme Haut des Fremden und ihre rauhen Schwielen.

»Ich habe mich darum bemüht, mit eurer Schwester zu reden«, sagte die Erscheinung, »aber sie kann mich nicht mehr hören. Ich hatte keine andere Wahl, als mich an euch zu wenden.«

»Prachtvoll.«

»Ich bin Kardalkeddy Ez Hakon, Wanderer zwischen den Welten.« Während des Sprechens hielt der Mann den Kopf gesenkt. In der hellen Küchenbeleuchtung hatte sein Haar eine gespenstisch grünliche Farbschattierung. »Schon vor tausend Generationen ist mein Kommen im Heiligen Buch Davon prophezeit worden. Es erwähnt auch euch, Sidenta, und kündet vom Frieden, den Ihr unserem Volk bringt.«

Marcus starrte ihn an. Er gab ein wirklich glaubhaftes Wahnbild ab. Kein Wunder, dass Lita so fest überzeugt war von seiner Existenz. Man brauchte nur zweimal hinzuschauen, um daran zu glauben. Folglich geriet jetzt auch er unter den Eindruck des Wahns. Und Lita hatte diese Erscheinungen jahrelang gesehen. Marcus schüttelte den Kopf, um den Bann zu brechen. »Ich bringe weder Ihnen noch sonst irgendwem Frieden, der im Land der Träume umherspukt, verstehen Sie mich? Ich mache die Augen zu, und dann sind Sie weg wie vom Winde verweht. Haben Sie das geschnallt?«

Der Mann neigte den Schopf tiefer. »Vergebt mir, Sidenta, aber ich muss mich weigern zu gehen. Mir bleiben nur noch wenige Augenblicke. Ich muss euch überzeugen.«

Trotzig schaute Marcus fort, sah jedoch in den Augenwinkeln die Erscheinung nach wie vor neben sich knien. Kardalkeddy bewegte den Arm, und in den Troddeln des Ärmels klingelten kleine, goldene Glöckchen.

»Ich glaube einfach nicht an Ihre Existenz«, stellte Marcus ein zweites Mal klar.

»Sidenta«, sagte der Mann, »wir sollten nicht das Glauben erörtern. Lasst uns über bedrohte Menschenleben, Not und Hilfspflicht sprechen. Wir brauchen euch. Ihr könnt das Schicksal unserer ganzen Welt beeinflussen.«

Marcus ballte an der Körperseite die Faust. Er blickte überhaupt nicht mehr durch. »Zum Donnerwetter, was heißt denn ›Sidenta‹?«

Flüchtig berührte Kardalkeddy, als wollte er sich nach Art der Katholiken bekreuzigen, die Stirn. »Es heißt vieles. Für manche bedeutet es ›Führer‹, für andere ›Herr‹, während einigen alten Schriften der Sinn ›Geheiligter Geist‹ zu entnehmen ist.«

Marcus stand auf, verließ den Tisch, trug Bier und Suppe

zum Spülbecken. Er goss das Bier aus, sah zu, wie es in den Ausguss hinabstrudelte. »Verpissen Sie sich«, verlangte er.

»Sidenta, ich flehe euch an. Meine Kraft für den heutigen Tag ist beinahe erschöpft. Es ist nicht leicht, die Mauer zwischen Welten zu durchdringen. Eure Schwester und Ihr seid die einzigen Menschen, die wir erreichen konnten, und helft Ihr uns nicht, steht zu befürchten, dass sich uns keine andere Hilfe bietet. Bitte...«

»Hinaus«, befahl Marcus mit allem Nachdruck. Er stellte die leere Bierflasche neben dem Spülbecken ab, dann beugte er sich vor und lehnte die Stirn an die Hängeschränke. Eventuell wäre nun ein Rücktritt am besten. Vielleicht sollte er auf den Wahlkampf pfeifen. Oder vielleicht litt er lediglich an stressbedingten Halluzinationen. In letzterem Fall konnte er sich eine Nacht lang gründlich ausschlafen, und am Morgen war die Welt wieder in Ordnung.

Als er schließlich den Kopf drehte, befand er sich allein in der Küche. Nervös linste er rundum, stöhnte erleichtert auf, schob die Schale mit der Suppe in den Mikrowellenherd, um sie wieder aufzuwärmen, öffnete den Kühlschrank und entnahm ihm eine Cola. Marcus zog die Schuhe aus und brachte sie zur Haustür; der Mikrowellenherd piepste, gerade als er in die Küche zurückkehrte. Er holte die Suppe heraus und war auf halbem Weg zum Tisch, da trat er auf etwas Hartes.

»O verdammt«, entfuhr es ihm; er setzte die Schale auf dem Tisch ab und beäugte den Fußboden. Auf den polierten Hartholzdielen lag eine kleine blaue Troddel mitsamt Glöckchen.

In Übereinstimmung mit Phils Taktik verschanzte Marcus sich am nächsten Tag im Büro und verließ es kein einziges Mal; ebenso wenig ließ er sich von den ununterbrochenen Anrufen der Medien ans Telefon locken. Er hörte, dass Beverly im Vorzimmer jeden Anrufer auf die gleiche Tour abwimmelte. »Tut mir leid, aber der Bürgermeister ist in einer Sitzung. Nennen Sie mir Ihren Namen und die Telefonnummer, dann ruft er Sie zurück.«

Ja klar.

Die Berichterstatter, die bis ins Vorzimmer vorstießen, wurden mit einem strengen »Haben Sie einen Termin?« abgefertigt; in dieser Methode war Beverly Meisterin. Marcus lächelte, wenn er sie zwischen den Telefonaten seelenruhig tippen hörte, die abgewiesenen Medienvertreter missachtete, als wären sie gar nicht da.

Wie sehr er sie um diese Fähigkeit beneidete... Marcus hatte auch zu arbeiten versucht, aber seine Konzentration war dahin; und dabei galt es wichtige Dinge zu erledigen, sowohl im Rahmen des Wahlkampfs wie auch in Bezug auf städtische Angelegenheiten; das Abtauchen war nicht nur im Zusammenhang mit der Öffentlichkeitsarbeit für ihn nachteilig.

Ein Räuspern schreckte Marcus aus seiner Grübelei. Er wandte sich um, erwartete Phil oder Beverly, sah dagegen Kardalkeddy an der Tür stehen und schnappte unwillkürlich nach Luft. Heute hatte die Erscheinung anderen Klafott an: ein dunkelblaues Trikot aus etwas Ähnlichem wie feinem, seidenweichem Pelz. Das lange Haar war zu einem Zopf geflochten, der über die linke Schulter hing, und am Zopf baumelte eine blaue Troddel mit Glöcklein.

»Mach dich vom Acker!«, krächzte Marcus.

»Meinen Dank, dass Ihr mich beachtet«, erwiderte Kardalkeddy. »Nach dem Andrang von Volk in eurem Audienzsaal zu urteilen, seid Ihr eine stark beschäftigte Persönlichkeit.«

»An dem Andrang bist du schuld«, warf Marcus ihm vor.

»So?« Kardalkeddy zog sich einen der beiden Sessel heran, die vor Marcus' Schreibtisch standen, und nahm Platz. Sein Gewicht brachte das Lederpolster zum Knarzen. »Das ist ein bemerkenswertes Rätsel, oder nicht? Ihr bezweifelt, dass es mich gibt, aber gleichzeitig behauptet Ihr, ich hätte die Schuld an euren Schwierigkeiten.«

Darauf fiel Marcus keine Antwort ein, darum versuchte er die Erscheinung zu übersehen und seine Aufmerksamkeit ausschließlich dem Nahverkehrsausschussbericht zu widmen, der vor ihm auf der Schreibtischplatte lag.

Kardalkeddy lachte. »Ja, setzt ruhig eure Arbeit fort. Sicherlich ist sie viel wichtiger als der Notstand eines ganzen Volkes.«

Marcus verspannten sich die Schultern. Er blätterte um, aber der Text verschwamm vor seinen Augen. Irgendwen oder irgendetwas zu ignorieren war noch nie seine Stärke gewesen. Nach seinem Verständnis war er genau deshalb ein guter Politiker.

»Ich sehe es ein«, meinte Kardalkeddy. »Trotzdem möchte ich euch eine Geschichte erzählen. Die Geschichte eines Volkes, das für seine Überzeugungen schwer gelitten hat. Eines Volkes, dessen Mitglieder auch in diesem Augenblick sterben müssen, weil sie fest daran glauben, dass ihnen Rettung zuteil wird.« Seine Stimme gewann während dieser Einleitung einen schwärmerischen Tonfall. »Es sind anständige, fleißige Menschen. Sie haben auf ihre Gott gehört und alles getan, was sie ihnen sagte. Aber nicht einmal ihr Ratschlag kann sie noch retten. Sie benötigen einen Heiland, der einer der ihren und doch keiner von ihnen ist.«

Marcus blätterte das folgende Blatt um. Seine Hand bebte.

»Zu unserem Glück«, ergänzte Kardalkeddy seine Darlegungen, ohne im geringsten zu stocken, »prophezeit das Heilige Buch Davon einen solchen Heilsbringer, der sich in der Zeit unserer höchsten Not zu uns gesellen soll. Viele andere Weissagungen sind schon wahr geworden. Mein Kommen, um ein Beispiel anzuführen, das Dasein des Wanderers zwischen den Welten, der in die nächste Ebene des Weltgeschehens blicken und dort nach Wegen zur Rettung forschen kann.«

Marcus schob den Nahverkehrsbericht beiseite. »Dann bist du genauso bescheuert wie ich.«

Kardalkeddy schüttelte den Kopf. »Als ich ein Kind war, hielten meine Eltern mich für einen Besessenen. Doch sobald sie meinen Worten achtsamer lauschten, erkannten sie, dass aus mir eine Weisheit sprach, die sich bei sonst keinem Kind beobachten ließ. Immer mehr Menschen glaubten und vertrauten meinem außerweltlichen Rat. Nur jene, die nicht die Wirklichkeit wahrnehmen können, beschimpfen mich als Narren. Sie sehen mich, während ich auf einem Ast sitze, mit nichts als der Luft reden, und hätten meine Worte keinen Wert, würden sie mich anketten wie einen Hund.«

Marcus schnitt eine finstere Miene. Kardalkeddy lehnte ziemlich tief im Sessel, die Beine ausgestreckt, und ähnelte niemandem, der auf einem Ast hockte, nicht einmal einem bloß imaginären Ast.

»Diesen ›außerweltlichen Rat...‹ erhältst du den zufällig von Lita?«

»Ja, Sidenta. Sie riet uns, Fruchtwechselwirtschaft zu betreiben und nach der Ernte die Felder abzubrennen. Von ihr ist uns erläutert worden, wie man Flüsse umleitet, um das Land zu bewässern. Sie hat uns gezeigt, wie man Fleisch säubert, sodass keine Erkrankung die Menschen heimsucht. Und als die Zetain kamen - die Eroberer -, lehrte sie uns, wie wir vortäuschen können, uns ihnen zu unterwerfen, aber unsere Lebensart beibehalten.«

Marcus stöhnte vor sich hin. Darum also die zahlreichen Bücher über alte Landwirtschaftsformen, die französische Resistance und die religiöse Gläubigkeit in Osteuropa. Und er hatte gedacht, Lita hätte lediglich Interesse an der Weltgeschichte.

»Das Heilige Buch Davon verkündet, dass der Heiland kommen und uns zum Sieg über die Eroberer verhilft. Weil immer mehr von uns unter den Schwertern der Zetain starben, baten wir Gott um Beistand. Sie versprach uns, mit euch zu sprechen, Sidena, aber dann blieb sie uns fern. Da ich mit ihr nicht mehr reden kann, habe ich mich an euch gewandt. Aber Ihr zweifelt am Offenkundigen, das eure Sinne euch vermitteln.«

Marcus bekam eine Gänsehaut. Er schaute Kardalkeddy geradewegs in die Augen. »Das muss ich, wenn sie mir etwas vorspiegeln, das schlichtweg unmöglich ist.«

»Wie kann etwas unmöglich sein, wenn es doch offensichtlich geschieht?«

Diese Frage verschlug Marcus die Sprache. Er saß noch

außerstande zum Antworten am Schreibtisch, da ging die Tür auf, und Phil kam herein. Während die Tür offen war, drang lebhafter Wirrwarr etlicher Stimmen ins Büro, verstummte jedoch, sobald er sie geschlossen hatte.

»Wie geht's?«, fragte Phil. Er trug seinen hellgrauen Sonntagsanzug, den er normalerweise komplizierten Stadtratssitzungen vorbehielt.

»Glänzend«, antwortete Marcus, blätterte im Verkehrsbericht und versuchte einen stark beanspruchten Eindruck zu erregen. Er musste Phil unbedingt loswerden.

Phil fasste jedoch nach dem Sessel, in dem Kardalkeddy saß, aber Kardalkeddy schob ihm den anderen Sessel zu. Phil sah Marcus an, wogegen er Kardalkeddy offenbar überhaupt nicht gewahrte, und setzte sich in den zweiten Sessel. Vermutlich nahm er an, dass Marcus ihn ihm mit dem Fuß entgegengerückt hatte.

Ganz erstaunlich, zu welchen Rationalisierungen der menschliche Verstand fähig war, wenn sich keine alternative Erklärung bot.

»Antenne 6 will von der Irrer-Bürgermeister-Version nicht ablassen«, berichtete Phil, »TV Okular dagegen hält sich voll an unsere Darstellung. Dort bringen sie deinen gesamten Auftritt – der recht positiv ankommt, solange man annimmt, es wäre wirklich 'ne Frage an dich gerichtet worden – zusammen mit Sorensons heute morgen veranstalteter Pressekonferenz. Er schneidet im Vergleich wie 'n egozentrischer Wichser ab. Beide überregionalen Zeitungen und alle drei Rundfunksender favorisieren dich.«

»Gut«, kommentierte Marcus, weil er sich weitergehende Anmerkungen nicht mehr zutraute.

Kardalkeddy verfolgte die Unterhaltung funkelnden Blicks.

»Natürlich hat Sorenson sich jetzt auf die Sache mit Lita gestürzt, nachdem du ihre Einweisung zugegeben hast, aber ich bin der Meinung, wir schaffen's, dass er abschmiert. Wir jubeln dich kurzerhand zum Wohltäter hoch.«

»In der Tat, Sidenta, zum Wohltäter seid Ihr wie kein Zweiter berufen, nicht wahr?«

Marcus schluckte und zwang sich, ausschließlich Phil anzusehen. »Ausgezeichnete Idee.«

Phil faltete die Hände auf dem flachen Bauch. »Wir müssen den Medien ein anderes Gesprächsthema zuspielen. Ich habe die nachdrücklichste Betonung auf den von uns angeschnittenen Aspekt der Arbeitsplatzproblematik gelegt, und die Leute waren gehörig über Sorenson verärgert, aber es kommt darauf an, ihnen zusätzlich zu zeigen, dass du dich für die Gemeinde einsetzt.«

»Das dürfte durch meine bisherige Tätigkeit doch wohl eindeutig nachzuweisen sein«, sagte Marcus.

Hämisch lachte Kardalkeddy. »Aus meiner Sicht keineswegs.«

»Es genügt nicht.« Phil hob den Kopf in der anmaßenden Weise, die Marcus verabscheute. »Ich denke, wir sollten endlich die Bibliotheksrenovierung anleiern.«

Um die Renovierung der Bibliothek kämpfte Marcus schon seit langem. Er machte sich dafür stark, seit er im Amt war, aber obwohl niemand das Erfordernis einer Renovierung anzweifelte, konnte der Stadtrat sich nicht über die Finanzierung einigen.

»Dafür fehlen uns Stimmen«, rief Marcus in Erinnerung.

»›Stimmen‹, Sidenta?«

Phil beugte sich vor. »Sie reichen, wenn wir ein paar Herrschaften beknien, die uns ’nen Gefallen schulden, und sie zur Einwilligung überreden. Mit der konkreten Ausführung brauchen wir uns erst nach der Wahl zu befassen.«

»Ich weiß nicht recht…«, sinnierte Marcus. »Deine Idee hat ernste Schwachpunkte. Wenn wir die Renovierung jetzt beschließen, haben wir trotzdem die Frage der Finanzierung am Hals. Ich würde die Vorlage lieber nochmals im Ausschuss verhandeln und die Verabschiedung lieber gleich richtig vornehmen lassen.«

Phil schüttelte den Kopf. »Der Beschluss muss jetzt gefällt werden, Marcus. Wir brauchen *vorteilhafte* Schlagzeilen.«

»Wie interessant.« Kardalkeddy betrachtete Marcus, als hätte er eine völlig fremdartige Lebensform vor sich. »In dieser Welt seid Ihr auf die Hilfe anderer angewiesen, um Veränderungen zu erwirken. Aber in unserer Welt könntet Ihr durch eine einzige Tat Hunderttausenden von Menschen das Leben retten.«

Marcus blickte ihn und danach wieder Phil an. Phil hatte mit keiner Wimper gezuckt. Kardalkeddy saß neben ihm und genoss Marcus' Verlegenheit sichtlich, und das brachte Marcus innerlich zum Kochen. »Also gut«, sagte er zu Phil. »Du hast recht. Wir sorgen für neue Meldungen.«

Kardalkeddy stieß ein Stöhnen aus und stand auf. »Euch sind Bücher wichtiger als Menschenleben. Ihr seid jemand mit niedriger Gesinnung, Sidenta.« Er griff nach seinem Zopf, löste das Glöckchen aus der Troddel, hielt es über Phils Schoß und ließ es fallen.

In derselben Sekunde, als das Glöckchen aus Kardalkeddys Fingern fiel, verschwand er. Das Glöcklein jedoch klimperte leise auf Phils Bein und rutschte von da auf den Fußboden.

»Verflixt, wo kommt denn das Ding her?«, wunderte sich Phil und bückte sich, um es aufzuheben.

»Was?«, fragte Marcus in unschuldsvollem Ton. »Ach das. Ich hab's wohl versehentlich vom Tisch geschubst. Entschuldigung.«

Einen Moment lang musterte Phil ihn argwöhnisch, dann reichte er Marcus das Glöckchen. Marcus behielt es in der geballten Faust, bis Phil gegangen war, spürte es, als hätte sich ein kaltes, hartes Klümpchen Unmöglichkeit in seinem Fleisch festgesetzt.

»Die Glocke ist ein Talisman«, lautete Litas Erklärung. Sie sprach so langsam, dass mit ihrem früheren Verhalten gar keine Ähnlichkeit mehr bestand. »Sie erleichtert ihm das Überwechseln zwischen den Welten. Ohne Glocke verursacht der Transfer ihm Beschwerden.«

Sie kauerte am Fußende des Betts. Ihre hellgelbe Bluse und die weiße Hose leuchteten im Schein der Abendsonne, deren Licht durchs westwärtige Fenster hereindrang.

Marcus saß in dem unbequemen Schreibtischstuhl und atmete tief durch, um die Ruhe zu bewahren. »Na schön«, meinte er. »Das ist immerhin 'n Anfang. Und was kann ich tun, um ihm diesen ›Transfer‹ unmöglich zu machen?«

Lita starrte zum Fenster hinaus, als hätte sie ihn nicht gehört.

Mit der Hand fuhr Marcus sich übers Gesicht. »Komm, Lita, sei kein Frosch. Ich brauche deine Unterstützung.«

Sie wandte ihm den Kopf zu. Jeder ihrer Bewegungen war eine augenfällige Vorsätzlichkeit anzumerken, als durchliefe sie drei Abschnitte: Denken, Befehlen, Ausführen. »Marcus, du kannst davor nicht weglaufen«, hielt sie ihm entgegen. »Drüben befindet sich eine ganze Welt in Not, die..«

»*Wo* drüben?«, unterbrach Marcus sie barsch. Wenn er lauter wurde, duckte Lita sich immer, als zöge eine Schildkröte sich in die Schale zurück; dieses Mal jedoch lief sogar diese Bewegung langsam ab. Manchmal wünschte Marcus, die Medikamente würden abgesetzt, sodass seine quirlige, hyperaktive Schwester wieder zum Vorschein käme.

»Tut mir leid«, sagte er, berührte sie am Arm. »Na gut, von mir aus, gehen wir davon aus, sie sind drüben real. Jedenfalls ist der Effekt, den sie auf uns ausüben, realer Natur. Aber mir ist ein Paralleluniversum einfach *scheißegal*. Es verhält sich so, dass sie mir im hiesigen Universum das Leben verpfuschen, und ich will, dass damit Schluss ist.«

»Dann musst du dich der gleichen Behandlung wie ich unterziehen.«

Marcus überlegte, ob das ein Scherz sein sollte, und las in Litas Miene. Die blauen Augen stumpf, erwiderte sie seinen Blick ohne den mindesten Anflug der Heiterkeit in den Gesichtszügen. Er hatte selbst schon daran gedacht, Kardalkeddy mit Medikamenten oder Drogen zu verscheuchen, doch der Einfall war von ihm, sobald er Lita sah, verworfen worden; auf Bewusstseinsveränderung stand er nicht, so war es immer mit ihm gewesen. Die einzige Droge, die er sich gönnte, war Alkohol, richtig betrunken allerdings hatte er sich im ganzen Leben nur ein paarmal.

»Aber natürlich will der bekannte und beliebte Bürgermeister Marcus Chambers«, äußerte Lita, die sein Schweigen missdeutete, »seine Karriere nicht gefährden.« Währenddessen röteten sich leicht ihre Wangen. Sie war sauer auf ihn. Unter der Wirkung der Medikamente, der künstlichen Ruhe, schwelte Zorn.

Marcus atmete gründlich durch. »Tja, so ist's nun mal, Lita.«

»Ich mach dir einen Vorschlag«, sagte sie leise.

»Was für'n Vorschlag?«

Sie schaute ihn an. »Hat Kardalkeddy dir erzählt, was er von dir will?«

»Irgendwelchen Quatsch darüber, einen wahren ›Sidenta‹ zu finden, der zum Oberherrscher ernannt werden und die ungläubigen Feinde aus dem Land vertreiben soll. Ja, so was war's. So sehr ich's bedaure, aber das ist nichts für mich.«

Lita kicherte. Ihr Auflachen hatte einen unheimlich hohlen Klang. »Marcus, sie wollen keinen Sidenta *finden.* Sie möchten einen gezeugt haben.«

»Hä?«

Sie kicherte ein zweites Mal und wurde vollends rot. Trotz der verlangsamten Bewegungsabläufe erinnerte sie wieder stärker an die Lita, die er gern hatte. »Denk doch nur mal nach«, legte sie ihm nahe; redete derart langsam und leise, dass er sich vorbeugte, als könnte er mit seiner Körpersprache ihre Worte hervorlocken. »Wir können ihre Welt nicht aufsuchen, aber Kardalkeddy kann uns besuchen, und er hat die Möglichkeit, Freunde mitzubringen. Wenn er eine Frau anbringt und sie... Tscha, wenn sie hier schwanger wird, säh's für den Rest drüben wie 'ne unbefleckte Empfängnis aus. Und ihr Kind hätte seinen Ursprung in beiden Welten. Es stünde ihm frei, auf Wissen zurückzugreifen, von dem Kardalkeddys Volk nicht die geringste Ahnung hat. Sogar übernatürliche Fähigkeiten könnte es haben.«

»›Übernatürliche‹ Fähigkeiten?«, wiederholte Marcus ausdruckslos.

»Jesus hatte welche. Oder wenigstens hat's bei uns diesen

Eindruck hinterlassen. Für das Volk seines Vaters war er vielleicht ein ganz normaler Bursche.«

Marcus schluckte. Lita hatte ihm diese Empfehlung schon einmal gemacht und war eben deswegen von ihm in diese Anstalt eingeliefert worden. Aber inzwischen sah er dieselben Gestalten wie sie... »War das deine oder seine Idee?«

Lita heftete den Blick auf ihn. »Es steht in ihrem Heiligen Buch, dem Buch Davon. Von Anfang an hatte ich das Gefühl, der Name klingt irisch. Ich habe nachgeschlagen, und ›Devin‹ bedeutet...« Sie runzelte die Stirn, durchforschte offenbar das Gedächtnis ihres umnebelten Gehirns. »›Devin‹ bedeutet ›Großer Dichter, ein Dichter, der hohe Gedanken in Worte fasst.‹ In Irland kennt man viele Sagen, die sich um Unsichtbare drehen. Ich würde wetten, dass jemand aus unserer Welt Kardalkeddys Heiliges Buch geschrieben hat.«

Ha, dachte Marcus, man muss sich mal ausmalen, seine Religion hätte man aus Nordirland. Doch Litas Auskunft half ihm nicht im mindesten weiter. Er stand auf, schlurfte in dem kleinen Zimmer herum. Durchs Fenster hatte man Ausblick in den Garten des Innenhofs. Litas Topfpflanzen standen noch in der Nähe des Foyers, aber wenigstens hatte sie Aussicht auf Grün. Marcus steckte die Hände in die Taschen. »Das ist nicht dein Ernst, oder? Du verlangst wirklich, dass ich Geschlechtsverkehr mit einer Unsichtbaren ausübe und sie schwängere, damit sie irgendwo anders was Ähnliches wie ’nen Gottessohn gebären kann?«

»Für dich wäre sie nicht unsichtbar«, berichtigte Lita ihn. »Sie wäre für dich genauso Realität wie Kardalkeddy es ist.«

Marcus lachte. »Wie tröstlich.«

Lita verschränkte die Arme vor der Brust. »Was ist denn dabei das große Problem? Du hast doch schon mit Dutzenden von Frauen geschlafen. Eine mehr kann ja wohl kein so abschreckender Aufwand sein.«

»Die Frauen, mit denen ich geschlafen habe, waren real, das ist der Unterschied.«

»Dann nimm’s wie Masturbation. Oder als Spende für ’ne Samenbank.«

Marcus schüttelte den Kopf. »Lita, so einfach ist es nicht.«

Lita zuckte mit den Schultern. »Also bring meinetwegen dein restliches Leben damit zu, über Kardalkeddy und seine Bitten hinwegzusehen. Mir ist es schnuppe. Ich hab ihn nicht mehr um mich.« Sie hob den Blick in Marcus' Gesicht; das Lächeln, das unvermutet ihre Miene verzog, war alles andere als freundlich. »Oder du kannst ja jederzeit dieselben Medikamente wie ich nehmen.«

Marcus schauderte, spürte, dass sein Gesicht rot anlief. Er war selbst dafür verantwortlich, dass sie sich so verhielt.

Sie nickte, als hätte sie seine Reaktion erwartet. »Du brauchst keine Medikamente«, meinte sie halblaut. »Und ich kann auch darauf verzichten. Sobald du einen Sidenta gezeugt hast, lässt Kardalkeddy uns beide in Frieden.«

Auf der Rückfahrt von der Privatklinik fühlte Marcus sich reichlich schwummrig im Kopf, als hätte er wirklich Litas Medikamente eingenommen. Es wäre ihm recht gewesen, hätten sie ihm eine Lösung geboten, aber er kannte ihre Wirkung auf Lita und war sich darüber im Klaren, dass sie ihm nicht aus der Patsche halfen. Nicht einmal Phil konnte einem Kandidaten den Wahlsieg sichern, der wie ein Zombie auftrat.

Doch die Alternative kam ihm noch viel schlimmer vor. Mit einem Phantom sollte er schlafen? Falls die Presse davon erfuhr, war er ärger dran als ein Zombie. Dann war er tot! Phil brächte ihn mit bloßen Fäusten um.

Guter Gott, Phil... Ausgerechnet in einer Zeit, in der er ein besonders vertrauensvolles Verhältnis zu ihm haben müsste, war Phil plötzlich zu einer Art Gegenspieler geworden. Er hatte den Wahlkampf völlig an sich gerissen; dadurch konnte Marcus zwar in seinem Büro bleiben, aber in einer etwaigen zweiten Amtszeit wären ihm infolge der zahllosen leeren Versprechungen, die Phil verbreitete, die Hände gebunden.

Außerdem missfiel es ihm, dass Phil neuerdings mit Stadtrat Seals mauschelte. Marcus war sich keineswegs sicher, ob ihm die Abmachungen behagten, die die beiden aushecken mochten.

Und zu diesen Komplikationen kam das übelste aller Probleme, die Frage, über die er lieber gar nicht nachgedacht hätte. Wenn Phil und die Ärzte nun recht hatten? Wenn Lita tatsächlich verrückt war? Dann hatte er, Marcus, nämlich auch nicht alle Tassen im Schrank. Eines stand auf alle Fälle fest: Lita gehörte so wenig in die Klapsmühle wie er. Wenn er nicht bereit war, sich selbst in Behandlung zu begeben, musste er alles unternehmen, um sie dort heraus- und nach Hause zurückzuholen.

Alles? Das blanke Entsetzen packte Marcus, als ihm bewusst wurde, dass er praktisch schon ernsthaft erwog, auf ihren ›Vorschlag‹ einzugehen. Aber wenn es ein Ende der Erscheinungen bewirken und ihnen das Weiterführen eines normalen Lebens bieten konnte, war es vielleicht akzeptabel. Und verglichen mit dem, was Phil mittlerweile aus Marcus' Laufbahn machte, musste es als geringfügiges Opfer gelten.

Diese tendenzielle Entschiedenheit ermöglichte es Marcus, die Heimfahrt durchzustehen. Beim Abbiegen in die Einfahrt bemerkte er zufrieden, dass die Reporter fort waren. Phils Umtriebe hinsichtlich der Bibliotheksangelegenheit hatten offensichtlich ihre Wirkung getan.

Marcus fuhr den Wagen in die Garage und schloss das Tor, dann betrat er das Haus. Diesmal sparte er sich die Mühe, die Vorhänge zu schließen und die Telefone auszustöpseln, ging schnurstracks in sein Zimmer, schob eine George-Winston-CD in den Apparat und ließ sich auf die Ledercouch plumpsen. Er hatte vor, sich für einige Minuten zu entspannen und danach wieder an die Arbeit zu gehen. Seit ihn so vieles ablenkte, war er mit der Erledigung seiner Pflichten in Rückstand geraten.

»Nun, Sidenta, habt Ihr eure Krisis behoben?«

Ruckartig richtete Marcus sich auf, sah Kardalkeddy am offenen Fenster stehen, die Helligkeit hinter seinem Kopf bildete so etwas wie einen Heiligenschein. Er trug wieder den

Bademantel und die Reithose, und irgendwie hatte dieser bekannte Anblick eine beruhigende Wirkung auf Marcus.

»Für einen Rechtgläubigen schlägst du einen etwas sarkastischen Ton an«, bemängelte Marcus.

Kardalkeddy fiel aufs Knie. »Verzeiht mir, Sidenta, aber Ihr macht es mir nicht leicht, euch zu verehren.«

Marcus gab einen Seufzer von sich. »Steh auf.«

Kardalkeddy gehorchte. Er fasste sich an die Stirn, ehe er sich Marcus zudrehte. »Wie Ihr wünscht, Sidenta.«

Marcus schwang sich vom Sofa empor, stellte überrascht fest, dass er wahrhaftig froh war, seinem Quälgeist wiederzubegegnen. Auge in Auge hatten sie zumindest eine Chance, um unter diese Heimsuchung einen Schluss-Strich zu ziehen. »Hör mal«, sagte Marcus, »ich bin nicht der Typ, der darauf abfährt, von irgendwem verehrt zu werden. Wenn ich dir helfe, dann lieber als dein Freund.«

Irgendetwas in den Sträuchern gleich unterhalb des Fensters reflektierte den Sonnenschein. Eine Kamera? Heiliger Strohsack, das fehlte noch! Marcus sprang zum Fenster, knallte es zu und schloss den Vorhang.

Kardalkeddy hatte sich nicht vom Fleck geregt. »Werdet Ihr uns beistehen, Sidenta?«, fragte er, als Marcus mit seinen Maßnahmen fertig war, mit gedämpfter Stimme.

Marcus betrachtete den zugezogenen Vorhang, sah in der Phantasie Reporter wie Ameisen durchs Gebüsch kriechen, ihre Kameras auf jede Ritze des Gebäudes richten. Er konnte unmöglich weiter unter solchen Verhältnissen leben. »Vielleicht«, antwortete er. »Komm, wir müssen uns unterhalten.«

Er führte Kardalkeddy durchs Haus, die Treppe hinauf und ins Gästebad. Dort machte er die Tür zu, drehte erst die Dusche auf und dann den Wasserhahn des Waschbeckens. Mit einem Wink gab er Kardalkeddy zu verstehen, dass er sich auf den Hocker setzen sollte, und kauerte sich auf den Wäschekorb. »Ich habe mit Lita gesprochen«, sagte er durchs Wasserrauschen, »und bis jetzt decken sich ihre Angaben mit allem, was du mir erzählt hast. Entweder sind wir beide auf die gleiche Art und Weise ausgerastet, oder du bist tatsächlich Wirklichkeit.«

Verwundert schaute Kardelkeddy sich im Bad um, besah sich die geflieste Duschkabine, die hellblau emaillierten Wände und die in passendem Blau gehaltenen Handtücher auf der Stange. »Ich bin Wirklichkeit, Sidenta«, versicherte er schließlich, indem er die Schultern hob.

»Und du verpfuschst mir das Leben. Lita behauptet, wenn ich mit einer eurer Frauen 'n Kind zeuge, lasst ihr uns in Ruhe. Ist das wahr?« Marcus' Worte klangen kalt und herzlos. Noch nie hatte er über solche Angelegenheiten wie über die Einrichtung städtischer Parkplätze geredet.

Dampf aus der Duschkabine umwallte Kardalkeddy, als er aufstand. »Wenn es euer Wunsch ist, sollt Ihr euren Frieden haben.«

Marcus schluckte. Im Gästebad wurde es heiß. Er hätte die Dusche auf Kaltwasser umstellen sollen. »Jawohl«, bestätigte er. »Ich will von euch in Ruhe gelassen werden.«

Kardalkeddy verzog die Miene zu einem Ausdruck des Missmuts. »Ich hatte einen huldvolleren Sidenta erhofft, aber wenn es so sein muss, dann soll es so sein. Ich führe sie euch zu. Um Mitternacht. Bei Beginn des neuen Tages, wenn meine Kräfte am stärksten sind.« Er griff sich an den Ärmel und zupfte ein Glöckchen ab.

»Warte!«

Doch Kardalkeddy war schon verschwunden.

Während des verbleibenden Abends stromerte Marcus durchs Haus wie ein eingesperrter Tiger. Die Vorhänge hatte er wieder geschlossen. Auch die Telefone hatte er abgestöpselt, nachdem er Phil angerufen und ihm versprochen hatte, am frühen Morgen frisch und munter im Büro anzutanzen. Phil wäre es wichtig gewesen, zu ihm zu kommen und über einen neuen Wahlkampftrick zu diskutieren, aber Marcus lehnte ab. Damit wollte er sich erst wieder morgen im Büro befassen, wenn er den Schlamassel mit den Unsichtbaren bereinigt hatte.

Falls er sich überhaupt beheben ließ. Sollten Kardalkeddy und seine Welt doch nicht real sein, dann bedeutete die Verabredung am heutigen Abend keinerlei Abhilfe. Sie gäbe nur das Sprungbrett in den tiefen Abgrund des endgültigen Wahnsinns ab. Doch Marcus sah keine Alternative.

Er zog sich zweimal um, holte eine Flasche teuren Cabernets aus dem Keller, brachte sie aber zurück nach unten und ersetzte sie durch einen weniger alten, lieblicheren Rosé. Zwar wusste er nicht, was Kardalkeddys Volk trank, aber angesichts eines unbekannten Gaumens lag man mit einem Rosé bestimmt sicherer.

Prunkvoll deckte er den Tisch und bereitete ein paar leckere Häppchen zu, entschied sich dann jedoch anders und kochte eine komplette Abendmahlzeit. Meistens war er bei Verführungen am erfolgreichsten dank gutem Essen gewesen; zudem hatte es voraussichtlich eine beruhigende Wirkung auf ihn, wenn er erst ein, zwei Stündchen mit der Frau aß, ehe sie zur Sache kamen.

Die Lasagne brutzelte schon im Backofen, da wurde ihm klar, dass möglicherweise gar keine herkömmliche Verführung bevorstand. Ihm fehlten sämtliche Kenntnisse über Kardalkeddys Welt, einmal davon abgesehen, dass sie wohl primitiver war als die hiesigen Verhältnisse. Vielleicht jagten ein schön gedeckter Tisch und fremdes Essen der Frau Furcht ein.

Marcus stellte den Backofen mit der Lasagne drin trotzdem nicht ab, wünschte sich allerdings, diese imaginären Leutchen wiesen mehr Übereinstimmung mit Tagtraumgestalten auf; dass die Frau, die in seinem Haus erscheinen sollte, voll in die amerikanische Gesellschaft des 20. Jahrhunderts integriert wäre, blonde Haare und einen drallen Arsch hätte.

Darüber musste er lachen, weil ihm gleichzeitig ein alter Witz über eine Erpressung des Papstes einfiel. Zur Rettung des Vatikans sah der Papst sich zum Geschlechtsverkehr mit einer Frau gezwungen, handelte aber drei Bedingungen aus: dass sie erstens blind sein müsse, damit sie ihn nicht erkannte, aus demselben Grund zweitens taub, und dass sie drittens dicke Möpse haben sollte.

Marcus lachte noch einmal. Diese Absprache war, wie es manchmal ging, einer der Kompromisse, die man als gar nicht so übel einstufen durfte. Da packte ihn plötzlich die grässliche Befürchtung, die Frau könnte sich nackt und schmutzig einfinden und mir nichts, dir nichts verlangen, dass er sie sofort bumste.

Um Mitternacht stand der Wein temperiert und entkorkt bereit, und auf der Herdplatte kühlte die Lasagne ab. Im Haus roch es nach Knoblauch, Tomatensoße und gebackenem Hamburger. Marcus saß, die Hände gefaltet, im Esszimmer auf einem Stuhl; auf dem Tisch brannten zwei Kerzen. Ihm war zumute wie einem Zwölfjährigen vor dem ersten Treffen mit einem Mädchen: halb hatte er Sorge, er könnte für blöde gehalten werden, halb sorgte er sich, weil er sich wahrhaftig schon reichlich bescheuert fühlte.

Zu leisem Glöckchenklirren erschien Kardalkeddy. Allerdings war er allein. Er beguckte sich den Tisch und nickte anschließend.

»Und?«, fragte Marcus.

»Sie hat Furcht«, sagte Kardalkeddy. »Sie hat noch keinen Mann gehabt.«

»Prachtvoll.« An diese Möglichkeit hatte Marcus noch gar nicht gedacht. Er stand auf. Es wäre wirklich besser gewesen, er hätte vor etlichen Jahren in der Sonntagsschule besser aufgepasst. Maria war Jungfrau gewesen – und obendrein eigentlich noch ein Kind. Du lieber Himmel…! Wenn es sich auch in diesem Fall so verhielt, konnte er seine Zusage unmöglich wahrmachen. »Wie alt ist sie?«

»Sie ist eine Erwachsene. Ihr ganzes Leben lang hat sie sich auf diesen Anlass vorbereitet.«

Es kostete Marcus Mühe, nicht laut aufzustöhnen. Ihr ganzes Leben lang? Bisher war er Fanatikerinnen stets aus dem Weg gegangen. Vielleicht konnte er doch kneifen, indem er sich auf ein Missverständnis berief. »Was gilt für dich als ›Erwachsene?‹«

»Sie hat fünfundzwanzig Sommer erlebt. Seht Ihr eine Schwierigkeit, Sidenta?«

Marcus hoffte inständig, dass die Jahre drüben ähnlich lang waren wie hier. »Nein, nicht im geringsten«, antwortete er. Im nächsten Moment spürte er, dass sich sein Gesicht erhitzte. »Äh… hör mal, Kardalkeddy… ähm… Woher haben wir die Garantie, dass es klappt? Ich meine, es ist ja häufig so, dass es mehr als ein einziges Mal braucht. Es wäre mir ungelegen, müsste ich mich 'nem vollen Monat hindurch damit abplacken.«

Einige Augenblicke lang schwieg Kardalkeddy, als ob er sich an Marcus' Missbehagen weidete. »Es sind mehrere Frauen vorbereitet worden. Naralena ist gegenwärtig in empfängnisbereitem Zustand.« Er seufzte. »Werdet Ihr sie gütig behandeln?«

Marcus erstarrte. Was sollte denn diese Frage? Er war immer zu allen Leuten nett gewesen – ausgenommen vielleicht zu Kardalkeddy. Und Sorenson. Und wohl – jedenfalls nach Meinung Kardalkeddys – zu Lita.

Marcus schloss die Lider. Als völlig unberechtigt ließ die Frage sich nicht abtun. »Ja«, sagte er. »Werd' ich.«

»Gut.«

Marcus öffnete die Augen gerade rechtzeitig, um zu sehen, dass Kardalkeddy sich vorbeugte und nach unten langte, als hülfe er jemandem eine hohe Stufe herauf. Seine Faust verschwand am Handgelenk in der Luft, und als sie wieder sichtbar wurde, hielt sie eine andere Hand. Wie aus dem Nichts, aber so unspektakulär, als käme sie lediglich aus dem Nebenzimmer, trat eine Frau näher.

So etwas wie ein Supermodell war sie nicht: kein Bikini, kein flacher Bauch, keine Brüste in Melonengröße. Groß war sie ungefähr einssiebzig, vielleicht kleiner. Sie hatte ein halbrundes Gesicht, beinahe senkrechte Backenknochen und eine kleine, gerade Nase. Haut, Augen und Haar hatten eine gleichartige Goldbraunfärbung. Sie trug ein schwarzes Kleid, das bis an die Knie reichte, und knöchelhohe Lederstiefel. Eine um die Taille gewundene, goldgelbe Schärpe betonte die breiten Hüften. Sie blieb einen halben Schritt hinter Kardalkeddy, als verspräche sie sich von ihm Schutz.

»Das ist Naralena«, stellte Kardalkeddy sie vor, beobachtete Marcus' Miene. »Erregt etwas euren Unwillen? Missfällt sie euch?«

Ganz plötzlich hatte Marcus feuchte Hände. Er widerstand dem Drang, sie sich am Anzug abzuwischen. »Nein, sie ist... Also wirklich, ich muss zugeben, sie ist sehr schön. Exotisch.« Herrje, das Geschwafel eines Autohändlers. Als wäre sie keine Frau, sondern ein Jaguar.

»Gut.« Kardalkeddy wandte sich an Naralena. »Wenn du es möchtest, bleibe ich solange.«

Erneut spürte Marcus, dass seine Wangen heiß wurden. In Kardalkeddys Anwesenheit, mochten er und die Frau nun imaginär sein oder nicht, konnte er seine Verpflichtung auf keinen Fall erfüllen.

Naralena half ihm aus der Klemme. Sie hatte den Blick ihrer großen Augen für kein einziges Sekündchen von Marcus' Gesicht genommen. »Nein. Kehre in der Morgenfrühe wieder.« Ihre Stimme klang leise und verheißungsvoll.

Marcus fühlte ein Schaudern an der Wirbelsäule hinabrieseln. In der Morgenfrühe. Niemals in seinem gesamten Junggesellendasein war er so schnell mit einer Frau ins Bett gekrochen. Jedesmal hatte er die Frau wenigstens einigermaßen gekannt. In diesem Moment begriff er, dass das Abendessen – die Verführung – nicht zu Naralenas Einstimmung diente, sondern zu seiner eigenen Vorbereitung.

Kardalkeddy löste ein Glöcklein von seinem Ärmel, legte es auf den Tisch und war in der nächsten Sekunde fort. Marcus bemerkte, dass Naralena um jedes Handgelenk und jeden Fußknöchel ein Lederriemchen mit einer kleinen Glocke gebunden hatte, offenbar um zu verhüten, dass sie, wenn er sie entkleidete, unversehens verschwand. Man hatte wirklich an alles gedacht.

Naralena sank aufs Knie. »Es ist mir eine Ehre, Sidenta.«

So konnte es nicht gut gehen. Marcus bückte sich und fasste sie an der Hand, half ihr beim Aufstehen. Er hatte den

Eindruck, sich steif und täppisch zu bewegen. Seit seiner Verabredung mit Cindy O'Brien an der Uni war ihm nicht mehr derart beklommen zumute gewesen. »Nein, also bitte«, sagte er, fühlte sich dabei völlig beknackt. »Ich muss für dich 'n Mensch sein. Ein normaler Mensch. Komm mit ins Esszimmer. Ich hab uns was zum Spachteln gemacht.«

Sie richtete sich zwar auf, rührte sich aber nicht vom Fleck, hielt nur seine Hand und strich mit ihrer freien Hand bei ihm die Schulter und die Seite des Körpers. Sie verströmte schwachen Gewürznelken- und Zimtduft.

Marcus lächelte sie an. »Ich möchte, dass du mir alles erzählst«, äußerte er. »Über dich. Über deine Welt.«

Aus den Augenwinkeln maß sie ihn abschätzenden Blicks. Die Andeutung eines Lächelns umspielte ihre Lippen. Eines einladenden Lächelns. Sie legte die Hand an seine Wange, zog seinen Kopf zu sich hinab und gab ihm einen zarten Kuss.

»Wir haben wenig Zeit«, meinte sie mit ihrer überaus wohlklingenden Stimme. »Ich glaube, wir sollten sie nicht mit Worten verschwenden.«

Marcus beabsichtigte zu widersprechen, da küsste sie ihn zum zweiten Mal, und diesmal wesentlich eindringlicher.

Und mehr brauchte es nicht, um ihn zu überzeugen.

Eine Stunde vor Sonnenaufgang krabbelte Marcus aus dem Bett. Naralena langte nach ihm, packte ihn am Hüftspeck und zerrte ihn zurück. Er sank auf sie und lachte. Sie küssten sich, und er kuschelte sich in ihren Zimtduft. »Ich bin ein alter Sack«, sagte Marcus. »Ich brauche Frühstück.«

»Ich könnte auch etwas essen«, gestand Naralena.

Marcus' Blick streifte das Fenster. Der Himmel hellte sich auf. »Bald kommt Kardalkeddy.«

Der Frohsinn wich aus Naralenas Miene. »Ich wünschte mir, dass diese Nacht nicht endet.«

Mit dem Handrücken streichelte Marcus ihre Wange. »Ich auch«, gab er zu. Nie hatte er erwartet, einmal so zu empfinden. Zwischen ihnen war etwas Besonderes geschehen.

Es hatte überhaupt nicht den Eindruck eines Eine-Nacht-Abenteuers erweckt; sich vielmehr angefühlt, als ob sie sich schon seit einer Ewigkeit kannten.

Er stieg aus dem Bett, zog seinen kastanienbraunen Morgenmantel an, latschte durch den Flur zu Litas Zimmer und holte für Naralena den plüschigen, rosa Morgenmantel, den Lita zu Hause gelassen hatte. Gemeinsam gingen sie in die Küche hinunter; einige Augenblicke lang betrachtete Marcus die diversen Müsli-Schachteln, aber für Körner war er zu hungrig. »Was hältst du von Lasagne?«

»Ich weiß nicht, was das ist«, antwortete Naralena. Dann lächelte sie. »Aber wenn du es für mich zubereitest, werde ich es gerne kosten.«

Marcus holte die Lasagne, zerschnitt sie und schob die Stücke in den Mikrowellenherd. Naralena setzte sich in die Frühstücksecke, während Marcus noch mal das Esszimmer ansteuerte und sich das am gestrigen Abend unbenutzt gebliebene Silberbesteck schnappte.

Außer dem Besteck brachte er zwei Kerzenleuchter in die Küche, zündete die Kerzen an und schenkte zwei Gläser Orangensaft ein. Schon piepste der Mikrowellenherd. Marcus stellte die Teller auf den Tisch und nahm Platz. Sein Magen knurrte. Gerade einen einzigen Bissen hatte Marcus verzehrt, da schlürfte Kardalkeddy durch die Wand.

Er trug die Reithose, aber auch eine grimmige Miene zur Schau; sein Haar war wirr, unter den Augen hatte er dunkle Ringe. Er musterte Marcus und Naralena ziemlich lange, ohne ein Wort zu sprechen; so lange, dass Naralena ihm schließlich den Teller entgegenstreckte. »Möchtest du auch ein Morgenmahl einnehmen? Der Sidenta ist ein vorzüglicher Koch.«

Kardalkeddy sah sie beide abwechselnd an. »Ist es... gelungen?«

Knapp nickte Marcus. Er mochte über ihre Liebesnacht keine Diskussionen führen.

Naralena dagegen lächelte. »Wiederholte Male. Auch darin ist er tüchtig.«

Kardalkeddys erstaunter Blick entlockte Marcus ein Gelächter. Trotz seiner Verlegenheit war ihm bestens zumute, und es war schön zu wissen, dass Naralena sich ebenfalls wohl fühlte.

Naralena. Über den Tisch hinweg reichten sie sich die Hand. Marcus wäre es lieber gewesen, sie müsste nicht fort. »Mir ist die Idee gekommen«, sagte er, »unsere Vereinbarung ein bisschen abzuwandeln.«

Kardalkeddy zog sich einen Stuhl heran. Er wandte die Augen nicht von den verschlungenen Händen. »Wahrhaftig?«

»Sehr richtig«, bekräftigte Marcus. Er hatte nicht mit Naralena darüber gesprochen. Folglich zitterte ihm jetzt leicht die Stimme. »Wenn ihr es vermeiden könnt, zu unpassenden Zeitpunkten aufzutauchen, würde ich gerne mit Naralena in Kontakt bleiben. Und mit dem Kind.« Da wurde er wieder rot. Er sollte, ermahnte er sich, nichts Voreiliges daherreden. Es stand noch gar nicht fest, dass er Naralena geschwängert hatte.

Nun blickte Kardalkeddy wieder zwischen ihr und Marcus hin und her, und ihm hing die Kinnlade herab. »Wie...? Was hast du getan, dass...«

Naralena drückte Marcus' Hand. »Er ist ein viel liebenswerterer Mann, als du mich glauben gemacht hast. Zärtlich und rücksichtsvoll ist er, und was ich ihm über das traurige Los unserer Volkes erzählt habe, hat sein Gemüt tief erschüttert. Du hast mir über ihn keine Klarheit vermittelt, Kardalkeddy, sondern nur nebelhafte Warnungen von dir gegeben.«

»Sie hat mich über die Zetain informiert«, sagte Marcus, »und dass sie ihre Familie massakriert haben. Und mir beschrieben, wie das Leben war, bevor die Zetain über euch hereingebrochen sind. Weißt du, Kardalkeddy, wenn du mir das alles richtig geschildert hättest...«

»Es hätte nichts geholfen, Sidenta. Ihr habt nicht auf mich gehört.«

Marcus schaute Naralena an. Sie zuckte mit den Schultern.

»Sieh mal«, meinte Marcus zu Kardalkeddy, »ich mache mir um euch Sorgen. Bei mir ist der Eindruck entstanden, dass das Leben bei euch nicht leicht ist, und falls Naralena schwanger ist, dürfte es für sie noch schwerer werden. Und wenn die Situation wirklich so beschaffen ist, wie ihr's darstellt... Also, ich muss gestehen, hier in unserer Welt ist es für den Heiland ziemlich mies ausgegangen. Das heißt, für ihn persönlich.« Während des Sprechens lief Marcus erneut rot an. Nach wie vor empfand er es als recht abwegig, sich allen Ernstes über derlei Angelegenheiten zu unterhalten.

»Voraussichtlich geht er auch in unserer Welt keinem leichten Dasein entgegen«, räumte Kardalkeddy ein.

Marcus stieß ein Brummen aus. »Das habe ich schon befürchtet. Etwas Rückhalt seitens seines Vatis im richtigen Moment könnte ihm die Aussichten etwas verbessern.«

»Ihr seid... wahrlich großmütig, Sidenta.« Kardalkeddy streckte den Arm in Naralenas Richtung aus, und sie stand auf; nur widerwillig ließ sie Marcus' Hand los. »Nun gut, wir werden von Zeit zu Zeit wiederkehren, so wie meine Kräfte es zulassen. Und darauf achten, nicht zu stören, es euch nicht zum Verdruss gereiche.«

»Das wüsste ich sehr zu schätzen.« Marcus stand gleichfalls auf und schloss Naralena in die Arme. Sie fühlte sich weich, klein und schutzbedürftig an. Er wollte nicht, dass sie in ihre Welt zurückkehrte, aber ihm war völlig klar, sie konnte unmöglich bleiben. Erst küsste er sie auf die Stirn, dann ihre Lippen. »Ich zähle die Stunden bis zu unserem Wiedersehen«, sagte er.

»Ich ebenso.« Für eine Sekunde lehnte sie sich an ihn, doch schon räusperte sich Kardalkeddy.

Naralena löste sich aus Marcus' Armen; er empfand das Verschwinden ihrer Körperwärme als herben Verlust. Kardalkeddy fasste sich an den Ärmel, aber Naralena hinderte ihn daran, ein Glöckchen abzutrennen, knüpfte stattdessen eines ihrer Lederriemchen auf; sie gab es Marcus, lächelte und zog die Hand zurück.

Alle Helligkeit schien aus der Küche zu weichen. Einen

Moment lang stand Marcus noch in der plötzlich leeren Räumlichkeit; dann seufzte er auf und ging hinauf, um zu duschen, sich anzuziehen und zur Arbeit zu gehen.

»Würdest du mir wohl mal 'n Momentchen zuhören?« Phil schlug die flache Hand auf den Schreibtisch, schreckte Marcus aus seiner hundertsten verträumten Erinnerung an letzte Nacht. »Du lieber Gott, ich verstehe absolut nicht mehr, was seit kurzem eigentlich in dir vorgeht. Erst schnasselst du mit nichtvorhandenen Kerlen, dann erlischt vollkommen dein Interesse an der gesamten Scheißwelt. Es wäre mir angenehmer, wenn du dich endlich zusammenreißt und mir bei diesem verfluchten Wahlkampf die erforderliche Unterstützung gibst.«

Marcus versuchte sich daran zu erinnern, was Phil vorhin gesagt hatte. Irgendetwas über einen Fond zur Stiftung eines Obdachlosenheims? Er konnte sich nicht mehr entsinnen. Wohin er blickte, sah er Naralenas Gesicht; jede Stimme klang wie ihre Stimme. Als Beverly am Vormittag mit einem Becher Zimttee ins Büro kam, wäre er aufgrund des aromatischen Dufts beinahe ausgeflippt; er war froh darüber gewesen, hinter seinem Schreibtisch zu sitzen, sonst hätte Beverly vielleicht falsche Rückschlüsse gezogen.

Phil war mittlerweile schon zu verkehrten Schlussfolgerungen gelangt, und mit jedem Tag wurde die Lage ernster. In der Woche seit Marcus' Nacht mit Naralena hatte Phil der Allgemeinheit drei weitere öffentlichkeitswirksame Projekte präsentiert, die sich in der nächsten Amtsperiode als Zeitbomben erweisen mochten, nur um Marcus im Brennpunkt der Medienbeachtung zu halten. Inzwischen war Marcus sein Treiben leid. Vielleicht musste er nun in dieser Hinsicht deutliche Worte sprechen.

Er sah Phil fest in die blutunterlaufenen Augen. »Du willst, dass ich dich im Wahlkampf unterstütze?«, fragte er. »Dann führ ihn gefälligst mit ein bisschen Anstand. Du drehst Dinger, für die sich selbst Nixon geschämt hätte. Mit so was mag ich nichts zu tun haben. Du...«

»Jetzt reicht's«, unterbrach ihn Phil.

»Nein, nicht. Noch längst nicht. Anscheinend hast du vergessen, wer hier für wen arbeitet. Nun sperr mal die Ohren auf. Ich brauche dich bedeutend weniger, verdammt noch mal, als du mich brauchst, und im Laufe der vergangenen Woche bist du für mich nichts als 'ne Belastung gewesen. Du machst mir diese Stadt korrupt, und ich wünsche, dass du derlei Zicken unterlässt. Habe ich mich klar ausgedrückt?«

»Glasklar«, lautete Phils Antwort. Er sprang auf und entfernte sich zur Tür; dort fuhr er herum und zeigte mit dem Finger geradewegs auf Marcus. »Der Fall könnte nicht klarer sein, als wenn ein Esel sich aufs Eis wagt, *Freundchen.*« Er wandte sich ab, rang eine Sekunde lang um Selbstbeherrschung; dann öffnete er die Tür und ging ins Vorzimmer.

Marcus' Hände zitterten, als er sie auf die Schreibtischplatte senkte. Einen solchen Streit hatte er bisher nie mit Phil gehabt. Aber Phil war ihm auch noch nie dermaßen auf die Nerven gefallen. Merkte er denn nicht, dass Marcus gegenwärtig eine Menge andere Angelegenheiten um den Kopf hatte?

Die Privatklinik verweigerte Litas Entlassung, und bislang hatte keinerlei Drahtzieherei die zuständigen Ärzte umstimmen können. Sorenson attackierte Marcus von allen Seiten. Und Naralena... Warum war Kardalkeddy bis jetzt kein einziges Mal mit ihr wiedergekehrt?

Marcus seufzte vor sich hin. Nie im Leben hätte er es als denkbar erachtet, dass er sich einmal die Rückkehr einer übernatürlichen Erscheinung herbeiwünschte; doch jetzt war es dahin gekommen, und obendrein so weit, dass eine flüchtige Begegnung mit einer Frau ihn dazu brachte, ihr nachzuweinen.

Nein, ganz so verhielt es sich nicht. Gewiss, Marcus lechzte danach, noch einmal mit Naralena zu schlafen, aber bei ihm regten sich sehr wohl weitergehende Wünsche. Er hatte die Brandnarben auf ihrem Rücken gespürt, die sie als Kind erlitten hatte, als die Zetain ihr Zuhause niederbrannten; von ihren sonstigen Greueltaten gehört, die Schwielen an Naralenas Fingern gefühlt, ihr von den Augen die Tränen getupft, die sie während des Erzählens vergoss. Sie hatte erreicht, dass er an die Existenz ihrer Welt glaubte, wirklich glaubte; und dadurch war alles gänzlich anders geworden. Ihm bot sich die Gelegenheit, drüben eine echte Veränderung herbeizuführen, und nicht nur durchs Beisteuern hiesigen Erbguts für einen Erlöser. Er kannte sich mit Politik gründlich aus; wahrscheinlich konnte er Naralenas Volk so gut organisieren, dass es die zetainischen Unterdrücker stürzte, noch ehe der Junge zehn Lenze zählte. Er verfügte über die Mittel, um in einem Umfang Hilfe und Beistand zu leisten, die sich drüben wohl niemand im mindesten auch nur träumen ließ, doch ausschließlich wenn Kardalkeddy ihm das Tor öffnete. Wo zum Kuckuck *blieb* er?

Marcus erfuhr es drei Tage später. Er befand sich gerade in Litas Zimmer und besah sich versonnen die Glöckchenkette auf ihrem Bücherregal, als er rechts von sich Geflimmer und Bewegung gewahrte, und auf einmal war Kardalkeddy da. Statt Bademantel und Reithose oder Felltrikot trug der Wanderer zwischen den Welten heute eine Hose aus grobem Stoff und eine ausgefranste Hemdbluse. Beides starrte schwärzlich vor Dreck oder noch fieserem Zeug, und es roch, als wäre Kardalkeddy darin durch einen Abwasserkanal gekraucht.

»Was ist passiert?«, fragte Marcus.

»Wir sind entdeckt worden.« Kardalkeddy torkelte einen Schritt vorwärts, dann sackte er am Fenster in den Schaukelstuhl.

Marcus packte ihn am Arm. »Und Naralena? Ist sie in Sicherheit?«

»Fürs erste. Sie ist bei Freunden. Aber wir müssen sie außer Landes schaffen, bevor ihre Schwangerschaft ersichtlich wird, weil die Zetain befohlen haben, alle Schwangeren und sämtliche Kinder bis zu einem Jahr zu töten.«

Diese Nachricht raubte Marcus den Atem. »Warum?«

Kardalkeddy hob den Blick. »Der Glaube an das Kommen eines Heilands ist bei einer Erhebung ein ebenso machtvolles Werkzeug wie seine tatsächliche Ankunft.«

»Gütiger Himmel...« Marcus setzte sich auf die Bettkante. »Aber ihr wisst doch noch gar nicht, ob Naralena schwanger ist.«

»Wir wissen es«, widersprach Kardalkeddy. »Dreimal haben wir darauf geprüft, und jedesmal war das Ergebnis eindeutig.«

Marcus legte keinen Wert darauf, über Einzelheiten informiert zu werden. Es war ohne weiteres vorstellbar, dass Lita ihm und seinen Freunden, bevor sie in die Privatklinik gehen musste, Schwangerschaftstestvorrichtungen gegeben hatte. Fest faltete Marcus die Hände. Naralena... Er schloss die Augen, sah Bilder Sharon Tates vor sich, eines der Opfer des Mordfalls Manson – er hatte Bugliosis Buch gelesen –, und erinnerte sich, ihr ungeborenes Kind war zerfleischt worden...

Er schlug die Augen auf. »Bring sie her«, empfahl er. »Ich kümmere mich hier um sie.«

Kardalkeddy schüttelte den Kopf. »Das kann sich nicht bewähren, Sidenta. Mir ermangelt die Kraft, um sie auf längere Dauer in dieser Welt zu halten, und überdies muss das Kind ja bei uns heranwachsen.«

Bittere Beklemmung beengte Marcus' Brustkorb. »Wie wär's, du schaffst sie zu mir und holst sie dann woanders zurück?«

Kardalkeddy rieb sich die Augen. »Auch das ist undurchführbar. Um in meiner Welt zu reisen, muss ich mich auch hier von Ort zu Ort bewegen.«

Mit geballten Fäusten stand Marcus da. Irgendetwas musste getan werden können. Er durfte nicht zulassen, dass Naralena durch ein fremdes, schmutziges, gefährliches Land floh, an ihren Fersen eine Horde Halsabschneider. Selbst wenn Kardalkeddy sie jedes Mal, sobald ihr Gefahr drohte, zu ihm bringen könnte, müsste sie zwischen ihrem jetzigen

Aufenthaltsort und der Zuflucht das Wagnis auf sich nehmen, etliche Kilometer zurücklegen. Außer…

»Ich hab's!« Marcus klatschte die Faust in den Handteller.

»Was?«, fragte Kardalkeddy.

»Du holst sie her, dann setzen wir uns ins Auto, und ich *fahre* sie dort hin, wohin ihr müsst.«

Kardalkeddys Miene erhellte sich. »So könnte es… gelingen«, meinte er leise.

»Natürlich gelingt's. Wann seid ihr bereit?«

»Am morgigen Abend.«

»Wieder um Mitternacht?«

»Ja, denn das ist die günstigste Stunde. Aber… kann euer ›Büro‹ unser Treffpunkt sein? Es wird leichter sein, sie dorthin als an diese Stätte hier zu bringen. Dieser Ort steht unter Beobachtung.«

Durch die Medien? Was sollte das Kardalkeddy ausmachen? Da begriff Marcus, dass Kardalkeddy über *seine* Seite redete. Die Zetain beobachteten das Umfeld seines häufigen Verschwindens. »Klar«, sagte Marcus. »Dann also im Büro.«

Der folgende Tag verstrich derart langsam, als wäre die kosmische Uhr in einen Eimer Honig gefallen. Ausgenommen in dem Moment, als Marcus Phil gegenüber äußerte, dass er für ein paar Tage wegzufahren beabsichtigte. Da verrannen die Sekunden wie im Flug.

»Weg? Weshalb?« Phils Gesicht lief knallrot an. Fast glaubte Marcus, er sähe aus den Ohren seines Wahlkampfmanagers Dampf quellen.

»Aus privaten Gründen«, gab Marcus kurzerhand zur Antwort.

»Private Gründe, ach du Scheiße«, schimpfte Phil. »Trotz der Meinungsverschiedenheit letzte Woche bin ich noch immer dein Wahlkampfmanager. Wenn du nicht offen und ehrlich zu mir bist, kann ich meine Aufgabe nicht erfüllen.«

Marcus stieß ein Stöhnen aus. Er wusste, Phil hatte Recht. Aber er wünschte sich, er könnte den Wahlkampf einfach aussetzen, bis er seine persönliche Krise durchgestanden hatte. »Na gut«, sagte er. »Wenn du's genau wissen willst, ich steige ins Auto, stoche einen Tag lang drauflos, steige in 'nem billigen Motel ab und gucke mir Star-Trek-Videos an, bis ich dumm und dämlich in der Birne bin, dann kehre ich nach Hause zurück und mache weiter, wo ich aufgehört habe. Hast du damit irgendwelche Probleme?«

»Probleme? Du fragst nach *Problemen?* Was soll ich denn dazu für eine Stellungnahme abgeben? Dass den Bürgermeister nur eben mal die Laune befallen hat, 'ne Fahrt ins Blaue zu machen? Oder nach Illinois zu 'ner Landpartie? Nach Kanada zum Angeln? Dann wird's nachgeprüft, und niemand trifft dich an. Oder man spürt dich wahrhaftig in 'nem billigen Motel auf. Selbst wenn du allein bist, haut man dich dafür in die Pfanne. Weißt du nicht mehr, wie Gary Hart abserviert worden ist?«

»Hart war selber schuld.« Marcus strich mit der Hand durch die Haare. Phil hatte vollkommen Recht. Marcus brauchte wirklich eine Ausrede. Nur fiel ihm keine ein. Er konnte an nichts als sorgenvoll an Naralena denken und hoffen, dass Kardalkeddy es schaffte, sie zu beschützen. »Die Presse findet mich nicht, und falls doch, gibt's nichts zu entlarven.« Marcus grinste. »Ich garantiere dir, weit und breit wird keine Frau zu sehen sein.«

»Wer denn dann? Vielleicht 'n kleiner Junge?«

Marcus wurde zumute, als hätte er einen Faustschlag erhalten. Noch nie hatten er und Phil in diesem Stil gestritten. Und diesmal meinte Phil es todernst. Marcus atmete tief ein und zählte bis zehn, bevor er eine Antwort gab. »Das will ich nicht gehört haben, Phil«, entgegnete er so gelassen wie er konnte. »Aber wie du selber schon festgestellt hast, ich habe seit einiger Zeit erheblichen Stress. Ich muss mal verschnaufen. Ganz allein. Nur zum Ausruhen. Mein Wort drauf. In ein, zwei Tagen bin ich wieder da.«

Mehrere Augenblicke lang musterte Phil ihn, ehe er sich mit einem verächtlichen Schnauben in den Sessel warf. »Na schön. Mir ist's egal. Tu was du willst. Aber wenn du ertappt wirst, brauchst du nicht damit zu rechnen, dass ich dich raushaue, ich habe nämlich *nicht* vor, mich deinetwegen auch zur Sau machen zu lassen.«

»Es kommt überhaupt nicht soweit, dass irgendwer zur Sau gemacht wird«, postulierte Marcus beherrscht. »Außer Sorenson. Wenn ich zurück bin, rammen wir ihn ungespitzt in den Boden, und zwar ohne dass wir beim Stadtrat noch mehr verantwortungslose Projekte durchboxen.«

Phil stand auf. »Ja, ja, und danach erkämpfen wir den Gouverneursposten, und anschließend streben wir die Präsidentenwürde an. Klar. Das reinste Kinderspiel. Viel Spaß auf deinem Ausflug.« Er wandte sich ab und verließ das Büro.

Die letzten Stunden vor Mitternacht verbrachte Marcus damit, den Kofferraum des Autos mit Gegenständen vollzupacken, die Kardalkeddy und Naralena nützlich sein mochten: Campinggerät, Trockenobst, ein Jagdgewehr und seine 45er Pistole, etliche Kleidungsstücke aus seiner und Litas Garderobe sowie ein paar Gold-Krügerrand, die er zu Investitionszwecken gekauft hatte. Um halb zwölf fuhr er in die Stadt, parkte auf der Straße vor dem Rathaus und ging ins Gebäude.

Als er den oberen Treppenabsatz erreicht hatte und in den Korridor einbog, sah er unter der Tür seines Büros Helligkeit hervorleuchten. Hatte Beverly vergessen, vor dem Heimgehen das Licht auszuknipsen? Oder waren Naralena und Kardalkeddy früher gekommen? Marcus eilte zur Bürotür, fand sie abgesperrt vor und wühlte ungeduldig in den Taschen seiner Jeans nach dem Schlüssel.

Nachdem er die Tür aufgeschlossen hatte, traf er im Vorzimmer niemanden an. Ein Durcheinander von Akten bedeckte Beverlys Schreibtisch, und nicht nur die Deckenbeleuchtung brannte, sondern auch ihre Tischlampe. Sie musste Überstunden geschoben und dann vorm Nachhausegehen aufzuräumen vergessen haben. Außer sie war noch da, vielleicht in der Toilette; aber nein, die Toilette lag im Dunkeln, ihre Tür stand offen. Folglich musste sie tatsächlich heimgegangen sein, ohne vorher Ordnung zu schaffen. So etwas sah ihr gar nicht ähnlich, doch möglicherweise hatte sie die Absicht, schon frühmorgens wieder im Büro zu sein und die Arbeit fortzusetzen.

Marcus betrat sein Bürozimmer, knipste das Licht an und wanderte bis 00 Uhr 05 auf und ab; um diese Uhrzeit erschien plötzlich Kardalkeddy.

»Seid Ihr allein, Sidenta?«

Marcus nickte. Sämtliche Muskeln seines Körpers hatten sich verkrampft. Er fühlte sich, als könnten ihm die Zetain hier auf die Pelle rücken, als fände die Hatz nicht nur in Kardalkeddys, sondern auch in dieser Welt statt.

Kardalkeddy streckte die Hand nach Naralena aus, die unverzüglich aus dem Nichts zum Vorschein und zu Marcus kam. »Ich habe dich vermisst«, gestand sie mit leiser Stimme.

Marcus schloss sie in die Arme, küsste sie begehrlich. »Du hast mir auch gefehlt«, bekannte er.

Sie küssten sich noch einmal. Nach einem Weilchen gab Kardalkeddy ein diskretes Räuspern von sich. »Sidenta, wir müssen den Weg antreten«, drängte er zum Aufbruch. »Die Grenze liegt tief im Süden.«

»Wir kommen hin, keine Bange«, versprach Marcus. »Ich habe 'nen echten Flitzer.« Die beiden zogen Mienen der Ratlosigkeit. »Egal«, fügte er hinzu. »Machen wir uns auf die Socken.«

Er öffnete die Tür zum Vorzimmer und sah Phil zum Eingang der dunklen Toilette huschen.

»Was zum Teufel hast du mitten in der Nacht in meinem Büro herumzuschleichen?«, wollte Marcus von ihm erfahren.

Phil blieb stehen und drehte sich um. »Ich überzeuge mich lediglich von der geistigen Gesundheit meines Kandidaten«, antwortete er frech. »Mit wem hast du gesprochen?«

»Mit Bekannten«, behauptete Marcus in festem Ton. »Am Telefon.«

Phil schüttelte den Kopf. »Du hast nicht telefoniert. Dazu müsstest du 'nen separaten Anschluss haben, der nicht über

Beverlys Telefonanlage läuft.« Er deutete auf den Apparat auf Beverlys Schreibtisch: kein einziges Lämpchen leuchtete.

»Per Handy«, versuchte Marcus sich rasch herauszureden.

»Zeig es mir.«

Natürlich befand es sich noch im Auto. Insgeheim war Marcus der Panik nahe. Er saß in der Falle. Phil würde ihm niemals Glauben schenken - und nicht mehr *an ihn* glauben. Wahrscheinlich verkaufte er selbst diesen Klops den Medien. Außer Marcus konnte ihm irgendwie die Wahrheit verklickern.

»Kardalkeddy«, sagte Marcus, »ich brauche deine Hilfe.«

»Ich stehe zu euren Diensten, Sidenta.«

Phil verschränkte die Arme auf dem Brustkasten. »Scheiße, wer ist denn Kardicksowieso?«

»Er ist derjenige, der gleich meine Bürobeleuchtung dreimal aus- und anschaltet.« Marcus hielt Phil unübersehbar die Hände hin.

»Hm... Sidenta, wie kann ich das tun?«

»Am Lichtschalter. Dem kleinen Plastikding neben der Tür. Kipp es runter und rauf.« Marcus brach am ganzen Leib der Schweiß aus.

»Aha... Auf diese Weise?« Das Licht erlosch und flammte wieder auf.

»Ja, genauso. Und noch zweimal.«

Die Deckenleuchte des Bürozimmers ging zwei weitere Male aus und an. Phil verkniff die Augen. »Da ist jemand im Büro.«

»Ja, natürlich. Traust du mir etwa zu, dass ich Selbstgespräche führe?« Marcus trat ins Vorzimmer. »Es sind bloß ganz andere Leute, als du gewohnt bist. Naralena, komm bitte rüber und heb diese Papiere da hoch, ja?« Mit dem Kinn wies er auf Beverlys Schreibtisch.

Naralenas Gesicht verriet Furcht; trotzdem näherte sie sich dem Tisch, nahm einige Akten zur Hand und hob sie hoch.

Phils Augen wurden so groß wie Spiegeleier. »Mensch, wie stellst du denn das an?«, fragte er.

»Ich habe höheren Orts Freunde«, knurrte Marcus. »Unsichtbaren höheren Orts. Kardalkeddy, mach die Tür zu und das Licht aus.«

Kardalkeddy tat wie geheißen, allerdings im Innern des Büros.

»Nein, nein, auf dieser Seite. Wir müssen gehen.« Marcus schluckte. Phil glotzte die Tür an, als verberge sich dahinter ein Ungeheuer.

Nach kurzem Rütteln an der Klinke schwang die Tür auf, Kardalkeddy verließ das Büro und schloss sie hinter sich. Er eilte zu Naralena, die Marcus einen flehentlichen Blick zuwarf. Ganz knapp nickte er ihr zu. Sie legte die Akten ab, dann durchquerte sie mit Kardalkeddy das Vorzimmer, öffnete die Korridortür und betrat mit ihm den Flur.

Phil stierte erst die Tür, danach Marcus an. Marcus maß ihn mit dem tiefernstesten Blick, den er momentan zustande brachte. »Wir unterhalten uns darüber, wenn ich zurück bin. Du unternimmst inzwischen, was in deiner Macht steht, um Lita aus der verfluchten Klinik rauszuholen. Sie ist so wenig verrückt wie ich.«

Phil stand der Mund offen, aus seiner Kehle drangen gepresste Quietscher.

»Sag nichts«, warnte Marcus ihn. »Sonst fangen sie bei dir zu spuken an.« Dann folgte er Kardalkeddy und Naralena in den Korridor und schloss von außen leise die Tür.

Marcus fuhr auf der Bundesautobahn nach Süden; um diese Nachtzeit herrschte kaum Verkehr. Marcus beschränkte sich auf eine Geschwindigkeit von ungefähr 70 km/h, bis ein Sattelschlepper ihn überholte; von da an gab er mehr Gas und hielt sich einen halben Kilometer hinter dem Laster, der folglich als erster die Aufmerksamkeit etwaig auf der Lauer liegender Autobahnpolizei erregen musste. Das letzte, was Marcus jetzt gebrauchen konnte, war ein Strafzettel wegen Geschwindigkeitsüberschreitung.

Kardalkeddy und Naralena hockten beide vorn, Naralena saß zwischen den zwei Männern. Ihr Arm lehnte an Marcus'

Seite, und er spürte die Anspannung, die sie während der ersten rund fünfzehn Kilometer erfüllte, ehe sie sich an die Bewegung des Fahrzeugs gewöhnte. Kardalkeddy richtete zum Auto ein paar Fragen an Marcus, aber weil ihm die Auskünfte unverständlich blieben, verlegte er sich schließlich aufs Schweigen. Er blickte nur noch durchs Seitenfenster in die nachtdunkle Umgebung hinaus, zwinkerte ins Licht, wenn sie eine geöffnete, strahlendhell gleißende Tag- und Nachttankstelle passierten. In der Gegend um Chicago gab es endlich noch viel mehr beleuchtete Örtlichkeiten, und sowohl Naralena wie auch Kardalkeddy starrten, aus lauter Faszination den Mund offen, die Lastzugparkplätze, Raststätten, Geschäfte und Supermärkte an.

Marcus merkte, dass auch sein Rücken sich verspannt hatte. Nachts war er seit langem nicht mehr mit dem Auto gefahren, und unter seiner äußerlichen Ruhe schwelte blankes Entsetzen. Allerdings empfand er es als irgendwie ratsam, die Aktion in der Nacht durchzuführen; der Feind, der es auf sie abgesehen hatte, war unsichtbar, etwas Ähnliches wie ein Schreckgespenst unterm Bett, und verkörperte doch eine vollauf reale Gefahr.

Der Anblick der Großstadt raubte seiner Begleitung vollends die Sprache; auf jeden Fall bis ins Stadtzentrum. Aufgrund des geringen Verkehrs hatte Marcus beschlossen, die Stadt auf der 94 geradewegs zu durchfahren, anstatt sie auf der 294 zu umrunden. Weil die beiden kein Wort mehr redeten, sorgte sich Marcus zunächst, er könnte eine falsche Entscheidung getroffen haben, bis Kardalkeddy plötzlich mit dem Finger nach vorn deutete. »Dort steht«, sagte er, »der Palast der Zetain.«

»Das ist doch wohl 'n Witz«, entfuhr es Marcus. Kardalkeddy zeigte unmissverständlich auf den Sears-Wolkenkratzer.

»Es ist mein Ernst«, erwiderte Kardalkeddy. »Dort, wo der höchste Bau der hiesigen Häuser steht, ist in unserer Welt der Palast der Zetain.«

Marcus lachte. »Hier ist's auch 'ne Art von Palast. Ein

Symbol der Geschäftswelt.« Auf der weiteren Strecke wunderte er sich über eine solche Übereinstimmung zwischen den beiden Welten. Er hatte nicht erwartet, dass Landmarken an den gleichen Stellen standen; doch bei genauerem Nachdenken schlussfolgerte er, dass es einleuchtete. Wodurch sonst sollte Kardalkeddy wissen, wo genau er sich aufhalten musste, um in Marcus' Büro oder seinem Haus zu erscheinen?

Auf dem Weg zur Stadt hinaus lenkte Marcus den Wagen von der Autobahn zu einer Tankstelle mit benachbartem Imbiss und auf den beinahe völlig freien McDonald's-Parkplatz.

»Hier dürfen wir nicht rasten«, meinte Kardalkeddy. »Wir weilen im Innersten der feindlichen Heimat.«

»Bei uns gibt's hier nur 'nen Rastplatz«, beruhigte Marcus ihn. »Wir müssen tanken und was essen. Kommt mit, dann erlebt ihr das wahre, echte Amerika.«

Er ließ sie aus dem Wagen steigen und führte sie in die Fressbude. Während Naralena und Kardalkeddy zu den Umrissen der Chicagoer Skyline hinüberschauten, bestellte Marcus drei BigMac, zweimal Orangensaft und für sich einen großen Becher Kaffee. Sobald er alles in Empfang genommen hatte, legte er den zweien die Hand auf den Rücken und schob sie buchstäblich zurück ins Freie.

Im Auto teilte er die Mahlzeit aus. Verwirrt besahen sich die beiden die Verpackung, also klappte er sein Behältnis auf und zeigte ihnen, wie man Hamburger verzehrte.

»Das Gericht ist nicht gekocht worden«, sagte Naralena. »Es war Zauberei.«

Marcus grinste. »Würde bei denen Zauberei angewandt, würde der Fraß auch besser schmecken.«

Gegenüber an der Texaco-Tankstelle füllte er den Tank nach; anschließend tuckerte er zur Einfahrt und kehrte, indem er mit einer Hand steuerte, mit der anderen Hand aß, auf die Autobahn zurück.

»Wie weit noch?«, erkundigte sich Marcus, während Chicagos Skyline hinter ihnen in die Ferne rückte.

»Wir haben binnen weniger Stunden mehrere Tagesreisen hinter uns gebracht«, antwortete Kardalkeddy. »Setzen wir die Reise noch eine Stunde lang fort, müssten die Zetain sich, um uns zu finden, in feindliches Gebiet wagen.«

»Gut«, kommentierte Marcus. Er schaltete das Leitsystem ein, lehnte sich in den Fahrersessel und trat wieder aufs Gas.

»Wir haben die Grenze überschritten«, konstatierte Kardalkeddy nach einer Weile, während Marcus – Naralena war eingeschlafen, ihr Kopf ruhte auf seiner Schulter – eine Brücke überquerte.

»Hervorragend«, bemerkte Marcus. »Und wohin geht's von hier aus?«

Kardalkeddy zwinkerte, als linste er in helles Licht. »Dort entlang.« Er deutete nach Osten.

Marcus nahm die nächste Ausfahrt und fuhr etwa fünf Kilometer weit ostwärts, bis Kardalkeddy ihn bat, wieder die südliche Richtung einzuschlagen. Die Straße verlief durch eine Reihe heruntergewirtschafteter, baufälliger kleinbäuerlicher Gehöfte. »Hier ist der rechte Ort«, sagte Kardalkeddy auf einer Anhöhe. »Hinter dem Hügel dort liegt die Stadt Perecelto. Es ist klüger, wir betreten sie zu Fuß, anstatt in ihrer Mitte unversehens aus der Luft zu erscheinen.«

»Gut überlegt.« Marcus lenkte den Wagen an den Straßenrand und schaltete den Motor aus.

Alle drei stiegen sie aus, und Marcus zeigte den beiden die Sachen, die er für sie in den Kofferraum gepackt hatte, doch bei den meisten Gegenständen schüttelte Kardalkeddy trübselig den Kopf. »Wir würden als Hexer oder ärgeres verschrien«, gab er zu bedenken, »sähe man in unseren Händen derlei Werkzeug.« Letzten Endes steckte er nur die goldenen Krügerrand-Münzen ein, die eingeschmolzen werden konnten. Naralena nahm eines von Marcus' Hemden an sich, um es »dem Knaben zu schenken, wenn er heranwächst.«

Ihre Äußerung rief bei Marcus ein schmerzliches Gefühl hervor. Der Morgen erweckte den Eindruck endgültigen Abschieds. »Er soll mehr als nur 'n Hemd von mir haben«, verhieß er in rauer Rührung. »Ich überschütte ihn an jedem Geburtstag mit Geschenken. Und Weihnachten auch. Ha...!« Er lachte, als ihm einfiel, dass man drüben kein Weihnachten feierte. Zumindest jetzt noch nicht.

Ein letztes Mal drückte er Naralena an sich, genoss ihre Wärme. Als sie sich schließlich trennten, schüttelte er Kardalkeddy die Hand und sagte zu, das nächste Mal in einer Woche an dieser Stelle zu sein, damit sie sich wiedertreffen konnten. Inzwischen schien die Sonne durch die frühmorgendlichen Wolken, während die zwei sich entfernten, winkten und verschwanden.

Vor Marcus schien die leere Straße ins Nichts zu führen. Als Beweis dafür, dass er von den zweien begleitet worden war, hatte er lediglich die Erinnerung an Naralenas Körper und Kardalkeddys festen Händedruck. Er kauerte auf der Seite der Motorhaube seines Autos, bis es ihm kühl wurde; doch auf der Straße geschah absolut nichts. Weder hier noch irgendwo im erkennbaren Umkreis ließen Naralena und Kardalkeddy sich wieder blicken. Offenbar befanden sie sich, wenigstens bis auf weiteres, in Sicherheit.

Und künftig hatten sie ja ihn. Zu guter Letzt durchschaute er die Geschichten der Bibel. Jesus' Vater, wer er auch gewesen sein mochte, hatte in mancherlei Hinsicht eingegriffen. Wahrscheinlich hatte er seinen Sohn vom Kreuz geholt und ihn in seiner moderner ausgestatteten Welt drei Tage lang ärztlich behandeln lassen, bevor er ihn geheilt nach Jerusalem zurückschickte.

Marcus grinste. Glauben würde es ihm niemand, aber es war eine ganz einfache Erklärung. Er hob die Schultern. Nun musste er sich wieder um sein eigenes Leben kümmern. Er setzte sich ins Auto und machte sich auf die Heimfahrt. Je weiter er fuhr, umso stärker verbesserte sich seine Stimmung. Seit langem hatte er für niemanden mehr etwas getan. Diesmal jedoch hatte er eine wahrhaft gute Tat begangen, und deshalb fühlte er sich großartig.

Erst als er in Chicago eine Mittagspause einlegte, holte die Müdigkeit ihn ein. Und gerade hatte er beschlossen, sich irgendwo ein Hotelzimmer zu suchen – um das Phil gegebene

Versprechen einzulösen, sich auszuruhen –, da kehrte sein Blick für die Realitäten schlagartig wieder.

Phil. Der Wahlkampf. Städtische Belange. Alles hatte er ziemlich lange vernachlässigt. Phil hatte sich mehr als Marcus mit Stadtratsangelegenheiten befasst, vor allem viel Zeit mit Stadtrat Seals verbracht. Praktisch stand Marcus vor einem Scherbenhaufen. Sogar das Verhältnis zu seinem Wahlkampfmanager war auf einen beispiellosen Tiefpunkt gesunken. Was hatte Phil über geistige Gesundheit gequatscht? Und was hatte Phil eigentlich in seinem Büro getrieben?

Marcus war kaum fünf Minuten daheim, da klopfte jemand an die Haustür. Er lugte durch die Gardine des Küchenfensters hinaus und sah auf der Zufahrt Phils Auto stehen. Es lief Marcus kalt über den Rücken. Es war 10 Uhr morgens. Phil konnte über seine Rückkunft nur dann Bescheid wissen, wenn er das Haus hatte beobachten lassen. Altbewährtes Vertrauen und gegenseitige Akzeptanz zählten offensichtlich nicht mehr.

Marcus ging in den Flur und öffnete die Tür. Ohne Gruß zwängte sich Phil an ihm vorbei, drehte sich um und schlug die Tür zu.

Phils vehemente Wut war für Marcus spürbar wie eine solche Welle der Aggression, dass er unwillkürlich einen Schritt zurückprallte. Er pflügte die Finger durchs Haar und hielt den Atem an, versuchte sich innerlich für die bevorstehende Konfrontation zu sammeln. Auf keinen Fall durfte er in die Defensive geraten. Irgendwie ahnte er, dass diese Auseinandersetzung für ihn eine zu große Tragweite hatte.

»Du lässt also mein Haus beobachten.«

Auf Phils Wangen erschienen zwei rötliche Flecken. »Das tätest du auch, wenn dein Brötchengeber sich wie ein Irrer aufführt.«

»Ich habe mich in jeder Hinsicht vollkommen normal betragen«, erwiderte Marcus, hätte sich dafür aber sofort in den Arsch treten können. *Auf keinen Fall* in die Defensive geraten. Er machte es wirklich glänzend.

»›Vernünftig‹, na klar«, höhnte Phil. »Falls du einen neben dir laufen hast.«

Marcus zuckte zusammen. Genau diese Bemerkung hatte er, und zwar wörtlich, einmal Lita gegenüber geäußert. »Nun hör mal her, Phil…«

»Nein, du hörst mir zu, Marcus. Vielleicht gibt es in der Familie Chambers erblichen Irrsinn, oder du ziehst Poltergeister an, oder eventuell hat dein Hirn irgendwelche besonderen Kräfte, so wie manche Figuren in Stephen-King-Schwarten, aber egal was es ist, es ist etwas Unheimliches. Und mit Unheimlichem gewinnt man keine Wahl, kapiert? In den vergangenen Wochen habe ich mich schwer abgezappelt, um die ganzen Schwulitäten für dich doch noch hinzubiegen, aber inzwischen sieht's, offen gestanden, so aus, als müsste ich bald daran denken, was aus mir werden soll. Ich habe von dir Aufnahmen, Marcus, auf denen du mit 'nem menschenleeren Zimmer redest. In 'ner Pressekonferenz drehst du beinahe durch, verdammt noch mal, und dann stochst du nach Illinois, hältst am Straßengraben und sitzt stundenlang auf der Karre und fährst nach Hause zurück. *Das ist kein normales Benehmen, Marcus.* So leid's mir tut, aber es ist nicht normal.«

Marcus setzte sich auf die Treppe; die Kanten der blankgewienerten Holzstufen drückten gegen seine Oberschenkel. »Du hast mich beschatten lassen.«

»Natürlich habe ich dich beschatten lassen. Ich musste ja sicher stellen, dass niemand anderes dir folgt. Ich kann mir leicht ausmalen, was Antenne 6 mit 'nem Film anfängt, auf dem du leere Luft umarmst.«

Marcus rieb sich mit der Hand übers Gesicht. Er und Phil waren Freunde gewesen. Durch die politischen Erfordernisse waren sie zu engen Vertrauten geworden. Sie verstanden sich. Wenn Phil sich schon dermaßen aufregte, musste die Reaktion der Öffentlichkeit noch viel schlimmer ausfallen. Und Phil hatte das Recht, empört zu sein. Marcus war während der Fahrt nicht sonderlich vorsichtig gewesen. Er hatte nicht einmal gemerkt, dass ihm jemand folgte; er war zu sehr damit beschäftigt gewesen, Naralena und Kardalkeddy zu retten. Ihm war einsichtig, welchen Eindruck er vermittelte. Er erinnerte sich daran, dass Lita sich in dem Maße, wie ihre imaginäre Welt für sie nach und nach wichtiger als die Realität geworden war, immer zerstreuter verhalten hatte.

»Was soll ich nach deiner Auffassung tun?«, fragte er.

Phil schloss die Lider und presste sich mit den Fingern den Nasenrücken ein, als hätte er mit Kopfweh zu ringen. Dann senkte er die Hand, öffnete die Augen und seufzte. »Lass uns zusammen Litas Arzt aufsuchen und mit ihm sprechen. Vielleicht weiß er für uns Vorschläge, die wir bisher übersehen haben.«

Eine Anwandlung der Furcht packte Marcus. »Ich gehe nicht in diese Klinik.«

»Gütiges Herrgöttchen, Marcus, wir reden doch bloß mit dem Arzt. Alles bleibt vertraulich. Es ist doch vorstellbar, dass er eine Behandlungsmöglichkeit kennt, dank der du so wie vorher weitermachen kannst.«

Für einen Moment hockte Marcus reglos da. Phil konnte ihn nicht zwingen, sich in stationäre Behandlung zu begeben. Außer dem Staat war niemand dazu imstande, und selbst dann war es derart schwierig, dass jemand nahezu einen Mord begehen musste, um eine solche Maßnahme zu rechtfertigen. Lita war durch Marcus zum Gang in die Klinik genötigt worden, doch sie hatte sich so gut wie gar nicht dagegen gewehrt. Vielmehr hatte sie sogar zum Arzt gesagt, es wäre eine Erlösung, wenn die Unsichtbaren endlich verschwänden.

Für Marcus hingegen wäre es keine Erlösung. Naralena trug sein Kind im Leib. Sie brauchte ihn, die Hilfe, die er leisten konnte, um sie und das Kind vor Gefahr zu beschützen.

Aber Phil brauchte ihn gleichfalls. Also hatte Marcus keine andere Wahl, als Phil den Gefallen zu tun und mit ihm den Arzt aufzusuchen, sich dort alle Mühe zu geben, normal zu wirken. Er musste erst in einer Woche das nächste Mal nach Illinois. Möglicherweise gelang es ihm innerhalb dieser Frist, wieder alles, was das Büro, seine Mitarbeiter und die Stadt betraf, in den Griff zu bekommen.

»Na gut«, sagte Marcus. »Ich komme mit.« Er stand auf. »Aber falls irgendjemand davon Wind kriegt, leugne ich, dass etwas anderes als ein Besuch bei meiner Schwester stattgefunden hat. Und sollte bei mir der Verdacht entstehen, dass du der Informant warst, schmeiße ich dich schneller raus, als du ›Marcus ist verrückt‹ sagen kannst. Hast du mich verstanden?«

»Völlig klar«, bestätigte Phil.

»Gut«, grummelte Marcus. Er nahm den Schlüsselbund vom Schlüsselbrett. »Dann wollen wir mal.«

Diesmal kam Marcus die Klinik noch trostloser vor, als er sie in Erinnerung hatte. Litas Topfpflanzen waren vom Fenster entfernt worden. Ein alter Mann in blauem Morgenmantel und weißen Halbschuhen war ins Foyer geschlurft, hämmerte mit der Faust auf die Theke der Rezeption und verlangte telefonieren zu dürfen. Die Empfangsdame hatte einen Ausdruck gehetzter Furcht im Gesicht. Einige Augenblicke nach Marcus stellten sich eine Schwester und ein Pfleger an der Rezeption ein. Sie fassten den Mann an den Armen und zerrten ihn fort wie ein ungezogenes Kind.

»Ich möchte zu Dr. LaPine«, sagte Marcus. Phil hatte ihn am Klinikeingang abgesetzt und nachzukommen versprochen, sobald er einen Parkplatz gefunden hatte. Doch Marcus wusste, warum Phil sich so viel Zeit ließ. Diese Hirnklempneranstalt flößte ihm noch stärkeres Unbehagen ein als Marcus.

Die Empfangsdame nickte. Ihr zitterten die Hände. Ein mit Juwelenringen geschmückter Finger wanderte über eine Seite des Terminkalenders. »Bitte gedulden Sie sich einen Moment.«

Marcus nahm auf einem der Plastikstühle gegenüber der Rezeption Platz.

»Bist du da, um Einspruch einzulegen?«

Er erschrak, als hinter ihm die Stimme ertönte. Sie klang wie die Stimme seiner Mutter, wenn sie sehr verärgert gewesen war – *Marcus Donald Chambers! Komm sofort her!* –, aber natürlich konnte seine Mutter nicht hier sein. Er wandte sich um und sah Lita vor sich stehen.

Ihre Augen blickten wieder heller drein, ihr Gesicht war lebhafter. Marcus hob die Hand, aber sie warf einen Blick auf seinen Arm, der ihn davor zurückhielt, sie anzurühren. »Einspruch wogegen?«, fragte er.

»Dass vor zwei Tagen meine Medikamente abgesetzt worden sind. Ich vermute, du willst, dass sie mir weiter verabreicht werden, damit ich dir aus der Quere bleibe.« Lita sprach im früheren, gewohnten Tempo, so wütend jedoch hatte Marcus sie noch nie erlebt.

»Nein. Ich bin aus ’nem völlig anderen Grund hier.« Trotz ihres bitterbösen Blicks ergriff er ihren Arm und zog sie in den Korridor. »Ich habe Kardalkeddy und... Also, ich habe ihm geholfen, den Zetain zu entwischen, und jetzt glaubt Phil, ich sei irrsinnig.«

Kurz lachte Lita. »Ich weiß, wie das ist.«

»Ich will heute auf Phils Wunsch mit deinem Arzt reden, und bei der Gelegenheit kann ich vielleicht dafür sorgen, dass du schleunigst entlassen wirst.«

»Als wäre das noch was wert«, meinte Lita.

»Dann bist du wieder zu Hause, Lita.«

Sie zuckte mit den Schultern.

»Lita...«

Sie hob den Kopf und schaute ihm direkt in die Augen. »Ich bezweifle, Marcus, dass du überhaupt weißt, was du an mir verbrochen hast, mein lieber Bruder. Die Medikamente sind abgesetzt, aber ich kann niemanden von drüben mehr sehen.«

»Ich sag’s dir doch«, antwortete Marcus, »Kardalkeddy ist nicht da, deshalb kannst du ihn nicht sehen. Ich habe ihn nach Illinois gebracht.«

Lita schüttelte den Kopf. »Nein, du verstehst mich nicht«, entgegnete sie mit gedämpfter Stimme. »Ich war schon soweit, dass ich in seine Welt übertreten konnte. Nicht für lange, aber zumindest habe ich Eindrücke erhalten. Jetzt kann ich's nicht mehr. Ich habe keine Ahnung, was für Chemikalien in den Medikamenten sind, aber mir ist dadurch das Gehirn übel beeinträchtigt worden. Du hast mir eine ganze Welt geraubt, Marcus. Eine komplette Welt.«

»Mr. Chambers?«

Die Empfangsdame war ihnen in den Korridor gefolgt. Sie hielt eine Akte vor sich wie einen Schild. »Dr. LaPine steht Ihnen nun zur Verfügung.«

Marcus blickte Lita an. Ihm fehlten die Worte. Eine Entschuldigung war für das, was er angerichtet hatte, etwas zu Läppisches. Er kehrte ihr den Rücken zu und sah Phil im Foyer lungern. Zuerst fragte er sich, ob Phil ihr Gespräch belauscht haben mochte, entschied jedoch, dass es ihn nicht mehr allzu sehr scherte. Das Unheil war längst geschehen.

Er straffte die Schultern, atmete gründlich durch und versuchte sich auf das Kommende einzustellen. Anschließend ließ er sich von der Empfangsdame in Dr. LaPines Sprechzimmer begleiten.

Er entsann sich noch von den vorherigen Besuchen an die Räumlichkeit. An der Wand hingen sechs Diplome, alle in teuren Rahmen; der Geruch der Ledersitzmöbel vermischte sich mit Pfeifenduft; in der Ecke stand ein offenbar in Handarbeit gefertigter Eichenholz-Schreibtisch; im dazu passenden Bücherregal reihte sich ein Psychologiewälzer an den anderen. LaPine erwartete ihn in der Mitte des Zimmers, zwischen den Zähnen die kalte Pfeife. Er war ein hünenhafter Mann und früher an der Universität beinahe ein Spitzensportler gewesen; noch heute joggte er täglich 15 Kilometer und beteiligte sich regelmäßig an Marathonläufen. Als Marcus eintrat, nickte der Arzt ihm zu und wies auf die Couch.

Marcus setzte sich auf die Couch, LaPine ihm gegenüber auf einen Stuhl mit gerader Rückenlehne. Phil suchte sich zum Sitzen einen Sessel in der Nähe des Fensters.

Marcus missachtete seine Anwesenheit und hielt den

Blick ausschließlich auf LaPine geheftet. »Ich dachte, wir führen ein vertrauliches Gespräch.«

»Ich habe darum gebeten«, bemerkte Phil, »dabei sein zu dürfen.«

»Ich war immer der Ansicht, Patienten müssten unter Umständen untersucht werden, die Diskretion garantieren.« Unverändert galt Marcus' Aufmerksamkeit nur Dr. LaPine.

LaPine nahm die Pfeife aus dem Mund und hängte sie in den Pfeifenständer. »Nicht in Fällen, in denen es um die Erstellung von Gutachten geht, Mr. Chambers. Viele forensische Psychologen bekommen den Patienten nie zu sehen, sondern stützen ihre Tätigkeit allein auf Ton- und Bildaufzeichnungen sowie schriftliche Protokolle.«

»Aber das sind doch Verfahrensweisen fürs Gericht. Wenn jemand sie bezahlt, damit sie vor Gericht Gutachten abgeben.« Immerhin soviel hatte Marcus von seiner juristischen Schulung, obwohl er nie bei einem Prozess mitgewirkt hatte, im Gedächtnis behalten.

LaPine hob die Schultern, und Marcus wurde es plötzlich kalt. Er schielte hinüber zu Phil, der adrett die Hände im Schoß gefaltet hatte. Phil drehte Däumchen, bewegte als einziges nervös die Daumen in kleinen Kreisen umeinander.

»Phil hat Sie bestochen«, warf Marcus dem Arzt vor. »Du hast ihn bestochen!«

Mit einem Kopfschütteln verneinte Phil. LaPine vollführte mit der Hand eine Geste der Beschwichtigung in Phils Richtung. »Ich betrachte es als meine Aufgabe, Ihnen in gewisser Beziehung ärztlichen Beistand zu leisten, Mr. Chambers«, erklärte LaPine. »Ich habe Videoaufnahmen gesehen…«

Marcus ballte die Fäuste.

»…Protokolle Ihrer Selbstgespräche gelesen und mir von Augenzeugen Ihr Verhalten beschreiben lassen. Bestimmt erinnern Sie sich daran, dass wir schon miteinander gesprochen haben, und wissen daher, dass mir das Krankheitsbild Ihrer Schwester genauestens geläufig ist. Es hat den Anschein, dass es in Ihrer Familie schon ähnliche Krankheitsgeschichten gegeben hat…«

»Nur bei Tante Verna«, unterbrach Marcus ihn, »und die hatte Alzheimer.«

»... und auch sonst sehe ich Verdächtiges. Ich glaube, mit der Einweisung Ihrer Schwester in unsere Klinik haben Sie einen entscheidenden Schritt vom Gesundsein über die Schwelle zur psychischen Beeinträchtigung vollzogen, sie hat ihnen den letzten Stress verursacht, der noch fehlte, um die seelische Belastung für Sie ins Unerträgliche zu steigern...«

»Ich bin nicht übergeschnappt!« Marcus sprang von der Couch auf. »Es gibt für alles überzeugende Gründe.«

LaPine nahm wieder die Pfeife zur Hand und streichelte sie wie eine Geliebte. »Würden Sie sie uns bitte nennen?«

Marcus zögerte. Er hatte volle Klarheit darüber, wie seine Ausführungen sich anhören mussten. Ihm war noch in Erinnerung, mit welchen Reaktionen er und Phil vergleichbare Aussagen Litas aufgenommen hatten. Bei ihm klänge alles noch schlimmer. Geschlechtsverkehr mit einer Unsichtbaren hatte er gehabt. Mit dem Auto hatte er zwei Unsichtbare aus dem Bundesstaat und in Sicherheit gebracht. Er hielt ihre Welt für hundertprozentige Realität.

»Nein«, lautete seine Entgegnung. »Ich denke gar nicht daran. Und ich verwahre mich gegen diese Prozedur. Ich muss diese Zumutung nicht hinnehmen.«

»Stimmt, musst du nicht.« Jetzt stand auch Phil auf. »Aber wenn du kneifst, hast du die Wahl verloren. Ich glaube, dann kannst du nicht einmal noch bis zum Ablauf der Amtsperiode auf deinem Posten bleiben.«

»Das kann doch wohl nicht wahr sein«, ächzte Marcus.

»Im Grunde genommen ist die Sache ganz einfach.« LaPine betrachtete seine Pfeife. »Meine ärztliche Beurteilung besagt, Mr. Chambers, dass Sie nicht mehr dazu in der Lage sind, als Bürgermeister unserer Stadt zu fungieren. Nach meiner Einschätzung bedürfen Sie der Behandlung, oder ihre phasenweisen Wahnvorstellungen verschlimmern sich, bis sie für sich selbst oder andere Menschen zur Gefahr werden. Ich bin auch bereit, vor der Presse eine dahingehende Verlautbarung abzugeben.«

»Warum?«, fragte Marcus. »Weil Phil Sie bestochen hat?«

»Ich habe ihn nicht bestochen«, schnauzte Phil. »Grundgütiger, obendrein bist du auch noch paranoid.«

»Niemand ist paranoid, dem wirklich jemand an den Kragen will.«

Phil klappte den Mund auf, schloss ihn, öffnete ihn wieder. »Marcus, wir kennen uns schon eine ganze Weile. Du bist immer ein vernünftiger, verständiger Mensch gewesen. Aber du benimmst dich schon seit Wochen nicht mehr so, wie ich es von dir gewöhnt bin. Du träumst dir dummes Zeug zurecht, du siehst Nichtvorhandenes, du belügst mich. So etwas ist früher nie passiert.«

»Und du ziehst dir 'nen neuen Kandidaten ran. Sobald ich aus dem Weg bin, jubelst du Seals hoch.«

Phil nickte. »Wir wissen doch beide, wie es in der Politik läuft. Von Anfang an waren wir uns darüber einig, dass jeder von uns beiden, der die Karriere des anderen gefährdet, ihn in nichts hineinreiten soll.«

»Du siehst in mir also eine Gefährdung deiner Karriere.«

»Wenn's weiter so geht, ja«, bekannte Phil. Er lehnte sich gegen LaPines Schreibtisch. »Hör zu, Marcus, es ist mir wirklich unangenehm, das kannst du mir glauben. Aber du benötigst Beistand, und offensichtlich kümmerst du dich nicht selber darum. Seit der Pressekonferenz versuche ich dich zur Vernunft zu überreden, bloß predige ich tauben Ohren. Jetzt bist du zu allem Überdruss auch noch erbost über Dr. LaPine, obwohl wir uns nur abmühen, um dir wieder auf die Sprünge zu helfen.«

Marcus holte tief Luft und wartete ab, bis sich sein Pulsschlag gemäßigt hatte. »Du weißt, dass ich mir nichts zusammenphantasiere«, sagte er zu Phil. »Du hast gesehen, dass in meinem Büro das Licht aus- und anging, die Akten auf Beverlys Schreibtisch in die Luft emporgeschwebt sind. Wie erklärst du dir diese Vorkommnisse?«

Phil schluckte. »Das war wohl irgendein Trick. Wahrscheinlich hast du ihn von Lita gelernt.«

»Na sicher.«

Marcus maß Phil eindringlichen Blicks, sah ihn schwitzen; endlich schaute Phil beiseite. »Ich wollte es nicht so«, behauptete er, »aber Dr. LaPine hat mich vorgewarnt, Druck könnte eventuell das einzige Mittel sein, um deinen Starrsinn zu brechen. Marcus, ich bin im Besitz von Aufnahmen, die zeigen, wie du mit der Luft redest. Ich habe Zeugen, darunter auch Dr. LaPine, die über dein absonderliches Betragen auszusagen bereit sind. Und vor allem kann ich Litas Fall vorweisen. Ich kann mich auf deine eigene Begründung für ihre Einweisung berufen. Und dein Verhalten ist, um ehrlich zu sein, zehnmal auffälliger als ihre Albernheiten gewesen.«

»Du hast vor«, raunte Marcus, »mich zu ruinieren.«

»Wenn es sein muss«, gab Phil zu. »Übergeben wir das Material den Medien, findest du dein Lebtag lang keine Arbeit mehr. Nirgends. Aber wenn du deine Amtsperiode beendest und zum Abschluss mit möglichst wenig Aufsehen zurücktrittst, kannst du gemeinsam mit Dr. LaPine oder einem anderen Arzt deiner Wahl auf die Wiederherstellung deiner Gesundheit hinwirken, und sobald du dich erholt hast und genesen bist, kehrst du in die Politik zurück.«

Marcus zitterte am ganzen Körper. »Das ist Erpressung.«

»In Wahrheit bezeichnet man es als ärztliche Intervention«, berichtigte ihn Dr. LaPine. »Dergleichen kommt nur bei extremen Fällen zum Zug.«

Marcus setzte sich; er bekam kaum noch Luft. Genauso musste Lita sich gefühlt haben, als er sie vor die Wahl gestellt hatte. In die Enge getrieben. Missverstanden. Voller Furcht. Wie leicht es fiel, sogar jemanden wie ihn vom Sockel zu stürzen. Jahrelange Arbeit wurde im Handumdrehen zunichte gemacht. Eine einzige Zeitungsmeldung, und er war für immer zum verrückten Bürgermeister abgestempelt.

LaPine verließ seinen Platz und kramte im Schreibtisch. Phil blieb stehen, drehte pausenlos Däumchen.

»Du hast mich am Kanthaken«, resümierte Marcus. »Egal

was ich anstelle, ich bin der Verlierer. Ich kann mir bloß noch aussuchen, wie tief ich sinke.«

»Glaub mir, ich find's ja selbst wirklich tief bedauerlich«, gab Phil zur Antwort. »Aber du lässt mir gar nichts anderes übrig.«

Marcus schloss die Augen und stieß einen Seufzer aus. Wenn er zurücktrat, beobachtete ihn niemand mehr. Dann stand es ihm frei, nach Illinois zu fahren, wann und so oft es ihm passte, hatte er die Möglichkeit, sich ganz Naralenas und Kardalkeddys Schutz zu widmen, bot sich ihm die Gelegenheit zu lernen, wie er, und wenn auch nur für ein Weilchen, in ihre Welt überwechseln konnte. Er merkte, dass ihm diese Aussicht gefiel.

»Einverstanden«, sagte er. »Ich reiche den Rücktritt ein.«

Er öffnete die Augen. LaPine lauerte, die Hände auf dem Rücken, neben seinem Schreibtisch, hatte die Miene eines professionellen Wohltäters aufgesetzt. Phils Gesicht zeigte seinen nervösen Wie-mir-alles-peinlich-ist-Ausdruck.

Marcus stemmte sich von der Couch hoch und durchquerte das Sprechzimmer.

»Wo gehst du hin?« Phils Stimme klang unnatürlich schrill.

»Nach Hause. Du hast doch, was du wolltest. Nun rutsch mir den Buckel runter.«

»Etwas muss noch geregelt werden«, sagte LaPine. »Sie müssen therapeutischen Sitzungen zustimmen...«

»Von mir aus«, konzedierte Marcus.

»...in eine speziell auf Sie abgestellte Behandlung einwilligen...«

»Meinetwegen.«

»...und die Zusage geben, jede Art abweichenden Verhaltens zu unterlassen.«

»Herrjesses, ich versprech's.«

»Gut.« Im nächsten Moment stand LaPine neben Marcus und umklammerte seinen Arm. Phil sprang an Marcus' andere Seite. »Dann fangen wir sofort mit der Behandlung an.«

»Donnerkiel, was soll das?«, schalt Marcus.

»Du hast zugestimmt«, sagte Phil. »Ich bin Zeuge.«

»Mit so was hab ich mich nicht einverstanden erklärt!« Marcus leistete Gegenwehr, doch LaPine und Phil hielten ihn unerbittlich im Griff. »Dafür ist 'ne Unterschrift erforderlich, verdammt noch mal! Ich habe nichts unterzeichnet!«

LaPine sah Phil an, der wortlos nickte.

»Du Schweinehund«, knirschte Marcus. »Du willst meine Unterschrift fälschen.«

Phil wich Marcus' Blick aus. LaPine krempelte ihm den Ärmel hoch und stach die Nadel einer Injektionsspritze in den Arm. Der Schmerz war geringfügig, aber Marcus verspürte Grauen. Er beobachtete, wie die klare Flüssigkeit in seine Vene schoss.

»Die Medikamente werden Sie beruhigen«, kündigte Dr. LaPine an.

»Beruhigen?« Marcus wehrte sich heftiger. »So wie Lita?«

»Ja«, antwortete LaPine. »Bei ihr hat's geholfen.«

»Neeeiiin...!« Doch schon merkte er, wie sich durch seine Adern Trägheit in den Gliedmaßen ausbreitete. Es schien, als führe er einen Ringkampf in Zeitlupe. Er musste flüchten, aber es war zu spät. Die Beine knickten ihm ein, und die zwei Männer setzten ihn in einen Sessel.

»Wieviel haben Sie ihm verabreicht?« Phils Stimme schien über Marcus die Luft zu durchsäuseln.

»Die übliche Dosis«, erteilte LaPine Auskunft. »Allerdings in Kombination mit einem Sedativum. Er braucht Ruhe. Sie können ihn nach Hause bringen, aber lassen Sie heute Abend jemanden auf ihn achtgeben.«

Sie betteten ihn auf die Couch. Ringsum verschwamm alles. Lita hatte gesagt, dass die Medikamente die Verbindung zu Kardalkeddy abschnitten. Naralena! Vielleicht sah er sie nie wieder!

»Nein«, lallte er, doch sein Gaumen war trocken geworden, und sämtliche weiteren Worte erstickten in seiner Kehle.

Sie wussten nicht, was sie taten. Schon Christus hatte sich so ausgedrückt. O Gott... Von nun an lief alles nach dem Muster der Bibel ab. Kardalkeddy und Naralena blieben ein

Jahr lang in der Fremde. Doch kein Engel des Herrn besuchte sie, um ihnen mitzuteilen, wann sie gefahrlos heimkehren konnten. Sein Sohn erhielt keine Ratschläge. Dem grässlichen Ersticken am Kreuz folgte nach drei Tagen keine Erweckung von den Toten. Während Umnachtung Marcus' Geist übermannte, wähnte er die Stimme eines jungen Mannes, den er niemals kennenlernen sollte, zu hören, der an einen schwarzen Himmel emporschrie: *Mein Gott! Mein Gott! Warum hast du mich verlassen?*

O mein Sohn, flüsterte Marcus zu seinem ungeborenen Kind, zu Naralena, Kardalkeddy und all den Menschen, denen er nie begegnet war, die er im Stich lassen musste. *Es war nicht meine Absicht. Ich hatte überhaupt nie die Absicht.*

Originaltitel: ›Deus X‹

Aus ›The Magazine of Fantasy & Science Fiction‹,
Oktober/November 1997
Aus dem Amerikanischen übersetzt
von Horst Pukallus

Dan Simmons

Hyperion

Das mehrfach preisgekrönte Kultbuch der Science Fiction!

Auf Hyperion herrscht ein grausames Ungeheuer, das Shrike. Manche verehren es als Gott, andere wollen es vernichten, doch gefürchtet wird es von allen. Und es wartet auch auf sie alle ...!

06/8005

HEYNE-TASCHENBÜCHER